象の白い脚

Seicho MatsuMotO

松本清張

P+D BOOKS
小学館

目次

1 ―――― 5
2 ―――― 97
3 ―――― 201
4 ―――― 257
5 ―――― 315

1

エア・ラオス機、約四十人乗りのＤＣ３。ほとんど満席で、空席は二つか三つしかない。谷口爾郎の隣には、栗色の縮れ毛をしたアメリカ人の男が坐っていた。バンコック空港をとび立つと、すぐにペーパーバックを読みはじめたのだが、黒い半袖シャツからむき出した頸と腕は年配に似ず太かった。大型金指輪が三つも光る指に握りこまれた小型本は、さんざんに折り曲げられてくたくたになっていた。谷口がちらりと眼を走らせたところでは、会話と改行が多く、通俗小説かハードボイルドと見当をつけた。

アメリカ人は坐ったときから谷口を無視していた。バンコックをはなれてからは平原の風景がつづいていた。雲の下に消えても、また、切れ間や薄くなったところから森が現われた。が、そこはもう山地になっていた。黄土色の原生林は、上から見るぶんにはそれほど深いジャングルとは思えなかった。機は低いところを飛んでいる。山の中に一筋の道が見えたりしたが、人家らしいものはなかった。一九六九年三月二日であった。

原生林のところどころから青い煙が竜巻のように棒になって上っていた。煙が雲に伸びたまま動かなく見えるのは飛行機の速度が速いからである。三月初めは焼畑の時期らしい。焼畑はメオ（苗）族、ヤオ（傜）族、シャー（畲）族など高地に住む少数民族の農耕法だが、この辺にもその系統の種族がいるのかもしれぬ。が、窓の下に眼を凝らしても部落はおろか小屋らしいものはやはり眼に入らなかった。その煙もやがてなくなった。バンコックを出て一時間半は経っている。コースからすると、タイ平野の中央を南下する山脈に沿っているので、山脈の北部は中国の無量《ウーリヤン》山脈群に接する。無量山脈群は中国の南部、ラオス、タイの北部にまたがり、西はヒマラヤ山脈につながる。三つの国境一帯にまたがる高地地域がケシの最も豊富な栽培地だった。ケシは主にメオ族がつくる。

機内の客はアメリカ人とフランス人が三分の一で、あとは中国人かタイ人だった。インド人が三人いる。一般のラオス人は貧しく、約二万キップ（注 ラオスの貨幣単位はKIP。当時、一キップは七十二銭、一米ドルが五百キップ）もする旅客機にはあまり乗らない。もっともラオス人でも高級軍人や役人は違うだろうが、みんな同じような服装なので谷口には判別のしようもなかった。婦人は、プリントのワンピース以外は中国服かタイの衣裳だった。

バスの少女車掌のようなラオス人スチュワーデスに谷口は中国人と見られたらしく、バンコック発行の英字紙よりも華字紙「星盤時報」を先に突き出された。その日の「バンコック・ニューズ」紙は空港でざっと眼を走らせてきたこともあったが、隣の中年アメリカ人に気をかねて受けとらなかった。英字紙などひろげていたら、何を話しかけられるかしれない。お前は何処から来たのか、ラオスには何の用事か、ビエンチャンの宿はどこか、何日間いるのか、職業は何か。なに、観光だって、ビエンチャンには観光の場所なんか何もないよ。——

その心配はなかった。アメリカ人は三文小説の耽読で、肘のふれ合う谷口の存在など荷物ほどにも気にかけていなかった。ハンカチで汗を拭ったり、洟《はな》をかんだりして本からわき目もふらなかった。ときどき、くすくすと笑っては、身体をもぞもぞと動かした。

谷口は「星盤時報」をひろげて、米人とはひたすら無縁を装った。この新聞は紙質も活字も写真版も粗悪だった。写真はぼんやりとしか出ていない。が、その漢文を漢字だけ拾って自分流に組立ててみるとおよその意味に見当がついて、窓の下が雲海になると、けっこう退屈しのぎができた。欧米の人名や地名が漢字ではこんなふうになるのかと感心し、文脈をさぐるパズル的な興味もあった。

しかし、それもすぐに飽いた。仕合せなことに隣がアメリカ人で、本に夢中になっているので、ズボンの尻ポケットから手帖をひろげてメモを眺め、さし当りの予定行動を確認した。

《オテル・ロワイヤル。二階、九号室。石田が入っていた部屋。

山本実＝石田の通訳をした男。ビエンチャン書房の支配人。書店の住所はサム・セン・タイ

通り》

住所を故意に英字にしなかったのは、この手帖をビエンチャンで日本人以外のだれに見られるか分らないからである。ポケットに入れて回るので、置き忘れたり落したりする場合を要心してできるだけ簡略に記しておいた。

谷口はメモをしばらく眺めてもう一度頭の中に叩き入れた。閉じた手帖を尻のポケットに入れて、ボタンをかけ上から手で押えながら、窓をのぞいた。雲が切れて平野がひろがっていた。高度がよほど下っていた。

隣のアメリカ人が紙の音を立てたので谷口は見かえった。ペーパーバックの通俗小説だかハードボイルドだかを捨てて新聞をひろげたところだった。それに何気なく視線をむけて谷口はおどろいた。新聞の活字は英語でも漢語でもなくタイ語だった。バンコックでさんざん眼にふれてきたあのアラビア文字に似た活字なのである。上の題字を囲って赤刷りの竜の図案がある。それも一つの胴体に九つ付いている竜の頭。ヤマタのオロチに似ているナーガと呼ぶ水神である。ナーガはカンボジアの寺院建築の欄干や橋の手摺りに多く見られるが、長い胴体の先に必ず多頭の蛇の顔が群れて立ち上っている。――華南からインドシナ半島にかけて沿岸平野と河口デルタ地帯に分布する平野部の農耕民は水田稲作にしたがうが、彼らの多くは洪水神話や竜蛇神話をもつ。水神ナーガはその顕著な信仰の一つである。それが意匠化されて、赤刷りで題字の大文字を半分囲繞《いにょう》している。この特徴的な囲いの中にある新聞の題名は谷口には分らない。だが、このアメリカ人には梵字の崩しのようなタイ文字が読めるのである。タイ文字は南インド系だが、十三世紀ごろにクメール文字を見本にしてスコタイ文字をつくったという。（注スコタイはタイの中西部。スコタイ王朝が栄えた地方）

谷口は隣の男を見直し、バンコックに長くいる商社の人間にちがいないと思った。いったいアメリカ商人にしてもヨーロッパ商人にしても日本商人が馴染《なじ》もうとしない言葉や文字に早い期間に習熟する特性をもっている。日本人は政治や文化での先進国の言葉の学習には熱心だが、そうでない国の言語にはまるきり気のりうすである。バンコック在住の日本商社員でタイ語が自由に読める人間がいったいどれぐらい居るだろうか。だが、そうはいっても、隣席のこのアメリカ人はタイの滞在がきっと長いにちがいなかった。いくら器用な米人でも短期間にそう簡単にタイ語の新聞が読めるわけはなかろう。

この男はビエンチャンに仕事《ビジネス》で向っているのだろう。アメリカ人はビエンチャン中心にラオスにいっぱい居る。その家族を含め一万人以上と聞いていた。ラオスの中立化を決定した一九五四年の「ジュネーブ協定」（仏・英・ソ・中・北ベトナム・南ベトナム・カンボジア・タイ・ラオスの九カ国が調印）でアメリカだけが調印せず、この決定には留意《テーク・ノート》するがそれに拘束されないと言明した。

それはラオス国内の北部に共産勢力のパテト・ラオ（ラオス愛国党）が活動しているからで、これを除去しない限りラオスは共産化するとアメリカはみたのである。ビエンチャンの政府には軍事的にパテト・ラオを排除する能力がない。そこでアメリカはラオスに軍事顧問団を送り、軍用機、火砲、機関銃、小銃、ジープなどを供与し、その援助は年額三千万ドルを決定しているが今はもっとふえている。

アメリカがこれほどラオスに肩入れするのは、この国の地理的な位置が中国・北ベトナムとタイの中間地帯にあるという理由が大きい。もしラオスが共産化されるとタイも共産化される、南ベトナムもカンボジアも共産化されるという「将棋倒し《ドミノ》理論《セオリー》」の危機感にあった。インドシナ戦争の末期、敗北するフランスの肩代りとして二十六億三千五百万ドルを投じているアメリカとしてはせっかく足がかりをつけたインドシナ半島やタイから退却したくなかった。もしタイが共産化されでもすると、マレーシアもインドネシアもやがて共産化されるだろうし、フィリピンも無事ではない。アメリカは次の「将棋倒し」現象の不吉な幻影に怯えている。ラオスはその歯止めなのだ。とくに南隣として中国の巨大な影がもっとも濃くさしているのはラオスだと考えて、アメリカはその防衛についてタイに次ぐ熱意を注いでいる。

ただ、ラオス中立化を宣言した九カ国のジュネーブ協定の手前、タイのようにアメリカの空軍も陸軍もラオスに駐留させることはできなかった。軍事顧問団が政府軍の作戦を指導しパテト・ラオ軍に当らせることになっている。ラオスの内戦はアメリカの直接策謀である。

軍需品の援助は当然にアメリカの軍需商人にかっこうな儲け口を与えた。たとえば電力不足に悩んでいるビエンチャン市当局はアメリカから発電機を買い入れたが、入荷したのは米潜水艦の中古エンジンだった。このエンジンを発動機につけて市は発電したが、エンジンを動かすにはディーゼル・オイルを輸入しなければならず、たいへんな失費に終った。最初にエンジンを売りつけたアメリカ人は大もうけしたという評判だった、と谷口が日本で読んできた或る本に書いてあった。一事が万事、この調子にちがいない。

タイはアメリカの軍事のほか経済と技術援助に頼ってきている。ここでも軍需商人は大儲けをしてきたにちがいなかった。「経済侵略」は軍需品とは限らず、ほかの儲かりそうな商品の押し込みにも拡がる。タイよりもはるかに国内産業の無いラオスでは輸入品に関税を課することができずにアメリカの「軍事援助」とともに経済侵略には無抵抗である。ただ、この国の国民所得額がたいそう低いために、商品の押し込みには限度があるというだけである。

谷口は隣でタイ語の新聞をひろげていたアメリカ人を見てこんなことを考えていた。それにしてもこのアメリカ商人はよほどタイ語に通じていると見えて、そのナーガの意匠がついた題字の新聞の一面をざっと眺めただけですぐに折りたたんでポケットにしまった。それは初めて読むというのではなく、これまで何回も読んだ新聞を退屈まぎれにちょっと取り出したというところにちがいない。記事は読み飽きているから精読する必要はない。電車の中で何回も同じ新聞をとり出しては読むといった日本の通勤サラリーマンの癖を連想させた。

そんな読み飽いた新聞なら揉《も》み苦茶にして捨てたらよさそうなものを、たたんでポケットに入れたのはラオスにいる取引仲間のタイ人にも読ませようという気持か。バンコックで買ったばかりの新聞だとすると、たしかにラオスには即日配達の夕刊なみの速さにちがいない。

もっとも、アメリカ人がその新聞を早くたたんだのは記事に関心がうすれたというだけではなく、折りから機が着陸態勢に入りかけ、心せわしくなったためでもあろう。

メコン川が見えてきた。鉛色の帯はゆっくりと彎曲している。機が動くにつれて川面に落ちた太陽の反射がきらめいて移動した。川のこちら側がタイ領の平野で、向う側がラオス領、そこから山岳が起っていた。どこがビエンチャンの市街だかまだ分らなかった。

山の向うはもっと高い山嶺が空の下に層々と重なっている。谷口の頭の中にある地図では、空を区切っている稜線が北ベトナムの国境に近いはずだった。機は旋回をはじめた。北ベトナムの方角だけでなく、ラオス東部の山岳地帯、南のタイの平野地帯、西のメコン川上流の渓谷地帯を窓に万遍なく見せてくれた。

市街が識別できた。川の一方のふちに細長く灰色のカビのようにとりついている。まず、寺院の仏塔からはっきりしてきた。機の転回で、今度は陽の反射が市街の屋根に光を移して渡る。

川からちょっとはなれて大きな仏塔があった。

うまい着陸だった。空港は石川県の小松飛行場にどこか似ていた。機は小さな建物に向って這って行った。二階のベランダには迎えの人々が群がっていた。

地上に降りると、暑さがいちどきに服の上から焦げついてきた。滑走路のわきに旅客機が二つある。胴体に青線が一本入ってRoyal Air Laosの文字がある。ずっと向う側に小型双発旅客機が一つ。これは、白い胴体に青筋の旧式コンステレーションで、尾翼にＩＣＣ（注「インドシナ国際休戦監視委員会」の略。この委員会は一九五四年のジュネーブ協定で発足）の文字がある。フィールドの向う端には赤トンボの軍用練習機が六機ほど行儀よくならんでいる。ラオス空軍のもので、ここにはアメリカの空軍はいない。

谷口はアメリカの新聞記者の書いた本を読んできていた。

「（ビエンチャンの）空港は私が六六年六月にきたときと比べて、ほとんど変っていなかった。見覚えのある国際監視委の白いヘリコプターが滑走路わきに三機とまっていたし、その側には十数台のエア・アメリカ機、小型のパイパー・カブ機、スイスの山岳専用機、足の重そうな胴体の旧型輸送機が並んでいた。このエア・アメリカというのは、米中央情報局（ＣＩＡ）から金が出ているると、もっぱらいわれている。軍用機も五、六カ所に見受けられ、飛行場の端には滑走路の引込線があって、そこには爆撃機か戦闘爆撃機らしい編隊が整然と並んでいた」（注

（ニューヨーク・タイムズの記者、ハリソン・E・ソールズベリ「ハノイは燃えている」＝朝日新聞外報部訳）

いま、谷口が見た限りではエア・アメリカ機も、山岳専用機も、輸送機も爆撃機もなかった。ICCのヘリコプターは一機も見えなかった。ソールズベリの六六年当時からの歳月の隔たりを思った。

到着口に向って歩くと、建物の二階の送迎用のテラスから出迎え人が下に叫んでいた。谷口を呼ぶ声はなかった。山本実は来てないのかもしれぬと思った。

建物の中は何か倉庫のような感じで、税関は細長いカウンターに係官たちが横にならび、客は一列にその前を通る。中国人やタイ人の女は子供づれが多く、さっきのアメリカ人はだいぶんさきにグレイの上衣をつけてならんでいた。

谷口の番がきた。係官は彼の顔に一瞥《いちべつ》をくれた。士官のような服装である。パスポートの職業はライター、滞在目的はビジネスにしてある。何か云われるかと思ったが、係官は無愛想な顔で黙って突き返した。

うす暗い溜り場では、人々が機内から運ばれる自分の荷物を待っていた。出迎え人といっしょなので、かなりの混雑である。ざわめきを大きくしているのは、荷物を車まで運んでチップを狙う子供たちだった。バンコックでもそうだったが、ラオスの子供はもっと身なりがひどい。

アメリカ人、フランス人、それに中国人らは、家族や友人の出迎えの車に乗ってどんどん去って行った。強い陽ざしに車体がきらめく。アメリカ人とフランス人の車のほとんどがベンツで、インド人や中国人は日本製の車を使っていた。

山本はやはり迎えに来ていなかった。バンコックから打った電報が届いてないのだろう。谷口のスーツケース二つは子供が四、五人とびかかって奪い取り入口のほうに運んだ。タクシーは一台もなくサムロ（三輪車）が三台ばかりならんでいた。車曳きは、古い登山帽に、きたない半袖シャツ、茶色によごれた白パンツだけで、手脚は陽焦けと垢で真黒になっていた。サングラスをかけた小肥りで口髭のサムロがほかの二台を制して子供たちに谷口の荷を自分の三輪車に運ばせた。三十五、六くらいで、年かさでもあるが、サムロ曳きのボスといった感じだった。谷口は子供たちに税関で換えたばかりの紙幣の中から、皺だらけの五十キップ札を一枚ずつ渡した。

「オテル・ロワイヤルまでいくらだ？」

谷口は車曳きに英語で云った。

「オテル・ロワイヤル。ワン・サウザンド・アンド・ファイブ・ハンドレッド・キップ。オーケー？」

車曳きは舌たるい言葉で云って白い歯を出し、早く乗れというしぐさをした。谷口は暗算し、三ドルは高いと思ったが、はじめての土地なので案内が分らず、とにかく乗った。が、ほかの車曳きが羨しそうな顔をしたのを見て、やられたと察した。サムロは初めてくる旅行者をカモにする。

三十九度の暑熱がまともに空港前の広場に灼きついていた。あたりに家はほとんどなく、広い一本の舗装道路が街の方角に伸びていた。車曳きは茶色のパンツの尻をあげてペダルを踏んだ。

谷口はこの街の様子などを訊くつもりで、二言、三言、車曳きに声をかけたが、英語が分らないらしく、うしろを向いて口髭の下の白い歯を見せるだけだった。ビエンチャンにはアメリカ人が相当に入っているので、片ことくらいの英語はサムロ曳きに分ると思ったが、案外であった。

街なかに入ると、一本道は急に細くなり二本にも三本にも岐れた。商店はいずれも小さく、バンコックの場末の町とあまり変らなかった。サムロがゆっくり走るので最初に見物するぶんにはまずまずだった。ビルは一つも見当らなかった。せせこましい煉瓦と白壁の中国風な古い家屋がつづくと、寺《ワット》がはさまる。塀の上には仏塔の尖塔と、反《そ》りを打った切妻の屋根とが見えた。切妻には金色の絵画装飾がある。寺は街を通るうちにもしきりと現われるが、タイで見るように壮大なものはなかった。

塀の中や町のところどころには椰子の樹といっしょに朱赤の植物がそびえている。葉の赤い

インドシナ半島全図

中国
ビルマ
ラオカイ
ディエンビエンフー
ハノイ
ホアビン
ハイフォン
ナムディン
トンキン湾
海南島
ルアンプラバン
ジャール平原
シエンクアン
ベトナム民主共和国
ラオス
ビン
パクサン
ビエンチャン
ナペ
ドンホイ
タケク
軍事境界線
チェポン
サバナケット
ムアンコンケン
タイ
ユエ
ダナン
サラバン
パクセ
アトプー
ナコーンラッチーシマ
南シナ海
バンコック
アンコールワット
バタンバン
カンボジア
ベトナム共和国
クラチェ
ダラト
プノンペン
ビエンホア
サイゴン
ミト
シャム湾

「火焔樹」はバンコックでも見てきたが、この植物の色は妙に視神経を燃え上らせ、暑さを倍にも増幅させる。

この首都の風景には前近代的なものが停滞していた。田舎町が時世で少しはかたちを整えてきたという感じである。銀行や会社はあっても、みんな「出張所」か「営業所」といった貧弱さだった。そのかわり、バンコックのような騒々しさはなく、ひっそり閑《かん》としていた。初めて来た者にも分る無気力の静けさだった。時刻からいって怠惰がひろがるさなかだった。

谷口は、話には聞いてきたが、これほど田舎くさい首都とは思わなかった。とにかく、ここはアジアの「中立国」で、アメリカの援助資金が年々流れこんでいる。各国の技術援助も相当に行なわれている。在外公館としてはアメリカ、フランス、ソ連、イギリス、日本、タイ、中国、インド、北ベトナム、南ベトナム、ビルマ、オーストラリア、カンボジアなどの大使館が集中している。いま少しは活気があるだろうと谷口は予想してきた。ビエンチャンは車で三十分も走り回ったら、全市をみんな見てしまいますよ、と日本を出発するとき、彼はだれかに云われたのだが、これほどひなびたところとは思わなかった。

のろいサムロは、空港が遠いせいもあったが、四十分かかってメコンの川岸に到着した。鉛色の水を湛えた川の幅は二〇〇メートルくらいで、土堤の上が道路になっている。道の両側に熱帯樹の並木があった。河川敷に砂利取りのコンベア機が一つとトラックが二台いる。川幅といい、砂利トラといい、東京の多摩川の風景と似ていた。向う岸はタイ領で、長い森のほかは何ひとつ見えなかった。砂利を運び上げるコンベアベルトの音が鳴っていた。

土堤に沿って民家がならび、寺があった。朱色の衣をたくしあげた僧が二人、重々しい屋根の下の堂の縁に腰を下ろして涼んでいた。若い僧は庭の手おしポンプの水で洗濯をしている。「オテル・ロワイヤル」はこの寺の隣にあった。

ホテルは、二階建のフランス風の、こぢんまりした建築だった。正面の入口を真ん中にしてシンメトリカルに両翼が伸びている。クリーム色の壁と青い屋根は一応瀟洒《しょうしゃ》であった。屋根の上に、赤地に三頭の象を白抜きした国旗がポールにまきつくように垂れていた。風はなかった。三頭の象は、百万《ランサン》の象を象徴している。

ホテルの門から玄関までは内庭になっていて、左右が芝生と花壇だった。これは美しい。真紅のブーゲンビリアが群れ下がっていた。内庭には葉を扇形に剪定した椰子だの大きな火焔樹などがある。その下の通路のわきに自動車が三台とサムロが二台ならんでいた。客待ちする運転手たちは到着の谷口を見ている。入口から色の浅黒い、背のひくいポーターが迎えに出た。うす青の詰衿の制服に同色の帽子をかぶっている。「オテル・ロワイヤル」はこの首都では最高級のホテルだ。

フロントは入口の石段を上って入った左側にあった。正面の階段は途中で左右に分れる。右側の階段下がロビー、客用の椅子とテーブルがあった。床には飾り物として銅鼓が二つ据えてある。この青銅器時代の太鼓はインドシナ北部を中心にして、中国西南部からインドネシアにかけて分布している。中国の雲南省、北ベトナム、ラオスはその中心圏だから、このビエンチャンのホテルにあるのも無理がないどころか、その現地に来たという感じがした。

フロントには四十年配の女がいた。眼が大きく、扁平な鼻と、ひろい口の、黒い顔だった。職業柄、英語はうまい。パスポートを出すと、予約受付簿と照合し、うなずいた。予約は東京の旅行案内社が電報でとってくれていた。

「どのくらいの滞在ですか?」

「二週間。しかし、もっと長くなるかもしれない」

カウンターの中でラオス語の印刷物を読んでいた事務員が、横からちょいと顔をあげて谷口を見た。カウンターの端に小型の各国旗が飾ってあるが、フランスとアメリカとタイと自国のラオス旗しかなかった。

女が、うしろのキイ・ボックスからキイをとり出しかけた。

「川の見える部屋に入りたいんだが。なるべく向って左側の」

谷口は希望した。

ガリ版の印刷物を読んでいた男がまた顔をあげた。だれでも景色のいい部屋を望む。女が出したのは6番のキイだった。谷口はボックスに視線を走らせた。9号室の函《はこ》にはキイが無かった。9号室はふさがっている。

乗ってきたサムロの車曳きが谷口の横に立って料金を待っていた。谷口はフロントの女に五十ドルを出して両替をたのんだ。二万五千キップ。百キップ紙幣十枚をホッチキスで綴じたのを二十四束と、五十キップ札二十枚を数えて出した。ラオスでは硬貨を発行してない。夥しい札束をいっぺんに出されてとまどった。ホッチキスで綴じた札束も初めてだった。

黒眼鏡に口髭の車曳きは谷口の両替を見ていたが、客が紙幣を手にすると、眼でこっちにきてくれと入口近くに呼び、フロントに背をむけて、きたない手を出して料金を要求した。谷口は百キップ紙幣一束と五枚をホッチキスから入念にはずして渡したが、釣り銭はなかった。

「いくら渡しましたか?」

と、女はサムロ曳きが出て行くあとを見て谷口にきいた。

「千五百キップ」

「それは高いですね」

女は横の事務員と顔を見合せた。

「空港からだと、普通はいくらだね?」

「その二分の一です。前もって交渉しないからいけないのです。その値段はハイヤーなみです。

ハイヤーを値切れば二ドルぐらいで承知しますよ」

「それは、ひどい」

察してはいたが、それほどとは思わなかった。

「あんた、あの男にそういってくれないか。客にそんなことをしてはホテルが迷惑するとね」

黒眼鏡の車曳きは三輪車を押して門を出るところで、こっちをふり返って立っていた。怕《こわ》い顔つきで睨んでいた。向うでもこっちで何を話しているか推量しているようだった。

「そんなことは云えません」

いままで口もとに微笑をたたえていた女が硬ばった表情になった。

「あの男はタイ人、わたしはサイゴンからきたベトナム人です。いいがかりをつけたといって、わたしが仕事を終って夜家に帰るとき、途中でどんな仕返しをうけるか分りません」

横の男事務員も黙っていた。この男も南ベトナム人らしかった。

ボーイが二個のスーツケースを抱えて階段を上った。上り切った正面、廊下の壁にラオスの観光ポスターが貼ってある。仏像の色彩写真だった。《仏教の国ラオスにどうぞ》——と英文の惹句《キャッチフレーズ》がある。

廊下は暗かった。両側に部屋がある。左側がメコン川に面したほうだった。谷口は左側の番号をよむ。階段を上ったところから三つ目ぐらいのドアにNO・9の金文字があった。ドアはかたく閉っている。それから一室置いた二つ目がNO・6だった。

「9号室は前から客がいるのか?」

荷物を置き、チップを待っているボーイに谷口は訊いた。

「お客さんは三十分前に入られたばかりです」

十八、九くらいの、背の低い、顔の浅黒いベトナム人のボーイは英語が少しできた。谷口は、あとで馴れて見分けがついたが、ベトナム人の顔は眉の間がせまく、顴骨《かんこつ》が出て、精悍な感じをうける。ラオス人は眉と眼の間が開いていて、のんびりとしてみえる。

9号室が三十分前にとられたとは惜しいことだった。

「オーストラリア人です。空港から車で来られました」

チップをうけ取ってボーイは云った。

部屋はツイン・ベッドで、設備は上等といわなければならなかった。別室のバス、洗面所もひろい。部屋に入ったとき、鼻を刺戟する臭いをかいだが、この臭いには覚えがあった。日本製のフマキラーだ。プノンペンのホテルでは白い蚊帳を紗の天蓋のように優雅に吊っていたが、ここには蚊帳はなかった。冷房の音が鳴っている。冷房とは何よりだった。

谷口は前に読んだ資料を、もう一度スーツケースの中からとり出してひろげた。日本の政府筋で発行された出版物である。

《気候は雨季（五—九月）と乾季（十—四月）に大別され、雨量は場所により年間一、〇〇〇ミリから四、〇〇〇ミリの開きがあるが、ラオス全土の年間降雨量は二、〇〇〇ミリである。雨季の間温度の変化は少く、ビエンチャンの場合平均二十七度（東京の七月の温度にほぼ等しい）で、昼夜の温度の差も少く、したがって夜も寝苦しい。十月の乾季から次第に温度が下り、一月には最も涼しくなり（十度ぐらいまで下る。平均温度二十度）、二月から再び上昇し、三月から雨季に入る五月までは、雨が降らないだけに、最もしのぎ難い季節である》

「最もしのぎ難い季節」にやってきたことになる。

谷口は立って電話を取った。さっきのフロントの女の声が応じた。彼女は交換手も兼ねているらしかった。

「6号室の谷口。ぼくを訪ねて山本という人がくるはずになっている。さっき聞き忘れたが、ぼくがここに到着する前、その人から電話はかかってこなかったかね？」

「受けていません」

「それでは間もなくくるかもしれない。来たら、ぼくの部屋にすぐ通してもらいたい」

山本実はどうして現われないのだろう。彼は本屋の支配人である。たしかに通訳が本業ではなかった。本職に手間どって空港にもホテルにも間に合わなかったことも考えられた。それにしても電話ぐらいしてきそうなものだ。いくらバンコックからの電報が頼りなくても、届いているはずだった。

谷口は窓に寄った。青いファイバーのブラインドが降りている。指でその一つをひろげると、隙間から外のまぶしい陽が眼を射した。川原の砂利取りのコンベアベルトが単調な音を響かせている。ラオス人の労務者が三、四人働いていた。

メコン川はそれでもいくらか澄んでいた。プノンペンで見た濁った水とは違っている。やはり、上流だ。ボートも何も浮かんでいない。向い側の横に細長いタイの林は、強い陽の下に黒い色になって川面に影を落していた。その樹林相は、遠くから見ても、いわゆる熱帯降雨林である。

この部屋だと、9号室から見た眺めとあまり変るまい、と谷口は思った。角度がやや右にズレただけなのだ。しかし、9号室から見るのが理想だ。石田がひと月近くなじんでいたアングルをその部屋から確かめたかった。

9号室に入ったのが、空港から来た客だというから、タクシーを得られなかったばかりに部屋をとる機会をのがしたことになる。

石田伸一の死体が出たのは、メコン川畔でもこの地点よりはもっと下流にあたると思われる。報告によると、石田も泊まったこのオテル・ロワイヤルより一キロばかり南とあった。谷口はその場所を確認したかった。しかし、これはホテルの者に滅多には訊けないことだった。

軽くノックが聞こえた。山本かと思ってドアを開けると、水を入れたジャーを銀盆にのせたメイドだった。二十五、六ぐらいの丸こい顔で、粗末な服を着たラオスの女である。

髪をうしろに束《つか》ねているが、油気がなかった。タイにしてもそうだがインドシナ三国の婦人の髪型はみんなこれになっているようである。彼女は足首がかくれるほど長い腰巻をつけていた。その布は粗末で、色も模様も地味だった。腰巻はタイやインドネシアではサリーといっているが、ラオスではシンというのだそうである。サリーはもっと短いようだ。ここでは踵《くるぶし》がかくれるくらいである。

客は多いか、訊いたが、言葉が通じないで、首を振った。谷口が五十キップのカネを渡すと、合掌した。

谷口は椅子に坐って煙草を喫い、しばらくぼんやりとした。まだ、ラオスに来たという実感がなかった。異った世界に急に連れてこられたように、気持がなじめない。バンコックの雰囲気は享楽面から入りやすく、各ホテルには各国人が溢れ、街は観光客がのし歩いている。日本の商社も多く、娯楽機関にこと欠かないので、感情の共通性が明快である。だが、このビエンチャンは未発達の町というだけでなく、空港から通ってきた印象だけだが、どこか咲き損ねの隠花植物のような感じがする。それも毒々しい花ではなく、日蔭にある色のない感じである。その輪郭に見当がつかないのが、気持にとけこめない主な理由かもしれない。

ソールズベリはラオスのことを「世界でいちばん不思議な国」と書いたが、その不思議さの意味も、これから分ることになろう。とにかく今は落ちつかなかった。初めてのホテルだというせいもある。待っている人間がこないもどかしさもあった。

この部屋に馴れるともう冷房がきかなくなった。蒸し暑さは除《と》れたように思ったが、額に汗がじわじわと滲んでくる。窓からくる砂利取りのコンベアの発動機の響きが油蟬のように暑さをかき立てた。

谷口は、フロントのベトナム女が、サムロはタイ人だからこっちがうかつに文句をつけて憎まれるのはご免だと云った言葉を思い出した。タイ人とベトナム人とは仲が悪いようである。フランスの統治時代には、下級役人にベトナム人が「登用」された。ベトナム人は他の民族よりも有能だと判断されたからだという。このホテルの事務員にベトナム人が雇傭されているのも、その理由であり、名残りであろう。ラオスのベトナム人は以前から優越意識をもち、タイ人にその反撥が強いらしい。少くとも、さっきのフロントの女の呟きではそのように察せられる。

谷口は、山本がなかなか来ないので、同じ資料で、ビエンチャン居住の各国人について見た。

《ビエンチャンの人口は一九六六年十一月現在で一三万二、〇〇〇人（但し外交団を除く）で、うちラオス人九万六、〇〇〇人、外国人三万六、〇〇〇人である。外国人の内訳はタイ人一万

四、二七〇人、ベトナム人九、一七〇人、中国人五、九一六人、黒タイ族（北越よりの避難民）四、九五五人、フランス人八二七人、フィリピン人三一一人、インド人三〇七人、カンボジア人一二三人、米国人八六人、パキスタン人六一人、日本人百数十人、その他となっている。

ラオス殊に北部ラオスには種々雑多な民族が居住しているが、大別するとタイ族（ラオ、ルー、黒タイ、赤タイ等）、インドネシア系原住民（カー、ソー、クムー等）、中国系（メオ、ヤオ、ランテン、ホー等）及びチベット系（ロロ等）に分れる。タイ族は全人口の六割を制し、ラオ族は一〇世紀頃から雲南より南下し、メコン河及び流域の平地に居住するに至った民族でラオスでは支配的な地位を占めている。

ラオス語は、ラオ族がシャム族と姉妹民族である関係上タイ語の姉妹語である。外国語としてはフランス語が重要な地位を占めており、英語は最近普及しつつあるが、まだまだである》

ラオ族はタイ系の民族で、タイの北部から東部、現在のラオス国にかけて居住してきた。かつては二つの大きな部族に分れ、腰から下に文身《いれずみ》を施してあるかどうかによって区別されていた。文身をしているのをラオ・プム・ダム（腹の黒いラオ）といい、ラオスの北部から北部タイ、メナム平野のアユタヤ付近一帯が主な居住地であった。文身を施さないラオ・プム・カオ（腹の白いラオ）のほうは、東部タイの大半と、ラオス南部にかけて分布していた。このような区別は現在ほとんど消滅しているが、方言的な差異は依然として大きい、という。

ラオスの国名は、ポルトガル人がLaoの複数語尾Sをつけて呼んだところから起ったという。ラオスの歴史は十一世紀半ばまではさかのぼれるが、ただ王名だけが残っているにすぎないらしい。十四世紀中葉になってファグム王というのが現今のラオスとタイの東北部を含む地域を統一して、ランサン（「百万の象」）王国をつくった。この王はそれまでメコン川上流域のランチャン（南掌）藩主だったが、統一国家をつくるとルアンプラバンに都を定めた。王国は封建体制と仏教の信仰で栄えてきたが、十七世紀末に、王位継承をめぐって、ビエンチャン、ルアンプラバン、チャンパサック（メコン川の中流）の三国に分裂して抗争した。が、隣国シャム（タイ）の興隆とともに同国に次第に侵略され、またその間にビルマやベトナムの介入もあった。十八世紀にビエンチャン王国はシャムに併合された。十九世紀末、フランスはシャムを撤退させ、ラオスを保護領とした。フランスはルアンプラバン王にだけ自治権を与え、他の地域は直接統治した。第二次大戦後、王制を残したままラオスは独立した。

——こういったところが、日本を発つ前に谷口が本で仕込んだラオスのだいたいの知識だった。

しかし、ラオスに滞留するアメリカ人が僅か八十六人という外務省発行の小冊子の資料は旧い。

ラオス全土のアメリカ人の現在数を正確につかむことはむつかしいが、三千人とも五千人ともいわれている。彼らは「援助部隊」という名でこの国に来ているが、その半数以上は軍事顧問団である。軍事顧問団はビエンチャンに本部を置き、その分遣隊は北西部シエンクアン、ムオンサイ、サヤブリ、南部のタケク、サバナケット、パクセ、アトプーなどの政府軍基地に配属されている。

援助部隊の他の残りは経済・技術援助の要員ということになっているが、ほとんどがCIA（アメリカ中央情報局）に属しているかまたはそれに準じているとみてよい。

しかし、アメリカ軍事顧問団は軍人、経済・技術援助部隊要員はシビリアンという分けかたは正確でなく、この両者は偽装的に混淆《こんこう》して互いに目的を果している。海外の駐留アメリカ軍基地のなかにはかならず軍隊に偽装したCIAの組織がおかれ、大使館があればそのなかに大使の統制に服しないCIAのグループが必ず存在している。そしてこれらの組織は、たえず現地人のなかにその組織を拡大している。

海外のCIAの組織は、その国の政府とアメリカ政府との関係や、その国民の対米感情などを反映してまちまちだが、商社、教会、慈善団体、研究所、レストラン、キャバレー、通信社などありとあらゆる型に偽装されている。これに現地人が協力させられている。ある人の計算によると、CIA海外要員の数をかりに二万人とすると、現地人でCIAに買収されているスパイたちの数は、ほぼその十倍の約二十万人とみられている。

このラオスはアメリカがインドシナにおける共産化を防ぐ「歯止め」としてもっとも力を入れているので、CIAの活動もそれだけ活発ということになる。——

電話のベルが鳴った。

「谷口さんですか」

男の日本語が伝わった。

「山本さんですね?」

谷口も云った。

「いま、フロントに来ていますが。すぐお部屋に通ってくれ、ということですが、構いませんか」

「どうぞ。さっきからお待ちしていました」

やっとだった。谷口は脱いだ上着をまたつけた。

ドアを開けて廊下を覗くと、左手のすぐ突き当りに、メイドと白服のボーイとが椅子に掛けて話をしている。女は枕カバーの繕《つくろ》い物をしていた。谷口はコカコーラといって指を二本みせた。コカコーラぐらいは通じる。

五分と経たないうちに、日本人が入って来た。痩せて、顔色が白く、すこし猫背だった。三十歳を出たかどうかの年ごろであった。

「山本実です」

男は云った。

谷口は名刺を出した。肩書きには知り合いの出版社の名前を借りてつけてある。場合によっては、三週間以上も滞在しなければならないので、観光で通らないときの用意に旅券も業務用でとっていた。見る所がないのだから。

「どうも遅くなりました」

と、山本は髪のうすい頭を下げた。

「実は電報が着くのが遅れましてね。たった一時間前に読んだばかりです。ちょうど仕事で手がはなせないことがあって飛行場へお迎えができず失礼しました。もうすこし早く電報が届いていれば、そのつもりで早目に仕事が切り上げられたんですがね」

「ありがとう。でも、空港からサムロで来たので、それほど面倒ではありませんでしたよ」

「ビエンチャンの地理は簡単明瞭です。迷っても、すぐに見当がつきますから」

コカコーラが運ばれてきた。山本は慣れた調子で、五十キップ札一枚をチップに渡した。そのときラオス語でメイドに短く云った。メイドは部屋を見回し、口早に山本に喋《しやべ》って出て行った。

「この部屋は西日があたるから、暑いだろうといったんです。反対側の部屋に移られたほうがいいんじゃないんですか。クーラーだって、それほど効かないようですから」

この部屋に入るのは、谷口も本意ではないが、反対側に移るのはもっと悪い事情があった。

「西日が強いですかね？」

谷口は一応云った。

「ちょうどこの斜め前あたりに夕日が沈むんです。ごらんのように、川岸で、遮るものがないでしょう。落日はきれいなんですがね。メコンの夕日というのがビエンチャンの唯一の見どころでしょうね。実際、外国から来たお客さんを案内するのに、無理に夕日を名所に仕立てているんですな。近江八景のうちの、瀬田の夕照が一つだけあると思えばいいです」

「ほかに観る所がないですか？」

「このすこし先にワット・プラ・ケオという古い寺があります。いまそこが博物館になっていますがね。いずれ、ご案内します。その寺には前にエメラルド仏像があったんです。いまバンコックで観光地として有名になっている寺にあるあの仏像です。タイの王様が自ら仏像の衣替えをなさるあの緑色の仏です。昔、シャムがこのビエンチャン王国を侵略したとき、戦利品として持って行ったのです」

話はそういうところから始まった。

「あなたはビエンチャンにはどのくらいおられるんですか」

谷口は日本から持って来た煙草をすすめた。山本は痩せた指でつまんだが、この熱い国にいるのに、すこしも顔が日やけしていず、ふしぎなほど蒼白かった。

「三年とすこしになります」

言葉に抑揚がなく、低い声だった。

「そのくらいでラオス語がそんなにうまくなるものですかね?」

「たいしたことはありません。もともとぼくはすこしタイ語を知っていましたから、わりと早く聞きかじりにおぼえたのかもわかりませんね」

ここで谷口は本題に入った。

「石田君があなたにずいぶんお世話になったそうですが」

「いいえ、なにもお役に立ちませんでしたよ。石田さんは本当にお気の毒でしたね。ああいうことになろうとは夢にも思いませんでした。ちょうどあのとき、ぼくはバンコックに行っていたものですから。こちらに戻って来てから、びっくりしました」

谷口もそれは知っていた。石田伸一の怪死事件では、ビエンチャン警察の調査報告は外務省を通じて遺族に送られてきた。彼には老父と妻と女の児が一人いる。

石田伸一は去年の九月十四日にビエンチャンに到着し、通訳として山本実を頼んだ。石田はある雑誌社の編集者だったが、もともとは作家志望で、ラオスを主題に小説を書くといってその取材にビエンチャンにきた。石田は二週間ほどここに滞在して、いろいろな人に会っているし、こまめに歩きまわっている。十月二日の午前七時ごろ、メコン川のラオス側河畔で死体となって発見された。通行人の届けで、ビエンチャン警察が検視したが、後頭部を鈍器のようなもので殴られ、人事不省になったのを川に放り込まれたらしい。肺は水にひたされていた。死後経過は五時間ないし六時間、午前一時ごろか、二時ごろに殺されたことになる。かなり抵抗したらしく服装は乱れていた。彼がその夜市内のバーで飲んでいたのを目撃した者がある。そのバーを出てから以後、その行動を知った者はいない。

財布は盗まれていた。ホテルに置いた石田の荷物を検査すると、別な紙入れの中に二百七十ドルほど残っていた。彼が出国の際の所持金は千二百ドルだった。現金ばかりでトラベラーズ・チェックはつくっていないから、さし引き九百三十ドルだが、石田はビエンチャンにくる前、バンコックに三日間滞在しているので、その費用に九十ドルを要したとしても、こっちに来てからは、それほど使ってないようだ。ホテル代も一週間ぶん百五ドルを払っただけだ。こう考えると、彼の二週間ぶんの小遣いが百四十ドルだったとして、右の合計三百三十五ドルが消費額である。つまり財布の中にはまだ約六百ドルあったことになる。これだけが奪われている推定だった。

当然のことに、強盗説が有力であった。ビエンチャン警察の報告でも、その見込みで捜査をしたという。

石田は十月一日の夜十時ごろからドンパラン地区の「スリー・スター」というキャバレーで飲んでいた。相手をしたのは中国人とベトナム人のホステスが三人だった。店はアメリカ人、フランス人、ラオス人、タイ人などの客でほとんどいっぱいだった。石田はかなり酔っていて十一時ごろそこを出た。表には客待ちしているサムロが寄ってきたが、彼は手を振って暗い道をひとりで歩いて去った。「スリー・スター」のホステスとボーイがそれを見送っている。

それからあとの石田に目撃者はなかった。警察では、石田が酔っていたので途中で乗物を拾った可能性を考え、付近の白タクとサムロに疑いをかけた。ドンパラン地区にはいかがわしいキャバレーやバーが集まっている。石田を乗せた白タクかサムロの運転手がホテルへ帰る途中彼の所持金を狙ってメコンの川原に引込んで殴り、水に投げ込んだのではないかとの見込みをつけた。サムロは個人営業で会社のような組織がない。中には悪質の者がいる。警察では嫌疑者を五、六人挙げたが、確証が摑めず釈放した。

石田が飲んでいた「スリー・スター」の従業員についても警察は調べた。当夜、石田のテーブルについていた三人のホステスはもとより、女関係を追及した。石田がビエンチャンに来てからの出入先についても捜査をした。それらからも有力な手掛かりを摑むことができなかったという。

石田が政府側の人間と間違えられて、パテト・ラオのゲリラに襲撃されたのではないかという噂があった。金を奪ったのは、強盗と見せかけるための偽装だろうというのである。これも確証はあがらなかった。

日本側への現地警察の報告は、ざっとこういったものだった。

「谷口さんは石田さんとはどういうご関係ですか？」

谷口の通訳になった山本は、谷口のすすめる日本の煙草を珍しくもなさそうに喫いながら訊いた。

「石田君は、ぼくが知っている編集者です。非常に親しいというわけではないが、いい男だったので、好感は持っていますよ」

「すると、谷口さんは、石田さんのことを調べに雑誌社から頼まれてこっちに来られたんですか？」

「とくにそういう目的ではないですね。ぼくの名刺にある出版社の名前も、石田君のA社とは違うでしょう？」

山本は、谷口の名刺をもう一度眺めた。

「あ、なるほど、違いますね。あなたのは有名な出版社ですね。すると、谷口さんは、こっちには何かほかの取材でおいでになったんですか?」

　谷口はそれに答えた。

「雑誌に書くという約束できたのじゃないです。ぼくが東南アジアを歩いてみたくなったと云ったら、では、面白いことがあったら書いてくれないかと頼まれただけです。名刺に出版社の名前をくっつけたのは、旅行先で外国人に名刺を渡す必要があった場合を考えて便宜上つけたんです。これだとぼくの職業に見当をつけてくれますからね。つまり、とくに目的をもった取材で来たのではなく、まあ半分以上は遊びですね」

「こちらには、どのくらい滞在される予定ですか?」

「いまのところ二週間くらいです」

「二週間の間には、ルアンプラバンはぜひ一度、おいでになったほうがいいですな。あすこはビエンチャンと違って昔からの王都ですし、日本でいえば京都ですからね。しかし他の地方はやはり危険ですから、およしになったほうがいいでしょう」

「危険といえば、石田君が殺されたのは、パテト・ラオのゲリラだという説があったそうですが、あなたはどう思いますか?」

　山本は、ためらいなく首を振った。

「そんなことは考えられませんね。パテト・ラオは日本人を襲撃しません。殊に強盗殺人をするようなことはしませんよ。結局、犯人がわからないことから、一部でつくられたデマでしょうね。ぼくがあの晩、バンコックに行ってなかったら、なんとか石田さんを守れたかもわかりませんが、その点、申し訳なく思っています」

「あなたが責任をお感じになることはないでしょう。報告によると、石田君は夜遅くまでキャバレーで、ひとりで飲んでいたといいますからね。あなたはただ通訳として彼についていたのですから、夜までずっと面倒は見きれなかったわけです」

「それはそうですが」

「山本さん、あなたにも犯人の見当が、いや、犯人でなくとも、それらしい関係者に心当りはありませんか?」

「それがさっぱりありません。ぼくもあの事件で、警察ではいろいろと事情を訊かれました。なにしろ石田さんが殺される二日前まで、ぼくはずっと通訳として行動を共にしていたんですからね。ぼくがバンコックに行っていなかったら、まず重要参考人の第一号ということになったでしょうな。しかし、さきほども云ったように、まるきり心当りがないんです。ぼくがこのビエンチャンで石田さんを案内して回った先は、平凡な所ばかりなんですよ。たとえば朝市だとか、お寺だとか、郊外の村だとか、それから市内のレストランや喫茶店、それに日本人の働いている所などです。なにぶんにも狭い街なので、二日もすると、もうご案内するところもなくなりました。あとは石田さんのほうでぼくを招いて食事をご馳走したり、バーやキャバレーにも誘ったりしました。キャバレーやバーにもといっても、こっちのは侘しいものですが」

「キャバレーなんかに石田君がひとりで行って、言葉は通じたんですか？」

「ああいう場所はアメリカ人が最大の得意ですから、英語は何とか通じるんです。特にサイゴンあたりから来たベトナム人のホステスは、かなり英語を操りますよ」

「石田君は在留日本人には会わなかったんですか？」

「それはかなり会っていました。日本人に会われるときは、ぼくを必要としませんからね。このホテルの前に待っているタクシーに乗れば、どこへでも行けます。タクシーといっても、日本流にいえば白タクと個人営業で、自分の車で堂々と営業しているのです。警察も、タクシーが足りないので、その点は大目に見ていますがね。要するに、石田さんは三、四日もするとこの土地に慣れて、どこへでも出掛けられたわけです」

「石田君は日本人では、どういう人に会っていましたか？」

「ご承知のように、ラオスには日本政府から技術援助部隊が送られて来ています。これは日本政府が低開発国に対して出している、いわゆる文化部隊ですよ。このラオスには主として農業指導の技術者が来ています。そのほかに、これは女性のほうですが、日本語教授だとか、手芸、活花、茶などを教えています。農業指導の男子部員が圧倒的に多いんですがね。現にビエンチャン郊外の二十キロ北のほうには、日本農業の技術を見せるために農事試験所的な農場がつくられています」

「メコン川の電源開発にも、日本人が来ているそうですね」

「エカフェ（国連アジア極東経済委員会）が計画しているメコン川総合開発の一環としてダムを建設するので、R組が請負ってやっているんです。日本人は三十人ばかり来ていますがね。そのほか東邦建設といって、これは純然たる民間ベースでこちらに社員を五、六人駐在させています」

谷口は東邦建設というのは知らなかった。それは、いままで読んできた政府発行のパンフレットには載ってないことだった。

「東邦建設というのはですね、東南アジア方面に灌漑用の水路開発とか、地下水による水道の建設といったものの工事監督を請負っているのです。会社としては中小企業に属するでしょうね。そんな大きな仕事をしている割合に、企業体そのものは、わりと小さいのです」

「石田君はそういう所を訪ねて行って、話をしていたわけですね」

「そうです」

「しかし、そういう表向きのことでなく、個人についてももっと突っ込んだ話を聞いていたんじゃないですか。それには昼間だけではなく、夜もどこかで一緒に酒を飲むとか、遊ぶとかしていたことはありませんか」

「そういっては何ですが、こちらにいる日本人は、ふところがそう豊かではありませんよ」

「ほう、どうしてですか。相当な給料をとっているんでしょう?」

「こちらの水準からすると高いほうですね。しかし、カネの使い方が激しいので、追っつかないわけです」

と、山本は初めて口もとに薄い笑いを見せて、

「それについては、いろいろありますよ。いずれ、お話しすることになるかも分りません。……ところで、谷口さん、これからどうなさいますか。今日の予定ですが。お疲れになっているのだったら、明日から市内をご案内してもいいんですが」

と、谷口の顔をのぞくように見た。

「そうですな。こうして第一日からホテルに閉じこもっているのも何ですから、ひと回り見せていただきましょうか?」

「それじゃ、参りましょう」

山本は先に椅子を立った。若いのに、やはり少し猫背である。

谷口は山本のことをよく知らなかった。石田伸一がビエンチャンに来たときの通訳だったこと、フランス料理のレストラン「コントワール」の女主人が経営している「ビエンチャン・ブ

ックストア」の支配人であること、この二つしか分っていなかった。初対面からいきなり前歴を尋ねるのも悪いので遠慮したが、そのうちに聞くつもりだった。

近くでドアが閉まる音がした。ちょうど谷口が自室のドアを開けて廊下に出たときで、階段のほうに向って五、六メートル先に黒の半袖シャツの大男が歩いて行くのが見えた。栗色の頭のぐあいから、飛行機の隣席に坐って三文小説に夢中になったあとタイ語の新聞をとり出していた男だと知った。

あるいはと思っていたが、やはりそうだった。9号室に三十分違いで入ったのはあの男だったのだ。アメリカ人と思っていたのに、ボーイはオーストラリア人だと云った。彼はふり返りもしないで、大股に階段のほうへ降りて行った。無愛想な男のようだった。

山本は、いま閉ったばかりのドアを通りがかりに見て、

「石田さんは、この部屋に居られましたよ」

と谷口に云った。石田伸一が9号室にいたのはビエンチャン警察の捜査報告書で知っていたし、それは手帖につけている。が、谷口は初めて聞いたような顔をした。

「あ、この部屋だったんですか」

ちょっと足を停めてドアの数字を眺めるようにした。

「ずっと、この部屋から移らずに?」

「そうです。はじめ入られてから最後まで。もっとも一旦入った部屋に、よほどの不満がない限り、ずっといるのが人情ですがね」

山本は云ったが、石田がその部屋にずっといたのをかくべつの意味にも考えてないようだった。

観光ポスターのある壁の前から左に階段を降りた。階段は途中で曲っているが、そこに立つと下のロビーも右手のフロントも、玄関、入口の外までも見渡せた。オーストラリア人の姿はなかった。ほんの一、二分の違いだから、そこで見かけなければならない。

「どこに行ったのかな」

谷口は思わず呟きが口から出た。

「なんですか?」

山本が訊いた。

「いや、ぼくらの前を降りて行った外人です。ボーイの云ったオーストラリア人です」

「食堂にでも行ったのでしょう。降りてすぐ右手の廊下を曲りますからね」

山本は関心なげに云った。

ここに入るときは気がつかなかったが、階段を降り切って右を見ると、フロントの角から折れたせまい廊下が伸びていた。通路に照明がないので暗かった。その向うに人間の黒い影が歩いていた。

時計を見ると一時をすぎていたが、空腹は感じなかった。山本は谷口のキイをフロントに渡し、ベトナムの女とベトナム語で笑いながら短く話していた。

二人は表に出た。外の熱気が押しよせた。あまり利かない冷房と思っていたが、外に出て、その有効だったことが分った。シャツと半ズボンのずんぐりした若い男が横の車のドアを開けて、山本を迎えた。

「谷口さん。これは白タクです。ぼくは車をもたないのでこれを使いますが、車の料金はその都度払っていただけますか。ガイド料に含めると計算が面倒になりますから」

山本は云った。

「結構です。計算しやすいほうがいいです」

谷口は云ったが、まだ山本とは料金の契約もしてないのに気づいた。山本は自分でガイド料と云ったが、正確には通訳料であろう。しかし、山本はそれが職業ではないので、谷口のほうでは謝礼として出すつもりでいた。山本のほうから「ガイド料」と事務的に云ってくれたので気は楽になったが、職業を響かせる言葉を聞いて少し興ざめな気にもなった。

「谷口さん、警察署に行かれますか？」

車に乗って山本は急に訊いた。

「いや。目下のところそのつもりはないのですが」

山本は谷口が石田伸一の事件の調査を主な目的にしているように考えているようだった。

「では、日本大使館には行かれますか？」

山本はまた訊いた。

「いや、そこも格別な用事はありませんが。……それとも、ラオスにくる日本の旅行者は大使館に一応は届けなければいけないのですか？」

谷口は云った。

「いや、その必要はありません。もっとも大使館では、緊急事態が起った場合のために、邦人の旅行者にはその所在の報告を希望していますがね。むろん、届けなくともかまいません」

「ラオスの情勢は不安なんですか？」

「ラオスはいつも不安ですよ、政治的にも軍事的にもね」

山本は運転手に行先を告げたあと、声を出さずに笑った。

「いつ戦闘になるか分らないという心配があるんですか？」

「それは、もう慢性化していますね。ラオス政府といっても、支配権は全土の三分の一あるかなしです。北部は完全にパテト・ラオの政治区になっているし、政府軍側の南部都市はみんな孤立しています。タケク、サバナケット、パクセなど、共産軍に包囲されて、しかも、共産軍はいつでも好きなときにこれを落せる態勢になっています。ルアンプラバンも、このビエンチャンも安全ではありません。この両都市を結ぶ国道十三号線はすでに危険で事実上閉鎖状態です。連絡は空路によるほかはないのです。このビエンチャンだって、北側八キロぐらいのところがすでに政府軍防衛の第一線ですからね」

車はメコン川の土堤道を少し走って右折し、街の四辻を二つ越した。十字路の真ん中に噴水が上っていた。若い僧侶が三人づれで、暑そうに衣の裾をあげて歩いていた。この国では男子は必ず僧侶の修行経験を経なければならなかった。その義務はタイの青少年と同じだった。僧侶は最も尊敬されている。小さな店がならんでいた。

「政府軍は強くないのですか?」

谷口は、石田の横死事件を調べにわざわざこっちに来たのではないという印象を山本に持たせたくて、そんな話をした。でないと、百数十人しかビエンチャンにいないという日本人仲間に自分が来たことが伝わって、大げさな噂にもなりかねなかった。それほどこの首都も日本人社会も狭かった。

「政府軍ですか。強いといったら嘘になるでしょうね。これは大きな声では云えませんが」

「どうしてですか。アメリカは年間五千万ドル以上の軍事援助を政府軍にしているから装備はいいはずでしょう?」

「それはね、いまは云わぬが花でしょう。おいおいあなたにも分ってきます」

山本の顔には、何でも分っている人間が無知な人間に見せるときの、若いのに老成ぶった微笑が浮んでいた。

「そうだ、花といえば、谷口さん、あなたは石田さんの亡くなられた場所をごらんになりたいのじゃないですか。もし、さきにそこにおいでになるのだったら、花を買われるでしょう。花屋に先に行きますか？」

谷口はうなずいた。石田伸一がいかなる場所で他殺死体となって横たわっていたかは、是非とも確認しなければならなかった。

外国人が多いせいか、わりとしゃれた花屋があった。華僑の店である。谷口はその中でバラを択んで束にした。黒のリボンをかけた。

「谷口さん。これがラオスの国花です」

山本は隅にある、白と紫の小さな花を見せた。花弁の形は百合に似ていた。草ではなく、木の枝に咲いていた。

「チャンパとラオス語でいいます」

チャンパは中国の史料では「占婆」とも「林邑」とも記されることを谷口は思い出した。古代インドの都市の名前だそうであった。インド人の東方発展につれて中部ベトナムのアンナン地方に「チャム人の国」をつくった。「林邑国」がそれである。山本はラオス語と云ったが、花の名はそうかもしれないが、もとはインド・ヨーロッパ語であろう。

「それもバラの横に添えてください」

赤いバラのわきに白い小さな花はよく似合う。石田伸一はラオスで死んだのだから、ラオスの国花で弔うのは不自然でないと思った。

車に戻ると、ずんぐりした運転手は二人を見て運転席で読んでいたうすい本を横に置いた。表紙に中国人の半裸の女の絵がついている。安っぽい絵だった。谷口がのぞいてみると、「吸血嫦《じよう》娥《が》」とあった。

「この運転手は中国人ですか?」

「そうです。バンコックで小さいときから華僑の店で働いていたのです。読んでいるのはエロ本ですよ」

車はメコン川の方角へ向ったが、くるときと道が違っていた。それはすぐ広い道路に出て右折した。突き当ったところが川土堤で、オテル・ロワイヤルから来た道となる。だから、右に行くとホテルだが、車は左に折れた。そして、五分と走らないうちに停った。

「降りましょう」

山本が云った。運転手がドアを開けた。

メコン川はそのあたりから、ゆるやかに彎曲していた。こっち側も、向う側のタイ領も熱帯性の森と草以外には何もなかった。水の流れは、向う岸に片寄っていて、こっちの側は小石の川原になっていた。砂利採取のクレーンもトラックもここにはないのは幅が狭いからだろう。陽が服の上から射した。

「だいたい、あのあたりだというんですがね」

山本は洲のところを指した。この土堤下から十メートルぐらいの箇所で、水の流れの近くだった。

「下は小石の川原ですね。タイヤの跡はついてなかったんですか?」

「警察の調べでは、タイヤのあとも、ものを引きずったあとも、それから足跡もなかったそうです。こういう小石だらけですから、そういうものはつかないんですな」

谷口は納得した。

「石田君の死体は、どういう恰好で?」

「俯伏せになっていたそうです。上半身が水に漬って、少しすべり落ちるような姿勢だったといいます。顔と、ひらいた両手とが水に入っていたんですね」

谷口は土堤を降りた。小石の上は歩きにくかった。靴の裏からも石の灼けたのが分りそうだった。向うの岸近くで、タイの子供が三人泳いでいた。谷口は水の傍にきて、

「この辺ですね?」

と、山本に場所の確認を求めた。

「多分、そのあたりだと思います。なにしろ、ぼくはバンコックから帰って話を聞いたもんですから、正確ではありません。しかし、それほど違わないはずです」

谷口の見たビエンチャン警察の捜査報告書も、死体の発見状況は山本の云う通りだった。だから現場の位置も間違いはなかろう。

谷口は合掌し、花束を水の上に置いた。赤いバラと白いチャンパはゆっくりと下流に動きはじめた。メコン川に弔花を流そうとは予想もしてなかった。土堤の上から運転手が見ていた。浮いた花に陽が輝いていた。

二人は車に向って歩いた。川のそばでも風がなく蒸し暑かった。土堤に出てアスファルトの道を眺めた。左にオテル・ロワイヤルの青い屋根とクリーム色の壁が見える。右は道が土堤下からはなれて、川沿いに町の中に入っていた。あとの土堤は雑草と樹だけだった。

「この道をまっすぐに行くと、どの方面に出るんですか?」

「タードゥアというところです。ここから二十キロくらいありますかな。やはりメコン川沿いの村で、タイの北端のノンカイの町と向い合っています。そこから渡船が往復していますよ。川の真ん中が国境です。両側に税関があります」

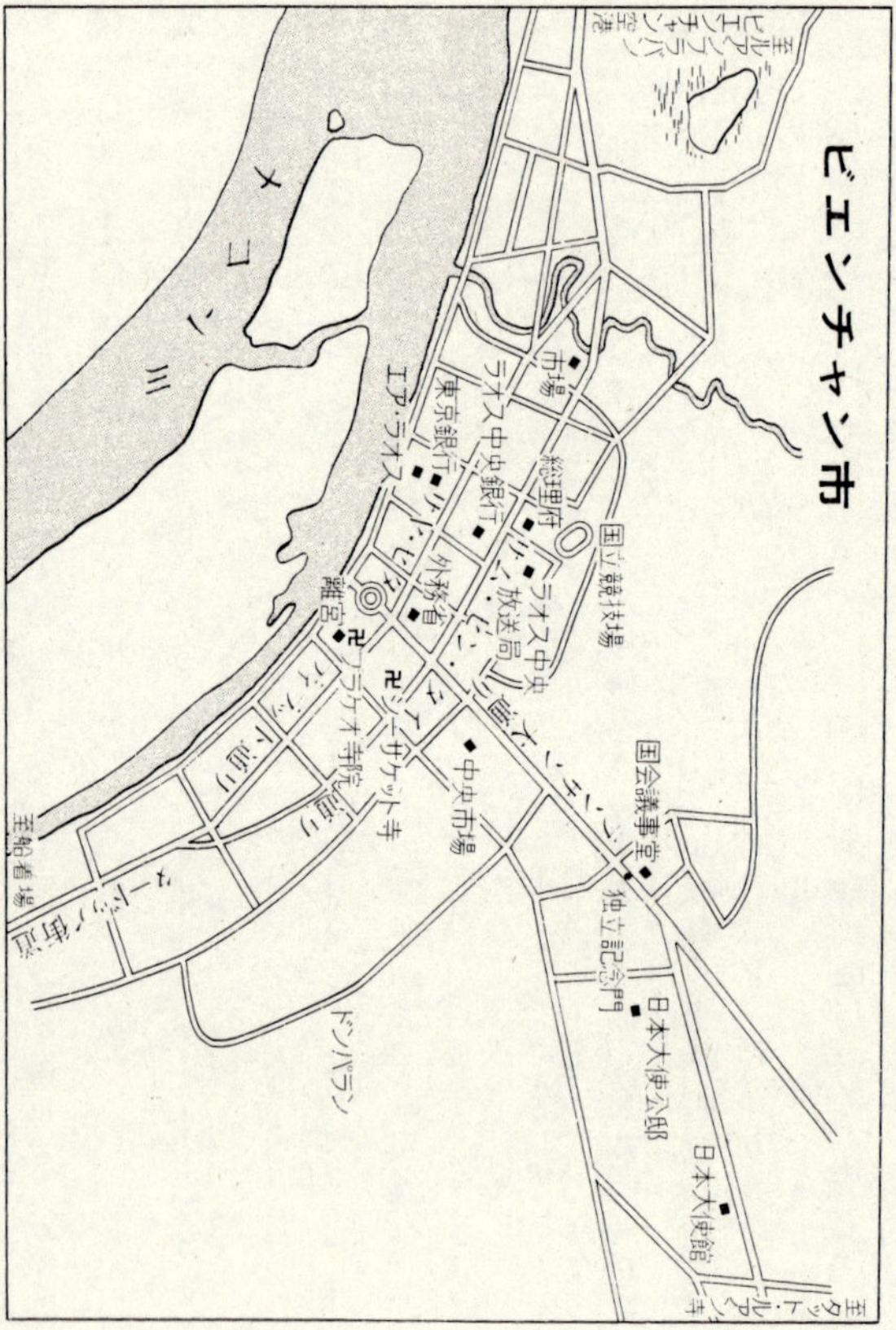

ビエンチャン市
至ルアンプラバン
ビエンチャン空港
メコン川
市場
ラオス中央銀行
東京銀行
エア・ラオス
総理府
国立競技場
ラオス中央放送局
外務省
離宮
中央市場
国会議事堂
独立記念門
日本大使公邸
日本大使館
至タット・ルアン寺
ドンパラン
至船着場

山本は身体が細いせいか、それとも土地の気候に馴れているのか額に汗も滲ませていなかった。谷口のズボンのポケットには絞れば汗の滴りが出そうなハンカチが三枚押しこんであった。

「では、この道をまっすぐに行くと？」

谷口は指の方向を左に半円に移した。方角からすると、川の上に傾きかかった太陽の位置と頭の中にある地図から判断して北に当ると思われた。道幅は広く、主要道路の一つにみえた。

「あ、その道路が、いわばビエンチャン市の東端を区切りますね。そして、右折すれば、ドンパラン地区に出るんです」

「ドンパランに？　キャバレーの多いところですか？」

「そうです。ダンスホールという名の店もあります」

「石田君が殺された晩、最後に飲んでいたというスリー・スターという店のあるところですね？」

「そう。石田さんが最後に飲んだ店かどうか分りませんが、とにかく生きている姿では最後に目撃者のあるところです」

山本は谷口の言葉を少し訂正した。その口吻《くちぶり》では、石田はあともう一軒どこかに寄ったかもしれないがそれは届けた者がないから分らない、と云いたそうに聞えた。慎重な云い方である。

「なるほどね。だが、かりに石田君がスリー・スターを出て何処にも寄ってないとすると、ドンパランとこの殺害現場を結ぶこの広い道路がひとまず問題になりますね。その途中で何かがあったという……」

「警察でもその推定で、この道路沿いを相当に洗ったんですがね。たとえば、サムロが酔っている石田さんを見て金を奪《と》るつもりで乗せたというようなことをね。だが、それは出てこないんですな。この道路でなかったら、あるいは目撃者があったかも分らない。他の道路だとドンパランからやってくる白タクやサムロが多いんです」

「その時刻にですか？」

「キャバレーやバーのホステスを連れて客がホテルに戻るんです。店の女たちは、みんな淫売婦です。……とにかくドンパランを通って街を一巡しましょう」

二人は車に戻った。山本が運転手に行先を云うと、運転手は読みかけている艶笑本「吸血嫦娥」のページを折って、アクセルを踏んだ。

走る途中、谷口は窓から道路の両側を気をつけて眺めた。この辺は街の中心から離れているため、商店がなく、寺の塀とか、事務所風な建物とか、また田圃などがあった。このぶんだと夜は人通りもなく、暗いにきまっている。もっとも、ビエンチャンはどこでも中心を一キロ半もはなれるとたちまち場末になる。この夜の道路で石田が不幸の発端に遭遇する可能性は十分に考えられた。

舗装道路は途中で尽き、あとは同じ幅の砂利道となった。右に少し曲って行くと、家並はひどく貧弱になって、屋根の低い、小さな民家がごたごたと集まっていた。そのへんは椰子やバナナや火焔樹やサルスベリ、チークなどの熱帯モンスーン林の樹が繁っていて、たたずまいにジャングル的な様相が残っていて、街なかとは印象が違っていた。そうした野性的な木立をうしろに、ダンスホールやキャバレーが、両側に何軒もならんでいた。粗末な木造家屋で、ほかの普通の家より少々大きいというにすぎなかった。家の前には板ぎれを打っただけの塀があり、板ぎれを上で交差しただけの門があった。門の板ぎれには「マイアミ」とか「バッカス」とか「ラテン・クォーター」とかの英語がペンキで書いてあった。「スリー・スター」もそうした建物の一つで、門には青、赤の小さな裸電球をいくつもぶらさげた電気コードが、上にさし渡された板ぎれに熱帯性蔓《かずら》のように絡みついていた。門から建物までは五、六メートルくらいで、横が広場になっているのは客の駐車場のようだった。道と板塀の間には細い泥溝《どぶ》があり、汚い水が黒く溜っていた。

どのキャバレーも昼間のことで表戸を閉め、埃っぽい姿を炎天の下にさらしていた。装飾といえば入口の上に匍《は》っている安っぽい造花ぐらいなもので、目立つような看板も上っていなかった。つい、数年前までは市内にはロウソクのように暗い電燈しかなかった。

山本の指示によって運転手は速度を落としてこの歓楽街を見物して通った。

「この裏一帯に女たちの住居があります。高床式のニッパハウスですがね。そこが彼女らの生活場所でもあり、営業場所でもあるわけです。客は女をホテルに連れこんだり、女の家に行ったりするんですよ」

裸の子供が五、六人で車の前を騒いでせまい道幅を駆けぬけた。

「ホテルは、ビエンチャンにどれくらいあるんですか？」

「何軒かありますがね。オテル・ロワイヤルが最高級で、もう一つは商店街の中にオテル・アンバサドゥールというのがあります。ここは主に外国の特派員や通信員が好んで使っています。料金がロワイヤルの半値だからね。あとのは、ホテルとは名ばかりで、クーラーもなく、とても外国人が泊まれるようなところではないですな。そうそう、ロワイヤルだって女は平気で連れこめますよ。フロントは見て見ぬふりをしてくれますからね」

歓楽街は、どのように遅い速度にしても、あっという間に通りすぎた。車は左に走った。低い屋根の上には壮大な金色の尖塔がそびえていた。

「さっきのダンスホールやキャバレーですが、あれはいつごろからあるんですか？」

「六年前からだそうです。ぼくは居なかったので知りませんがね。今のようになったのはアメリカ人が本格的にこっちに来てからだそうです」

「いま、アメリカ人はどれくらいこっちにいるんですか？」

「援助部隊員の家族を含めて三千人ぐらいですかね。この先のほうにアメリカ村がありますよ。とにかくアメリカ人が来てから、ドンパラン地区は拓《ひら》けたそうですな。もとは森林だったといいます」

金色の尖塔は風景の中に遠くまだ見えていた。

「あの寺がタット・ルアンです。十六世紀にランサン王朝の王様がつくったもので、金箔を貼ったパゴダには釈迦の髪の毛が納められているそうですな」

山本は、相変らず抑揚のない声で云った。うすい唇は惰性で動いているような感じだった。

やがて広い道路に出た。右側にパリの凱旋門とそっくりなかたちの巨大な門がそびえていた。門の周囲は広地となり自動車道路が旋回していた。近くを車やサムロが走っているが、小さく見える。門はコンクリートだけの灰色だった。足場が組まれていた。

「あの門に金箔を置いて、金色燦然《こんじきさんぜん》たるものにしたいらしいですな。仏教の国らしくね。その奥にあるタット・ルアン寺と一対になるプランでしょうな」

山本は一重瞼を開いて眺めた。

「凱旋門らしいが、どこの国と戦争して勝ったんですか?」

「戦争して勝ったんじゃありません。いま共産軍と戦争をやったら敗けるにきまってますからね。この門はフランスから独立を獲得した記念です。独立門ですな」

「いつごろから着工しているんですか?」

「十年ぐらい前からです」

「十年前から?」

谷口はおどろいて訊いた。

「それで、まだ完成しないんですか?」

「あの通りです。政府に資金が足りないんですな」

「だが、ラオス政府はアメリカをはじめ各国の援助資金を相当にもらってますね。この独立門の建設はいわば国家的な事業でしょう。それが着工以来十年も経って、まだ完成しないのはどういうことですかね」

「莫大な援助資金がどこかで消えてるんでしょうな。官僚のボスや軍閥の首領たちの懐に入ってるのじゃないかとみんなで云っています」

谷口はここでも日本で読んできた本のことを思い出した。

《アメリカはインドシナ休戦のあと、一九五五年一月からラオス援助を開始、六二年半ばまでに少くとも五億ドル前後の援助をこの小王国にあたえてきたと思われる。これは年間にして約六千五百万ドル、ラオス国民一人一カ年あたり三二ドル五〇セントにあたる。

この国の一人あたり年間所得は二二ドル半であるから、これだけの援助を七年半も供与されたならば、国の経済建設はいうまでもなく、国民一人一人の生活水準もかなり向上してよいはずであった。ところが、兵隊、警官の給与、装備が改良され、役人の給料が若干あがり、道路が一部に作られたほかは、ほとんど変りがなく、ラオスは昔のままのラオスであった。

それどころか、巨大な援助が約束される結果、援助に依存し、そのため赤字予算が常態となり、国家財政は破たんにひんするにいたった。役人は汚職をこととし、商行為には不正、悪徳がつきものになってしまった。苦労して建設計画をすすめるより、楽をしてドル資金をもらった方がよいので、だれ一人建設計画に精出すものがなくなった。街に生活するものは奢侈の味をおぼえ、村落に生きるものは昔ながらの貧困にあえぐ》（丸山静雄「東南アジア」）

「汚職があるんですね？」

「汚職といっても、日本人の感覚とは違いますよ。この国ではある意味で必要悪のようですね。兵隊は徴兵制度ですが、給料がおそろしく安い。下士官も下級将校も安い。それでね、将軍は部下の掌握に金が要るのです。その下の幹部も直属部下に金が要る。そんなふうにして階段式になっているから、頂上の軍司令官は実力保持のためにたいそう金がかかります。そうでないと部下の人心が得られないからね。中央に国防長官のような人はいるけど有名無実でして、実力は各軍管区の司令官が握っている。この司令官どうしが対立しているんです、完全に軍閥ですな。そんなふうだから、いつクーデターが起るか分らない。心配は外敵の侵略よりも、このクーデターですよ。これまでも三回大きなのが起っている。だから将軍たちも、いつも部下の掌握と金の準備をしていなければならない。万一の場合はラオスからタイに逃げこんで、ほかの国に亡命しなければならない。その費用が要りますからな。そりゃ、アメリカの援助資金も将軍連がふところに入れますが、それだけでは足りない。ほかのこともやって金をつくらねばならないんです。いつかのクーデターでは、失敗した警察長官が国外に逃亡したものの、中央政府に帰順してつかまって殺されました。噂によると亡命生活の費用がなかったからだとも云われている。いっしょに逃げた将軍は、いまタイかどこかで安全な生活を送っているということです。金を貯えていたからでしょうな」

抑揚のない山本の舌だが、よく動いた。

「ヘンな国ですね」

「ヘンな国です。谷口さん、各国の大使館はね、日本をふくめてクーデター突発の対策ばかり年じゅうやっていますよ。いざというときは在留自国民の婦女子をまずタイ領に逃がすためです。さっきぼくが云ったタードゥア、そこに常時チャーター船をつないでいて、いつでもメコン川を渡って対岸タイ領のノンカイに人を移すようになっているのです」

「そんなことを聞くと、援助資金が途中で消える理由が分りますね。しかし、それでよくアメリカあたりが文句をつけませんね？」

「文句を云うと、ラオスはすぐにでも共産圏につくおそれがあるからじゃないですかね。また、ボスどもはそう云って逆にアメリカをおどしているんでしょうな。アメリカとしては年間たかだか六千万ドルぐらいでラオスをこっち側につけておくのだから安いものです。もし、ラオスが共産圏に入ったら、インドシナ半島三国もタイもみんなそうなるだろうと、アメリカでは考えていますからね。汚職が横行していても、見て見ぬふりをしているのですよ。……だが、谷口さん、さっきもいったように、それくらいの汚職では将軍たちの私腹、いい意味では自派の勢力保持の資金には足りませんよ。内職をしないとね」

それが、ほかのこともやって金をつくらなければならないといった意味であった。山本のうすい唇に、曖昧な薄笑いが出た。

「これは公然の秘密として噂されてるから云ってもかまいませんがね。その、阿片の取引ですよ。軍閥のボスたちが大量にタイ領に流しているそうです」

「軍が阿片を？」

谷口は呆気にとられた。

「ラオスの北部の高原地帯にはメオ族が住んでケシの栽培をしています。ジャール平原とか、中国、タイ、ラオスの国境のせり合っている山岳地帯が阿片の特産地です。そこで粗製の生阿片を軍隊が秘密に入手して、タイの商人に売りつけてるらしいですな。タイではそれを精製して麻薬にしているというんです。その生阿片を売った金を将軍連は兵隊の給与に当てているそうです。……そうそう、ぼくが石田さんにその話をしたら、石田さんは阿片のルートにだいぶん興味をもっていましたよ」

「うむ、阿片に興味を持って……で、石田君はそれをだいぶん調べていたのですか？」

「調べるつもりのようでしたな。調べても分りようはないわけですが。ぼくなんかにも分りませんね。精製前の阿片がラオスから相当流れているのは事実らしいですがね。このビエンチャンにも阿片窟がありますからな」

車は街の中心に向って大通りを走っていた。独立門を凱旋門に見立てるなら、これはさしずめシャンゼリゼーの通りだろう。ラオスの都市はフランス統治時代の文化の夢からさめきれずにいる。教育方面は未だに残留しているフランス人顧問団ががっちりと握っていると山本は話した。コンコルド広場に当るところにはマドレーヌ寺院ならぬ仏寺のような大屋根があり、広場には荷台や野菜の切れはしが散乱していた。

「ここでは朝市が開かれます。毎朝やってますよ。七時から八時ごろがいちばんさかんですな。この大通りは、アベニュー・ランサンというのです」

——石田がラオスに出発する前、谷口は彼に危険なところには行かないほうがいいと忠告したものである。ラオスの阿片のことはうすうす聞いていたので、そんな取材には深入りしないように、あまり興味を持ちすぎるとどんな事故につながるか分らないよと注意しておいた。気をつけます、と石田は云ったが、やはり好奇心から阿片の穿鑿《せんさく》をしていたらしい。現地にくれば、だれでも欲が出る。そう度々来られる土地ではないから、この際にと精を出す。石田の性格だと、それに深入りしそうであった。小説を書きたい男だった。

石田の遭難が、阿片の取材活動に関係があったかどうかは分らない。だが、殺害された原因が不明な現在、少くともそれは推測される線の一つといえた。

「石田君は、その阿片窟をのぞいたことがあるんですか？」

「一度だけあるそうです。ぼくにそう話しました」

山本は簡単に云った。

「そこは、だれでものぞけるんですか？」

「だれでもは行けません。一応は非合法ですから。けど、伝手《つて》があれば入れます。警察も営業者からしかるべく袖の下をとっているから眼をつむっていますよ。もっとも石田さんが入ったのはそれほど危ないところではないのです。市民にも分っている場所ですからな」

「石田君もだれかの紹介でそこに行ったんですかね？」

「ぼくにはだれか云いませんでしたな。石田さんは、ここに半月以上滞在している間に、けっこう顔がひろくなったようですな。せまい街ですからね、人間も少いのです」

山本はそれ以上は話したがらなかった。通訳兼ガイドとして石田についていた彼は、この街に馴れてきて単独行動するようになった石田をあまり面白く思ってないらしかった。たしかに石田にはそういうところがあった。彼は活動的で、自分を恃《たの》む癖があった。英語はともかく、ここではフランス語が通じるので、中年以上のインテリのラオス人とは話ができたと思われる。

「石田君を阿片窟に連れて行った人はだれですか?」

谷口は、山本が話したくないのが分っていたが、そう訊かずにはいられなかった。

「さあ、知りません」

山本は無愛想に答えたが、その返事が正しいかどうかは分らなかった。むしろ、云いたくないというように見える。石田に阿片窟を紹介した相手にも好感をもってない口ぶりだった。

ぼくも一度そんな場所をのぞいてみたいですな、谷口はよほど口にしたかったが、言葉を呑んだ。そんなことを云うと、ますます石田の事件を調査に来たようにとられる。まだ到着したばかりなのだ。様子は全然分らない。この山本実がどのような人物かもはっきり判っていなかった。もう少しおぼろでも「かたち」が見えてくるまでは慎重に振舞おうと思った。

せまい道に入った。繁華街だった。雑貨店、中華料理店、洋品店、文房具屋、写真機店などがならび、「××公司」と漢字とラオス文字の看板が上っている。人が出ている。車は少く、ほとんどが自転車だった。

「このビエンチャンには華僑がどのくらいいるんですか？」

「ほぼ三万人というんですがね。今はもっとふえてるんじゃないですか」

「相当立派な店を持っていますね？」

「華僑はどこでも商売がうまいですな。財力があるんです。ラオスの経済力を握り、ビエンチャンの中産階級をつくっています。この街の反対側の通りはね、インド人の洋服屋が多いですよ」

「この通りの名は？」

「サム・セン・タイというんです。十五世紀に在位したランサン王国の王さまの名をとったのです」

運転手が車の速度を落した。

「ここです、わたしの働いているとこは。ちょっと店を見ますから、あなたもお寄りになりませんか」

車がとまったのは電気器具屋の隣で、かなり目立つ店構えをもった本屋の前だった。屋根の上に「ビエンチャン書房」と和英両文で書き、下にラオス文字がならんでいる。入口から奥までの書棚に本が詰っていて、なかなか派手に見えた。本のならべ方は日本の小売屋と変りはなく、棚の前にもつんであった。本の表紙が色とりどりなので賑かだった。山本は店内をまわり、三人の女店員にラオス語で聞いたり、指示を与えたりして、ガイド兼通訳から本職の支配人の姿に戻っていた。女店員は十七、八くらいの娘で、みんな茶褐色の顔をしていた。ラオスの女にはまる顔が多い。

山本が暗い奥のほうに行っている間、谷口はならべてある本を眺めた。アメリカの小説本が主である。アメリカのはペーパーバック類が多く、いかにもビエンチャンにいる米人相手の商売であった。フランスの小説本は少い。タイ語と中国語の本が多いが、ラオス語のは少い。日本の本は一冊もなかった。

「ビエンチャン書房」と名乗り、支配人も日本人だから経営者は日本人だった。その程度には谷口も聞いていたが、その主人のことについて詳しくはまだ山本にたしかめていない。初対面からいきなり通訳の身元調べをするようで、遠慮していたのだが、本屋に連れてこられたのはいい機会であった。

店には客が三人ばかりいた。中国人が二人と、ラオス人が一人だった。みんな十七、八くらいである。二人の中国人は英語の本を立ち読みし、ラオス人はフランスの本を手に立っていた。

表から年配の日本人が入って来た。長身である。半袖シャツに白いズボンをはいていた。その男は店の女にラオス語で何か訊いて向うの棚の下に行った。そこには絵本類が並べてあった。彼はその中から二冊手にとって、女店員の横に戻った。フランスの絵本で、表に動物の絵がついている。そのとき、男は谷口にはじめて気がつき、ちょっと照れたような顔をした。男はうすい髪で、瘠せた顔と両手は陽に焦けていた。

山本が姿を現わした。

「ああ、山本さん、こんにちは」

客のほうから云った。

山本は勢いのない声で、いらっしゃい、と挨拶を返した。

「その後、まだ新しい絵本は入ってこないようですね？」

客は訊いた。

「そうですね。もうそろそろ入る頃なんですがね。パリに注文して二カ月近くなりますから」

「とりあえずこの二冊を貰いましょう」

山本は客から本を取って、女店員に包ませた。包装紙は古新聞を使っていた。

「ご紹介しましょう」

山本が谷口のほうに顔を向けた。

「こちらは東邦建設の杉原さんです」

杉原は谷口にていねいに頭を下げた。暗い店内だし、顔が焦けているので、眼ばかり白かった。

「こちらは谷口さんです。東京のS社の方です」

谷口は名刺を出した。先方はシャツのポケットから名刺入れを出し、一枚を抜き取って差し出した。「東邦建設株式会社ビエンチャン出張所技術主任杉原謙一郎」とあった。

「杉原さんは一年半前にインドネシアのジャカルタ出張所から、こちらに転勤されたのです」

山本が簡単に紹介した。

「東京からいつ、こちらにお見えになりましたか」

杉原謙一郎は谷口にやさしい笑顔を向けた。瘠せた鼻が隆《たか》く、顎が尖っていた。顔に皺が多かった。

「たった三時間前にビエンチャンに着いたばかりです」

「それは、それは」

杉原は谷口の答えを聞き、その名刺の肩書にもう一度眼を落した。

「バンコックに来たついでに、ぶらりとこっちに回ってみたのです。ビエンチャンはまだ見たことがないものですから」

「あまり田舎なので、びっくりなさったのじゃないですか」

杉原は皺を動かして笑った。

「いや、だいたいは日本で聞いて来ましたから、それほどには思いません」

「東京はずいぶん変ったでしょうね。高速道路などできて、随分りっぱになったそうですね？」

「そうですね。二、三年前から見ると、まるで様子が違います。杉原さんはいつ頃、東京から出られたんですか？」

「五年前です。アフリカに行き、それからインドネシアへ行ってから、ずっとですから」

「その間、東京にお帰りになったでしょう？」

「それが一度も戻っていないのです。戻りたいとは思いますがね、どうも時間とカネがなくて」

女店員が、包んだ絵本を杉原に渡した。杉原は受け取ってから谷口に、買物を説明するように云った。

「子供が幼稚園に上がったと女房が手紙でいってきましたのでね、こちらから絵本を送ってやっているんです。日本にもりっぱな絵本がありますが、やはりこっちで買ったのを送ってやると、喜ぶんですなア。わたしもそのほうが、なんとなく、子供にじかに手渡したような気がするのです」

「インドネシアからすぐこちらに赴任されたのですか？」

「そうなんです」

「本社のほうでは、転勤を機会に休暇で日本にいっぺん呼び返してくれないんですか？」

「そうしてくれるといいんですがね。われわれは大使館の人たちとは違います。そのまま新しい任地の国に直行ですよ。休暇もくれないんですからね。こっちに女房を呼び寄せようにも、カネがかかりますから、それもできません」

杉原謙一郎はにこにこして云った。

「すると、いま、こちらではおひとりでお暮しになっているんですか?」

「東邦建設の寮があるんです。この先なんです。ここより東に当りますがね。一階建てのアパートです。そこに四人が一部屋ずつ貰って、独身生活をしています。あとの三人はまだ若いのです。みんな技術者ですがね」

「ほかの方も外地ばかりですか」

「いや、二人は日本からまっすぐ来て、一年ばかりしか経ちません。もう一人はサイゴンから回されたのですが、この男もサイゴンが一年半で、こちらが二年ですからね。ぼくから見ると、まだ短いですが、この先、何年ここにいるかわからないし、またどこにやられるかわかりません」

「それはたいへんですね。お仲間はなん人ですか?」

「東邦建設はみんなで六人ですが、R組には多勢います」

杉原は答えたあと、思いついたように云い添えた。

「それから、もう一人、日本人の医者がいますよ。これはR組と、わたしのほうの会社と共同で給料を出してきてもらっているのです。日本人の病人には、日本人の医者でないとどうしても困りますから。フランス人の病院はありますが、窮屈で不自由ですからね。それに、自覚症状の訴えなど日本人の語学力では微妙な表現ができませんから。大久保さんといって、もう六十をすぎています。若い医者はこんな寂しい、へんぴな国には来てくれません」

「医院の設備があるんですか？」

「診療所があります。わたしのアパートの近くですがね。住居といっしょです。四年前に開設して若い医者を呼んだのですが、こんなところは辛抱できないと云って、半年くらいでさっさと日本に帰ってしまいました。若い医者ではつとまらないでしょう。それから大久保先生はもう三年以上経ちますが、よく辛抱してくださいます。やっぱり年とった人がいいですな」

「R組と東邦建設関係以外の患者でも診てもらえるんですか？」

「日本人はみんな診てもらってます。そのぶん、大久保先生の特別収入ですな。われわれの出している給料は多くないので、われわれの患者にさしつかえない限り、それは認めているのです」

「看護婦さんは？」

「看護婦はいません。先生自ら看護婦のやる仕事を兼任でしています。タイ人の女が一人いますが、これは調剤くらいはやります。別にラオス人の通いの炊事婦がいます」

「そのお医者さんも独身ですか？」

「独身です。ビエンチャンにいる日本人では、大使館の人とか技術援助部隊の責任者とかが夫婦で来ているくらいなものですよ。あとはみんなラオス・チョンガーですな」

六十すぎの独身の医者なら此処に来ていても辛抱できるだろうと思った。

「日本人の患者は多いんですか？」

「数が少いですからね。大久保さんの腕ならアメリカ人やフランス人を相手に開業しても絶対信用を博すると思うんです。しかし、先生は英語もフランス語も全然しゃべれない。ラオス語はもちろんできない。通いのタイの女にも日本語の片ことを教えこんで用を足しています」

表から大きな男の影がさしてきた。オテル・ロワイヤルの9号室に入ったオーストラリア人である。暗い店の中へ入ってだまって本棚を眺めている。こちらの日本人には眼もくれなかった。本棚の本を眺めていても、特に興味をもっているでもなく、いわば時間潰しにぶらりと入って来た様子だった。谷口は息を詰めて見ていた。

オーストラリア人は、時どき雑誌を手に取って見たが、面白くなさそうにすぐもとへ戻し、また、ぶらぶらと足の位置を移してペーパーバックのならんでいる前に立った。

「ビエンチャンの蒸し暑さは東京とあまり変りがないでしょう？」

杉原が谷口に話しかけた。谷口はオーストラリア人から慌てて眼をはずし、杉原の顔に戻した。

「そうですね。もっと乾いた空気かと思いました」

「みなさん、そう云われます。ここの蒸し暑さはバンコックとだいたいおなじです。しかし、あなたは悪い時期においでになりましたね。三月がこっちの真夏ですからな。日本では考えられないことです。日本は桃の季節ですからね」

「お子さんはお嬢ちゃんですか？」

「男の子です。近頃、仮名で書いたものを、女房が手紙の中に入れてくるようになりました」

オーストラリア人のほうは、あごの下に手を当ててまだペーパーバックの表題を見つめていた。

支配人の山本がその男のそばに行った。低い声の英語だった。

「何かお求めになる本がございますか？」

オーストラリア人は山本を見返ったが、すぐに眼を本棚に戻した。

「No, just looking around」（ただ見ているだけだ）

サンキュウと云って、山本は引き退った。

「ビエンチャンは全く遊ぶ所のない町でしてね」

と、話好きと見えて、杉原が谷口につづけた。

「若い人だと、けっこう楽しめる所がありますが、ぼくらみたいに年とってくると、もうその気も起りませんのでね。部屋の中で酒でも飲むよりほかにしかたがないです」

「相当召し上がるんですか？」

と谷口は、眼の端にオーストラリア人の動きをおさめながら、杉原に訊いた。

「それほどでもありません。昔はかなり飲んだものですがね。やはり近頃はこたえますよ。さっきお話しした大久保先生のほうがずっと元気ですね。年はぼくよりひとまわり以上も多いんですが」

顔の皺で杉原はひどく老けて見えるが、実際はもうすこし若いようだった。年齢に見当がつかなかった。

「ぼくはここに三週間ぐらいいるつもりです。オテル・ロワイヤルに泊っていますから、お時間があったら声を掛けてくれませんか。山本さんと一緒に一杯やりましょう」

谷口は云った。

「ありがとう。ぜひそういう時間を持ちたいものですな」

オーストラリア人は黙って店を出て行った。広い肩幅の背中が熱い陽で真白くなっていた。

「ビエンチャンには何か取材にでもおいでになったんですか？」

杉原が横から訊いた。9号室の男が谷口の視界から消えた。

「いや。ただ目的もなく遊びに来ただけです」

これから日本人のだれに会っても同じことを訊かれるだろうと谷口は思った。雑誌社の名刺を出すので想像がどうしてもそこにくる。否定しても、皆は石田の事件で取材にきたと考えるだろう。雑誌社の名を名刺に入れたのは失敗だったかもしれない。

表に車の停る音がした。グレーのベンツから運転手が降りてドアを開けた。白のツーピースをきた髪の黒い女が現われた。小肥りの中年婦人で、谷口は中国人かと思った。ふっくらとした顔にサングラスをかけていた。

「マダムだ。山本さん、マダムが来たよ」

杉原は、うろたえたように山本に注意した。折から金髪をうしろで束ねた真赤な服の婦人客にペーパーバックを売っていた山本はその注意に答えなかった。

「ぼくは、これで失礼します」

杉原はそそくさと谷口に云った。

「あら、杉原さん。もうお帰りですか?」

入ってきた女はサングラスをはずして呼びかけた。谷口は彼女がレストラン「コントワール」と「ビエンチャン書房」の両方の女主人だと察した。レストランの経営者が日本人とは聞いていたが女とは知らなかった。

「はあ、こんにちは」

杉原は彼女にへどもどしておじぎしていた。

「いらっしゃい」

女主人は谷口に軽く会釈し、杉原に二、三歩近づいた。鼻梁は隆かった。

「今日は何を買っていただけましたの？」

眼を細めて笑いかけた。眼尻と鼻のわきに皺が寄っていたが、客扱いに馴れた愛想のいい顔だった。頬に衰えがみえないでもなかったが、その濃い目の化粧を割引しても四十代だろう、と谷口は想像した。

「子供の絵本です」

杉原は窮屈そうな笑いを浮べ、額の汗をふいた。

「あら、新しい絵本が入ったの、山本さん？」

女主人は、婦人客の相手をしている支配人に云った。

「いいえ。まだです」

山本は女主人に無愛想に答え、婦人客からホッチキスでとめた五百キップの札束一つを受けとっていた。この外人女は赤い服は着ているが、五十を越したくらいの、細い身体の女だった。

半分白くなった髪を無造作に束ね、顔色はよくなかった。大きな眼をしていた。この客に女主人は、メルシー、マダム・ポンムレーと挨拶した。きれいな発音だった。

マダム・ポンムレーと呼ばれた女は笑顔をつくって女主人と短く話をした。フランス語の分らぬ谷口は、そのフランス女の深い両のえくぼを眺めていた。そのえくぼのせいか彼女の笑顔は可愛ゆく見えた。彼女はまた山本ともちょっと話をした。山本のフランス語は相当なものに聞えた。英語もラオス語もできるし、語学の才能がありそうだった。

その客を送り出して、山本がもどってきた。

「シモーヌさんは今日は酔ってなかったわね」

と、女主人が云った。シモーヌがいまの客マダム・ポンムレーの名前らしかった。

「酒が入らない日はなんとなく元気がありませんね」

山本はそれだけ云って、

「さっきも杉原さんに申上げたのですが、まだ、荷が着かないのです。ほかからも注文品を催促されてるんですが、あと一週間ぐらいかかりそうです」

と、仕事の話をした。杉原が横から弁解するように云った。

「いや、ぼくのはそう急ぎません。この絵本はまだ買ってなかったものですから」

「いけませんわねえ、折角、お坊っちゃんをよろこばしてあげようとなさっているのに」

「いいえ。……じゃ、ぼくはこれで失礼します」

「まあ、いいじゃありませんか。冷たいものでもお飲みになってからでは？」

「はあ。ちょっと急ぎますので」

杉原は、顔じゅうを皺だらけにして笑い、では、というように谷口にも頭をさげて日射しの中に出て行った。何となく女性的な歩き方だった。

「杉原さんは、いつも何だかそわそわしていらっしゃるわねえ」

女主人は呟いた。

「杉原さんはマダムが苦手らしいですな」

「わたしが？　どうしてかしら？」

女主人がわざと顔をしかめて見せたが、山本はそれにとり合わないで谷口を紹介した。客商売の経営者によく見かけるように、彼女は少し大げさな身ぶりで谷口の名刺と、ハンドバッグから出した自分の名刺とを交換した。彼女の名刺には「コントワール」と「ビエンチャン・ブックストア」の社長、「平尾正子」の日本活字がならんでいた。

「せまいところですが、どうぞこちらにおかけください」

女社長の平尾正子は谷口を奥に誘った。そこには帳簿立や卓上カレンダーやペンや算盤《そろばん》などが載っている机があり、その前に来客用の小さなテーブルと椅子とがならんでいた。ラオスの女店員が三人にコカコーラを運んだ。上の扇風機がなまぬるい風を掻き立てていた。

「この扇風機、ちっとも効かないわね」

と社長の平尾正子は天井に眼を走らせて、山本に云った。

「はあ」

山本が気のない声で答えた。

「ここの蒸し暑さといったら、日本では考えられないでしょう?」

彼女は谷口のほうに向いて話しかけた。若いときにはきれいだったと想像される顔である。手の爪が赤く塗られていた。

「コントワールにいらしていただくと、冷房があるんです。こっちの本屋にも冷房をつけようと思っても、店の表をドアで閉め切っておくわけにもいかないでしょう。どうしても扇風機で我慢して貰うほか仕方がないんです」

「本屋さんは市内にお宅一軒だけですか?」

「ほかに華僑の経営しているのが一軒あります。でも、それは中国の出版物のほうが多いんです。それと別に、政府の機関もあります。そこでは地図だとか、政府の刊行物といったものを売っています。わたしのほうも、日本の方がだいぶふえられたから、日本の書籍や雑誌を取り揃えたいんですけど、東京の取次屋さんのほうでやってくれません」

「本屋さんはどういうつもりで、お始めになったんですか?」

「わたしが本が好きなものですから、始めてみたんです。でもこっちのほうは山本さんに頼んでいるんです」

「社長はコントワールのほうがお忙しいですからね」

山本が微かに笑って云った。

「おかげさまでレストランのほうは、わりとうまくいってるんです。このほうは七、八年前からやっています。本屋を始めたのは三年前ですわ」

「本屋は社長の趣味ですよ」

山本がまた云った。

「趣味といえば、ほんとにそうね。レストランのほうをやってると、ときどき自分の気持が虚《むな》しくなることがあるんです。水商売の宿命かもわかりませんけど」

「谷口さん、コントワールはぜひ覗かれたほうがいいですよ」と、山本がすすめた。「ビエンチャンの主だった人たちはたいていコントワールに食事に来ていますからね」

「そうでもないんですよ」

女社長は山本の言葉を抑えた。が、山本がその下から云った。

「いや、本当ですよ。社長のアイディアが当ったんですね。食事の間にバンドの演奏や歌を聞かせたり、土曜日の晩はフロア・ショーを見せたりしているんです。つまり、サパー・クラブですな」

女主人は支配人の言葉を引取った。

「そう云ってはなんですけど、こちらのキャバレーは変なところでしょう。わたしはもっと健全な雰囲気のレストランがあっていいと思ったんです。それがみなさんの賛成を得たのでしょうね。でも東京からいらした方に、赤坂あたりの豪華なお店を想像されたら困りますわ」

「失礼ですが、おくさんは東京の方なんですか?」

「いいえ、出身は関西のほうなんです」

関西はどの辺かと聞きたかったが、谷口は遠慮した。

「それにしては、奥さんの言葉に関西弁のアクセントがありませんね?」

「若い時にいただけなんです。その後、主人といっしょに各地に住みましたから、結局、いまのように無性格な日本語になってしまいましたの。……ところで、谷口さんはビエンチャンを、どうお感じになりましたか?」

「まだ着いたばかりですから、はっきりわかりません」

「いつ、日本をお発ちになったんですか?」

「五日前です」

「ここにいらっしゃる前にどこかにお寄りになったんですね」

「バンコックに三泊しました」

「バンコックとビエンチャンは、あらゆる意味でずいぶん違いますわ。ここはこんなふうな田舎に見えていても、底は複雑なんです。それは、ちょっと説明のしようがありませんわ。ここにしばらく居ていただいてご自分でお知りにならないと、他人の言葉では、呑み込めないと思うんです」

《世界でいちばん不思議な国》という言葉が、また谷口の頭に浮んできた。

「谷口さんはどのくらい、こちらにいらっしゃるおつもりなんですか?」

「いまのところ、二週間と予定しているんですけれど」

「二週間ぐらいでは、わからないかもしれませんね。本当に様子を呑み込むまでには、ここに一年以上滞在されないと無理だと思いますわ」

ビエンチャン書房を出ると、山本は、ホテルに送りましょうと谷口に云った。

運転手は「吸血嫦娥」のつづきを読んでいたが、ページは、案外進んでいなかった。

「このエロ本はぼくの所からこいつにやったのですよ」

山本は薄笑いしながら云った。

「香港で出版されたんですね?」

「そうです。あそこから来ていますがね。こちらにもかなりな得意があるので、儲けを考えると、仕入れをやめるわけにいかないのです」

「こちらの華僑は北京支持ですか。それとも台湾を支持しているんですか」

谷口は控え目に訊いた。

「ラオスにいる華僑は複雑な政治的立場を考えて非常に慎重なんです。六二年にラオス政府が北京と外交関係をもったので、国府では大使館を閉鎖しました。それ以来、華僑の立場は更に微妙となって、発言もますます用心深くなったそうです。だが、ぼくの見るところでは、年配者や商売に徹している者は国府支持で、若い層は中共支持のようですね」

こういう話の間にも、山本はホテルに帰るまで、市内を回ってさまざまな所を見せた。アメリカ人だけの住宅のある「アメリカ村」もあった。その住宅の一郭は金網の塀に囲まれていた。出入口にも警官が立っていた。青い芝生の上に白い一階建ての細長い建物のあの光景は、日本の基地と似ていた。ラオスの軍事顧問団の家族だった。むろんＣＩＡ要員もいる。

寺院の中には入って見なかったが、バンコックにあるのよりははるかに規模も小さく、貧弱だった。もちろん観光客は一人もなく、人の居ない広場に向って柿色の衣をつけた坊さんが一人、暑そうに坐っているだけだった。

映画館のあるあたりは、一番の盛り場で、食いもの屋が密集していた。この風景だけはどこの国とも変りなかった。ただ、ひどく狭い。

屋台の食べものは見ただけでも貧しかった。

官庁街にビルはなかった。が、役所のクリーム色の建物はやはりフランスの伝統を継いでこぢんまりと瀟洒な感じだった。近代的な住居建築は独立門を東側に入った閑静なあたりに多かった。熱帯植物の植込みに囲まれた別荘風な邸なのである。

「こうした家は、ほとんどラオス軍の幹部たちが建てているんです。彼らはそれを高い家賃で外国人に貸しているんですね。そして当人たちは相変らずラオス式のみすぼらしい家に住んでいますよ」

山本は説明した。

「どうして自分の建てた家に住まないんですか?」

「家賃の上がりがこたえられないんですね。高い家賃がとれますからね」

「こんな立派な家を建てる資金が出るくらいに将軍たちの給料は高いのですか?」

「給料だけじゃとても出来ませんよ。前にちょっと云ったように、兵隊を養うのでも、それでは追っつきませんからね。まして、こういう家を建てる余裕なんかありません。その秘密は例の内職ですよ」

「麻薬の商売?」

「それと、援助資金のぶん取りが相当なものらしいです。みんながやってることだというので別に悪いとも感じないんですね」

「それで国民は彼らを批判しないのですか?」

「批判なんかしません。それは上から抑えられているためもありますが、だいたいラオス人はおとなしいんです。ラオス人は人が好すぎますよ。ほかの国だと、とっくに暴動が起るところですがね」

車はもう一度、朝市の行なわれている広場の横に戻った。その道路を隔てて、白い三階建ての小さな建物が見えた。門前に着剣銃の兵士が一人立っていた。その門の上にラオス文字の看板が出ているが、谷口には読めないので、軍の一機関くらいに思っていた。

「これがパテト・ラオ軍のビエンチャン代表部です」

車の中から窓越しに山本は説明した。

「パテト・ラオなら政府軍が敵として戦っている軍隊じゃありませんか」

「そこがこの国の不思議の一つです。世界のどこにも戦争の対手側の代表部を、首都に堂々と置かせている国はないでしょう」

車はそこから、まだ谷口の記憶に新しい広い道路に出た。左に曲ればドンパラン地区に通じる。右へ行けば、石田の死体が発見されたメコン河畔の現場に到着するのだ。車はそっちに曲った。さっき通ったときもそうだったが、いまもこの道路だけは人通りが少く、サムロもほとんど見えなかった。この通りはいずれ夜になってからもう一度通って見る必要がある。その時は山本の案内なしに行こうと谷口は思った。

「疲れたでしょう」

メコン川のほとりに出たとき、山本は谷口に云った。

「そうですな。ちょっとね」

実際、谷口はここに着いてから、ほとんど休みをとる時間がなかった。今朝もバンコックのホテルでは早かった。

谷口はレストランと書店の女主人のことをもうすこし山本に訊いてみたかったが、やはりこれには時期があると思った。山本の口から洩れて誤解を招くおそれがあった。それでなくともここの日本人たちは谷口がどのような目的でこのビエンチャンに来たかを知りたがっているだろう。

「きょうは南のほうが曇っているので、夕焼けがそれほどきれいではありません」

山本はメコン川の上を眺めて云った。対岸のタイの長い熱帯降雨林の空には、濁った雲が沈澱し、僅かにその隙間から夕焼けの色が滲み出ていた。砂利採り機は音をやめ、トラックが昏れかかった川原から道路に這い上っていた。

ホテルの玄関前では山本も一緒に降りた。

「今夜はどうしますか。お疲れでなかったら、マダムがああ云ったことだし、レストランを覗きに見えますか？」

「そうですな」

谷口は思案した。

「まあ、気がむいたらお出かけください。コントワールというだけでサムロもすぐ分りますよ。しかし、お疲れだったら、今夜はゆっくり寝《やす》まれたほうがいいでしょう。明日は何時にお迎えに来たらいいですか？」

山本は訊いた。その平板な語調には、妙に圧迫感があった。

「十時ごろはどうですか？」

谷口は云った。

「いいです。では、そのころに」

「ありがとう。じゃ、明日、また」

今夜はそのコントワールで山本に食事を馳走したほうがいいかなと谷口はふと思ったが、身体がだるくなっていた。まだこの暑さに馴れてないせいだろう。

ホテルの玄関前から左側は芝生の広い庭で、花壇の半分をめぐって樫《かし》に似た樹やゴムに似た樹が葉をひろげていた。従業員たちが脚立に上って豆電球のコードを樹の枝にかけていた。コードはブーゲンビリアの下枝にもかけられていたが、葉の落ちた黒褐色の、すべすべした幹の枝にもかけていた。このへんに落葉樹があるのは珍しい。谷口は植物のことにはほとんど無知だったのでその樹の名が分らなかった。

「おや、今夜はパーティがあるらしいな」

山本がそっちを見て呟いた。

「なんのパーティですか?」

「各国大使館の連中のパーティでしょうな。このホテルをよく使うんです。外交団の連中ときたらビエンチャンで遊ぶところがないもんだから、各国まわり持ちでパーティをやってるんです。ひとつは、外交官の奥さんがたの愉しみのためですよ」

山本は、車に戻って門を出て行った。門の横にはサムロが三台とまっていた。その一台の三輪車の上には黒眼鏡の体格のいい男が脚を組み、シャツの胸をいっぱいにひろげて谷口のほうを眺めていた。今日、空港から彼を乗せて三ドルをふんだくった車曳きだった。

フロントでキイをうけとった。四角い顔の眼の大きな事務員で、これもベトナム人だろう。交替したらしく、中年女は居なかった。谷口はボックスに眼をやった。9号室のところにはキイが載っている。オーストラリア人はまだ帰っていないらしかった。

あの男、ビエンチャンには何しに来たのだろう、と谷口は考えながらキイを片手にさげ、銅鈸の横から階段を上った。オーストラリア人がここに商売にきたとは思えない。街の商業がほとんど華僑に握られ、タイ人とインド人がその残りを保有している。オーストラリア人には縁がなさそうだった。階段のなかほどで肥ったアメリカ女が降りてくるのに遇った。

《仏教の国ラオスにどうぞ》のポスターにつき当った。その壁の廊下を右に曲る。左側から三番目、9号室のドアが壁の一部のように閉まっていた。あの男は観光に来たのではもちろんない。この土地のアメリカ人に用事があってきたのだろう。ラオスのアメリカ人はその大半が軍事顧問団とCIAの連中だ。あのオーストラリア人もその機関に関係があるのかも分らない。

突き当りに腰かけていた青い作業服の男が立って谷口を見た。中年の瘠せたラオス人である。白服のボーイもメイドもいなかった。これも交替したらしかった。

キイを回して部屋に入った。外から入るとさすがに冷房が分る。ベッドの一つは支度されていた。閉めなかったドアから、青い詰襟の中年男がフマキラーの噴霧器を持って入ってきて、客にちょっと頭をさげ、壁にむかって噴霧を吹いた。三方の壁、寝台、机の下、洗面室まで入って入念にやってくれる。臭いが鼻を刺した。谷口は百キップ札二枚を手に用意し、スーツケースからシャツ四枚を出した。吹きつけを終った男にクリーニングを頼み、金といっしょに渡した。

谷口は浴槽の湯を出した。赤く濁っている。出はじめだけかと思ったら、最後までそうだった。下着は汗で絞るようだった。

湯に浸ったあと洗濯ものをした。壁のタイルの上に蚊が群れていた。

9号室はいつ空くのだろう。もし、オーストラリア人が商社員に化けたCIA関係の連絡員だったら、長くここに滞在するとは思えない。二、三日くらいで引きあげるのではなかろうか。あの男の持っていた荷物も簡単だったし、身なりも軽装だった。ビエンチャンにはたびたび来ているらしい。飛行機の中でも本ばかり読んで、窓から一度も下をのぞかなかった。だいたいあれで察しがつく。

オーストラリア人がひきあげたあと、すぐまた新入りの客が9号室に入ると困る。谷口はフロントに彼がいつまで予約しているかを聞き、そのあとに移るよう話をつけておこうと思った。が、それにはこの部屋を移る理由をつくらねばならぬ。南側がいやだから北側にというのではないのだ。同じ側で、部屋も二つ目である。似たり寄ったりだから移転する口実がすぐに浮ばなかった。それに、うかつにフロントに云うと、オーストラリア人に告げ口されるおそれもあった。あの男、このホテルを定宿にしているのかもしれないのだ。そういうことはないにしても、なぜ9号室に移りたがっているかをフロントに知られるのは避けたほうがいい。ホテルの者に余計な興味を持たれないことだった。そのうち、自然に部屋を移ることにしよう。

風呂に入ったせいか、よけいに身体がだるくなった。空腹をおぼえ、ベッドに引っくりかえっているうちにいつのまにか睡ってしまった。もの憂い冷房の低い唸りもそれを誘ったといえる。

なにか遠くでうるさい声がし、それが耳について谷口は眼をさました。部屋の電燈が明るくなり、窓のブラインドのまくれた端から外の暗さが分った。騒々しい声はその窓の外から聞えている。腕時計を見ると八時半だった。

谷口は起きて、ブラインドの間から外を見た。赤、青の豆電球が張られていた。すぐ下の芝生には男女が群れ、手にグラスを持ってテーブルのまわりに立ったり歩いたりしていた。レコードが鳴っている。女はイブニングドレスだったが、なかには青や赤のサリーをつけたのもいる。庭の隅に据えた照明器具が宴席を照らしていた。谷口は別れる際に山本の云った言葉を思い出し、外交団のパーティ風景をしばらく見下ろしていた。

共産軍の勢力に孤立に瀕している首都。内部のクーデターに備えて絶えず脱出計画を練っている外交団。それが優雅なパーティを開いている。これが谷口には奇妙にみえた。この電飾の向うにあるのは、メコン川とタイの黒い森だった。そこからは灯一つ洩れていない。無気味な闇だった。こちらでは淑女が気どった笑いかたをし、紳士たちは機智のある会話をやりとりしている。これは一種のドラマだと谷口は思った。

谷口の眼に和服の日本女性が映った。もっとも、着物できている女はほかにも三、四人いたが、谷口の視線が吸いついたのは平尾正子の顔だった。今日遇ったばかりだから見間違いはなかった。彼女は欧米人でも日本人でもない別な顔つきの、体格のいい紳士と微笑で話しながら照明の前をゆっくりとよぎって下の見えないところに消えた。白っぽい着物に茶色の丸帯だけが谷口の眼に残った。

平尾正子はどういう資格でこのパーティに出ているのだろう。日本ではバーのマダムがホステスを指揮してパーティにのぞむことはあるが、まさかビエンチャンで日本流が行なわれているとは思えなかった。第一、ホステスは居なかった。ホテルのボーイが客の間を泳いでいるだけだった。すると、コントワールとビエンチャン書房のマダム・平尾は、この市の「名士」として招待されているのだ。今夜の主催がどこの大使館の受持か分らないが、体面と慣例を重んじる日本大使館が外交団のパーティにレストランの女主人を参加させるとは思えなかった。彼女がこの市の著名な婦人だとすれば、主催国の外国外交官が気軽に招待したのかも分らない。

谷口は、平尾正子を見たせいか、パーティの場とつながっている食堂に降りて行くのがおっくうになり、また疲れてもいたので、電話でルームサービスを呼んだ。これは意外にちゃんと通じた。

昼食を抜いたので腹が減っていた。ステーキの厚いのと、エビフライがきた。元気を出すつもりでコーヒーもたのんだ。注文品を運んできたのは壁にフマキラーを振りまいていた作業服の男で、谷口はホッチキスでとめた百キップの束から一枚をもぎって渡した。言葉は分らない。谷口が食事をすませたころには外のパーティも終りかけて、声が静かになった。

胃の疼痛で二度目に眼がさめたのは十一時ごろだった。谷口は年に二、三度くらい胃痙攣を起す。持ってきた売薬ではおさまらないことが分っていたので、激痛がはじまらないうちに医者の注射が欲しかった。フロントに医者をよこすように電話しかけたが、気が変った。彼は上衣のポケットから東邦建設の杉原謙一郎の名刺を抜き出した。アパートの電話番号は付いていた。

交換台がつなぎ、杉原の声が出た。

「そりゃ、いけませんね、すぐ大久保先生を連れてそちらに駆けつけます。いまひどく痛みますか?」

杉原は心配そうに訊いた。

「いまは、それほどでもないのですが、もう少し経つと七転八倒しそうです。馴れてはいますが、一晩中眠れないと困りますから」

実際はかなり痛みが激しくなってきていた。

「大久保先生はたいていアパートにいると思います。あと、三十分くらいかかりそうですが、それまで辛抱できますか？」

「大丈夫です。よろしくお願いします。こっちに着く匆々にこんなご厄介をかけて申し訳ありません」

「どうぞ、ご遠慮なく。お安いご用ですから」

谷口は大きな安心の中に横たわった。

杉原謙一郎が大久保医師を連れて入って来たのは、正確に三十分後だった。杉原は谷口の顔を上から心配そうにのぞいた。

「いま、先生を連れて来ました」

彼は横の白い丸刈り頭の男を引合わせた。

「大久保です。だいぶ痛むようですな」

医師は、顔の長い、眼の大きな年寄りで、厚い唇に微笑をたたえていた。

「どうも夜分にお世話になります」

谷口は枕の上から医師に頭を下げた。

大久保医師はざっと自覚症状や病歴などを快活な声で訊いた。その間も注射道具の金属性の音を聞かせた。杉原は谷口のベッドの横に立って、見下ろしていた。注射はすぐに終った。

「これで間もなくおさまると思います」

医師は谷口の腕をアルコールで拭いて云った。

「おかげさまで助かりました。夜中ですから、どうしようもなかったんです。きょう杉原さんにお会いして先生のお話を聞き、失礼とは思いましたが、電話でお願いしたようなわけです」

谷口は礼を云った。

「いつでも具合のわるいときにはおっしゃってください。旅先で病気にかかると、心細いものですからな。今夜はこれでゆっくり眠れますよ」

大久保医師は云った。

「疲れが出たんでしょうな、きっと。あしたはゆっくり休養なすったらいかがですか」

と杉原も云い添えた。

「そうします」

「ここには冷房があるから、寝ているぶんには楽ですな」

大久保は部屋を見回して、道具を手提鞄の中にしまった。

「いずれお礼に伺います」

「快くなられたら、杉原さんといっしょに飲みながら話をしましょう」

大久保の頤《あご》の下に剃り残しの白い髭が残っている。咽喉のあたりは皮膚がたるみ、筋が浮いているが、年下の谷口よりは骨組みの太い体格だった。

「ではお大事に」

大久保は職業的な挨拶をして、杉原といっしょに出て行った。

谷口は注射が効いて痛みがうすらぐといっしょに眠ってしまった。

翌朝、目が覚めたのが九時頃だった。胃の痛みはなかった。元気がすこし出た。表には砂利採りのクレーンの音が鳴っている。ブラインドの隙間から流れている白い光の具合を見ると、今日も暑そうだった。顔を洗ってシャツに着換え、ボーイを呼ぶつもりでドアを開けて廊下に出た。すぐ右のドアの所に四、五人の男が緊張した様子で立っている。ボーイもそのほうを眺めていた。9号室の前がなんとなく異常であった。

谷口はボーイに訊いた。若いだけに彼だけは英語が少し分った。

「9号室に何かあったのか?」

ボーイは大きな眼をむき、自分の頸の下に手を当てて指をひろげ、それで絞める恰好をした。

オーストラリア人が殺された、というしぐさだった。——

2

谷口は、ホテルの屈折した階段を降りた。今朝のフロントは眼のくりくりした顔のまるいベトナム女だった。キイをカウンターに置いたが、女は帳簿か何かに跼《かが》みこんで顔もあげない。谷口は、昨夜の9号室のオーストラリア人が殺された事件を彼女に訊きたかったが、気のせいか女の肩が硬直して見えたので黙った。ホテル内の殺人事件では、フロントに都合がわるかろう。

玄関の前の低い石段に背の低いボーイが腰をおろして涼んでいる。今日も暑そうで、川土堤に繋る菩提樹の葉が怠惰を誘うように垂れていた。門の前に客待ちのサムロが三台並び、真中には黒眼鏡の男が黒い脛を顕わに出して腰かけていた。空港からホテルに来たとき、法外な料金をとったタイ人の車夫である。

自動車は前の広場の両脇に四、五台ずつ並んでいた。警察の車も二、三台あるに違いないが、普通の乗用車ばかりなので谷口には区別がつかなかった。

門に歩くと、黒眼鏡の車夫が輪タクの台の上から伸びあがって彼を手招きした。ほかの車夫は黙っている。やはり黒眼鏡が兄哥《あにき》分らしい。

黒眼鏡は急いで車から降りて代りに谷口を乗せた。その尻のあとで、気持が悪いが、仕方なくかけた。

「ランサン・アベニュー」

黒眼鏡は、オーケーと云い、車体を押して向きを変えた。谷口は真っ赤なブーゲンビリアの向うに見える二階の9号室を見あげた。窓ガラスが光って中に誰が動いているのかよく分らなかった。反対側の川原には砂利とりの起重機が坐り、もの憂い唸りを立て、トラックが二台くっついている。サムロは土手道を下って街に向った。谷口は車夫に殺人事件のことを訊こうと思ったが、車夫は英語が分らないので諦めた。それに到着時、空港から料金をボラれたことでまだ腹が癒えなかった。それなのに、どうしてこいつの俥に乗ったのか。三台並んでいるうち二台が沈黙していたので、こいつの俥に乗るほかはなかったのだが、その業腹《ごうはら》も加わっていた。ビエンチャン書房の山本が中国文のエロ本を読む運転手の車で迎えに来たら、こういう不快は味わわなくてもすむ。

東邦建設の杉原謙一郎は、昨夜十一時半、親切に大久保医師を診察に連れてきたが、彼らも9号室の前を帰りに通ったとき、まさかそこで殺人事件が起ろうとは予想もしなかったろう。

杉原に電話したかったが、どうせ現場に出かけていて留守だろうと思ってやめた。

山本は二年もここに居るからビエンチャンの事情には相当くわしい。谷口は、大久保医師のところへ行って昨夜の礼を述べて薬代を払ったあと、ビエンチャン書房に寄って山本から殺人事件の様子を聞くことにした。

道路には人がのろのろと歩いている。谷口はこの都市に来て以来、歩行者の饒舌や、軒下の雑談を見たことがない。彼らは日蔭に並んで坐っていてもぼんやりと道路を眺めている。エジプトのカイロでも同じ光景だった。アラブ人らも日蔭の地面に坐ったり腰かけたりして憩《やす》み、虚心に車や通行人に眼を投げていた。暑い国の人間は退屈な人間にされているらしかった。当市第一流のホテルで殺人事件が起っても別に感動はないようである。街には何の変化も見られなかった。新聞らしい新聞がないためとも思ったが、それだけにこの小さな首都では噂《ルーマー》の網が発達しているはずである。

ランサン大通りに出た。正面の凱旋門が小さく見える。このビエンチャンの「独立門通り」はパリのごとく直線で、サムロで行くとなかなかの距離のため門の形が容易に大きくならない。新聞はラオス語の日刊紙が一つぐらいあるらしいが、政府や政党の機関紙で、こんな社会ダネは載せないだろう。せいぜい千五百部の発行部数である。

――ホテルのボーイの手真似の説明だと、9号室のオーストラリア人が殺されたのは扼殺か絞殺のようである。なぜ彼は殺されたのか。9号室は、かつて石田伸一が泊った部屋だ。その部屋の主が二度とも殺された。9号室に何かの因縁があるのだろうか。谷口はホテルに着いたとき9号室に泊りたかったが、もし自分があの部屋に泊っていたら、先を越されたオーストラリア人と同じ目に遭っただろうか。

飛行機の中で隣合ったオーストラリア人が思い出される。バンコックにいる前は何処にいたのだろうか。まさかオーストラリアから直行ではあるまい。タイに住んでいる人間かもしれぬ。見たところ普通の男で、とくに秘密らしい影を持っているようには思えなかった。ビエンチャンに来た彼の目的は何だったのだろうか。単なる商用ではあるまい。商用で殺されることはない。それとも、殺人は金品を強奪する目的だったのか。

第一、彼が何処で殺されたかはっきりしなかった。あの部屋の中か、それとも外なのか、部屋には警官が入っていたが、それは遺留品などの捜査とも考えられる。もしオーストラリア人が室内で殺されたとなると、犯人は何処から侵入したのだろうか。二階の窓は地上から七、八メートルはたっぷりある。窓へ攀《よ》じ登ることはまず不可能だ。それに、あまり効き目がないとはいえ冷房があるから、窓は中から密閉されていたはずである。すると、あとはドアだ。ドアはロック式になっている。外出時に閉めるとそのまま錠がおりる。外からは鍵でないと開かない。すると、考えられるケースは二つある。一つはオーストラリア人が犯人を初めから知人として部屋の中に入れていたことだ。もう一つは外から犯人が侵入する場合、ドアのロックを何かの操作で外すことである。ロック式ドアは慣れた者には針金一本で開けられるということを聞いている……

突然、《CIA》という三つの略字が谷口の前に花火のように開いて消えた。

……CIAの工作員だったら締めたドアを開けて部屋に闖入《ちんにゅう》することも、殺人を行なうことも、そのあとでドアを閉じて中から施錠したようにみせかける「密室の犯罪」も可能ではなかろうか。CIAの工作員はあらゆる忍者技術を身につけ、それに熟達しているとだれでもが信じている。

もっとも工作員は赤毛のアメリカ人とは限らない。その協力者はCIAの触手が伸びている世界じゅうのいたるところに存在し、その手先になっている。ジョン・ガンサーは「アメリカ諜報機関の内幕」で、CIAの組織は「沖縄からサプライズ(英領)にいたるまで、くまなく張りめぐらされている」と書いている。ましてやアメリカが最も関心をもつこのインドシナの「枢要」な国ラオスではなおさらである。その協力者にはラオス人、タイ人、華僑、ベトナム人、インド人などがいるのではなかろうか。

「現地人」でCIA海外要員に買収されて働いているスパイの数は二十万人と見つもられているが、その金はどこから出るのか。CIAの年間予算は、約二十億ドルから三十億ドルの範囲とされているが、それだけでは買収費には足りない。CIAの活動そのものに入費がかかるからである。《CIAが年間二〇億ドルつかっているのか、三〇億ドルつかっているかはいちおうの目安であって、じっさいの財政能力は、これらの数値をはるかに上回る。とにかく、CIAの組織について云えることは、全世界にぼう大な数の工作員をばらまき、ばく大な資金をつかい、破廉恥なスパイ謀略活動を行なっている機関と書く以外、正確な人員と予算の数値を示すことは不可能である》（大野達三「アメリカから来たスパイたち」）ということになる。

では、あの栗色の髪をしたオーストラリア人がこのビエンチャンに乗りこんできたことはラオスのCIA要員にとって何か気に入らないことがあったのだろうか。それも消さねばならぬほどにCIAの不機嫌を買ったと考えねばならない。

そう思うと、オーストラリア人をオテル・ロワイヤルで殺した犯人はいっこうにあがらないばかりか、その報道すら新聞に載らない謎がなんとなく解ける気がするのである。ラオス政府はアメリカの全面的「援助」のもとに何も云えないでいるのではないか。政府の要人じたいがCIAに押えこまれているとみてよい。

そうだとすれば、あのオーストラリア人の正体は何であったのか。彼はどのような目的でこのビエンチャンにやってきたのか。谷口は眼前にCIAの花火が上ったとき、そしてそれが消えたあとも、その残光に臆測が結びついて揺曳した。まったくそれは臆測だが。

谷口はサムロの動きにつれてゆっくりと走る両側の景色が眼にとまらなかった。ただぼんやりと映るのは、正面の独立門が少しずつ大きくなってきていることだった。

片側の建物が切れ、群衆と騒音の広場が急に現われた。

午前十時というと、市場としては盛りが過ぎたころだが、それでも無数の天幕の間には大勢の人間がうごめいていた。ラオス正規兵の姿もあり、アメリカ人かフランス人か分らぬ外国婦人の派手な洋服もベトナム女の菅笠の間に動いていた。

車夫は谷口が朝市を見物に来たと思ったらしく、

「モーニング・マーケット」

と、うしろ向きに指さして説明した。そこには乗用車やサムロが何台も広場の周辺に並んで、市場の見物を済ませて帰る外人客を待っていた。谷口はそうではないと首をふって、

「ドクター・オークボを知らないか？」

と云うと、ドクター・オークボ、イエス、イエス、と黒眼鏡の車夫は、何だ、そうか、それなら早く云え、というように上眼使いに彼を見て、方向を変えた。その不満気な顔つきは、見物でほうぼうをひきずり回し、料金をむさぼる魂胆が外れたからのようだった。

大久保はこの市のただ一人の日本人の医師として長くいるのでだれにも名前が聞えているらしい。が、サムロの連中が大久保医師にかかっているかどうかは分らなかった。多分、彼らは

自分たちの医師を持っているに違いない。日本人の医者は料金が高かろう。

朝市の前を百メートルも行ったところ、車夫は何を思いついたか俥を道路のわきにとめ、降りてから谷口にニヤリとして軽く手先を振った。ちょっとそこまで用足しに行ってくるといった表情だった。否応もないことなので黙って見ていると、車夫は市場の横通り、というのは雑踏している広場の端で、そこは普通の店が奥に向ってならんでいて、雑貨屋とか化粧品屋とか衣類店とかがあるのだが、その角から四、五軒目の店の前まで行って立った。

何をしているのかと谷口が輪タクの上から見ていると、車夫は汚ないシャツのポケットから煙草を出し、一本を抜き取ってあとは胸に戻した。その一本の煙草の先に店から何か受取った物体を押し込んだ。何だかよく分らないが、その煙草を口にくわえてマッチで火をつけ、心持ち顔を上にむけて心地よさそうに煙を炎天に向けて吐いた。二、三度そんなふうにして吹かすと、こっちに歩いてきた。くわえ煙草で車を運転するさまはいかにも横着げだった。煙草に詰めたのは薄荷《はっか》か肉桂《にくちゅう》のような香料かもしれない。ラオスは国内産業がほとんどなく、外国輸入品に圧迫される市場もないためにビエンチャンは「自由港《フリー・ポート》」で、洋酒でもアメリカ煙草でも無税でふんだんに繁華街の店頭に出ている。しかし、それらはサムロの車夫にまだ手が届かない。彼らは国産の安い煙草を喫っているから、香料で味を補っているのだろうと、谷口はそのとき思っていた。

サムロの引込まれた脇道は谷口に見覚えがあった。たしかに昨日ビエンチャン書房の山本に車で案内されて通った場所で、正面に見える椰子林のかたちに記憶があった。あたりは裏通りの閑静な、中流住宅街といった家並みで、高床式のラオス家屋も間にあった。三輪車は椰子林の手前の四つ角を左に曲った。狭い道はそこで行きどまりとなっていて、正面は倉庫のような建物で塞がっていた。

「ドクター・オークボ」

と、黒眼鏡は看板を指した。古いけれど、とにかく二階建てのフランス風な家で、軒の看板はラオス語であった。

谷口はサムロ曳きに金を渡した。五十キップを黒眼鏡はしぶしぶ受取った。赤い紙幣を汚いシャツのポケットに突っこむと、三輪車の方向を変えながら相変らずくわえ煙草で谷口の姿を薄笑いして見て去った。

その家のドアをノックしたが返事がなく、遠慮しながら開けると、そこは八畳ばかりの待合室らしく、日本人の若者が五、六人椅子にかけて将棋を指していた。彼らは入って来た谷口を一斉に見たが、将棋盤から顔をあげないのもいた。振向いた者も谷口に声をかけるではなく、雑誌の上に眼を戻したり雑談にもどったりして、ビエンチャンでは初顔のはずなのに興味を示す様子もなかった。

待合室の向うは仕切りがあって、医者の事務机や書棚などが見えた。そこには誰も居なかった。谷口は黙って突っ立ってもいられないから、すぐ近いところに居る二十七、八の日本人に声をかけた。

「お邪魔します。大久保先生はいらっしゃるでしょうか?」

雑誌から眼をあげたその男は、谷口の顔をうさん臭そうに見て、

「先生はいますよ。もうすぐここに出てくるでしょう」

と云ったきり、あとは黙って雑誌のページを無精げに繰った。

青年たちは半袖のシャツで、気楽な恰好でそれぞれが座を占めていたが、それは待合室というよりもクラブといった感じで、彼らはあきらかにビエンチャンの住人だった。谷口は、話に聞いたラオス技術援助部隊のメンバーだろうと判断した。机の上に古い扇風機が回っていた。

五分も経ったころ、奥の一方の入口から大久保医師が現われた。医師は谷口を認めて、やあ、というようにちょっと笑った。谷口はそこからお辞儀をした。

「まあ、お上り下さい」

大久保医師は青年たちがてんでにかけているほうの空いた椅子に招じた。すぐ傍の青年が位置を移った。

谷口は医師に昨夜の礼を云った。

「もう痛みませんか?」

大久保は笑って訊いた。

「お蔭さまで、今朝は何ともありません」

「よかったですね。こちらに見えると、やはり食べ物が違うから少しお気をつけられたほうがいいかもしれません。もっとも、あなたはオテル・ロワイヤルにいらっしゃるから西洋料理でしょうがね。こっちの民族料理は相当悪食のものもありますから」

「また胃が痛むときの応急処置として、薬を頂けませんか?」

「そうですね、何かつくらせましょう」

医師はまた奥に引っ込んだ。調剤する者は別にいるらしく、それに云い付けるために出たようである。

谷口は、ぼんやりと坐って待った。傍の青年たちは低い声で談笑し、また黙々と将棋の駒を動かしていた。話題は自分らどうしのことで、新しい客の谷口に話しかける者もなく、旅人に口出しさせる隙を与えないようだった。

大久保はすぐに奥から戻ってきた。

「今、薬ができますから、もう少しお待ち下さい」

医師は青年たちを見ながら、谷口の斜め前の椅子にかけた。

「この人たちは、技術援助部隊のメンバーです」

大久保は、そこではじめて紹介らしい言葉を述べたが、引き合わせることはしなかった。

「時間があると、こうして私の家に来てくれるのです。ビエンチャンはほかに遊ぶところもありませんからね。夜の遊び場所は相当にありますが。まあ、青年が行ける健全な場所は少いのです」

仕事の余暇というが、数少い技術援助部隊の連中がこうして昼間から五人も六人も集まっているのはどうしたことか。ひょっとすると今日は彼らの休日かもしれないと思ったくらいである。海外に一つの使命感を帯びてやってきた青年たちが、まさか仕事をサボっているとは思えなかった。

「ここの映画館はどうなんですか?」

と、谷口は訊いた。若い人を意識しての問いだった。

「映画館は一軒しかなく、あまりおもしろくありませんね。たまにアメリカ映画をかけますが、ほとんどがタイの映画です。だが、近ごろは日本の時代劇もなかなか人気が出てきましたよ」

同じ映画を何時までもかけている映画館にばかり行くわけにもゆかず、パチンコ店があるわけではなし、適当な喫茶店もなく、どうしようもないというのが彼らにここに足を向けさせる理由のようだった。

「それでも、ビエンチャンはまだましのほうですよ。これが南部の山の中だったら、娯楽方面はまったく絶望的ですからね」

大久保医師がそんなことを話しているとき、奥から二十五、六のワンピースを着た女性が薬袋を持って現われた。谷口は一目見てそれがタイ人だと分った。中国人でもベトナム人でもラオス人でもなく、面長な、ややしゃくれたような感じの女だった。彼女は谷口には簡単に会釈しただけでものは云わなかったが、今まで雑誌や将棋をしていた連中が、一瞬だが彼女に熱い眼を向けた。女は薬袋を大久保医師に渡すと、すぐにもとの奥に消えた。

タイの女が薬をつくったことは間違いない。大久保医師が薬剤師を置いていることは前に山本に聞いた。大久保が彼女に調剤を教えたのだろう。事情通の山本から聞いた女性が、この女だろう。

「胃がおかしくなったら、これを飲んでおいて下さい。一時の抑えにはなりますよ。ひどくなったらまた、遠慮なしにここにおいでになるなり、電話をかけるなりして下さい」

大久保医師は親切に云ってくれた。薬袋の上にはきれいなローマ字で谷口の名前が書いてあった。

「おいくらでしょうか?」

谷口は低い声で訊いた。もちろん、昨夜の往診料を含めてのことである。

「そうですな、五千キップ頂きましょうか」

谷口は、すぐにポケットから例のホッチキスで止められた千キップの札束を取り出した。五千キップというのが適正な値段かどうか判断がつかないが、わざわざ夜中の往診である。知らない外地に来て日本人医師に診てもらったのは心強かった。薬代としては高くても、心強さの料だと思えば納得がゆく。

「昨夜、先生と杉原さんとがお帰りになってから、ホテルで人が殺されました」

と、谷口は小さな声で云った。待合室にいる青年たちが聞き耳を立てているのが分った。

「そうだそうですね」

と、大久保医師はすでに聞いていたらしく、それほどの感動も見せないで答えた。

「ぼくは、今朝起きて廊下を歩いているとき、9号室の前が変なのでボーイに訊いてからはじめて事件を知ったのです。先生はもうご存じだったのですね?」

「そういうことはこの町では速く伝わります。だが、あなたの部屋の近くだとあまり気持がよくないでしょうな」

「おどろきました。というのは、殺されたという人は、ぼくがバンコックからこっちに来るとき、飛行機の隣席にいたオーストラリア人だったからです」

「ああ、そういえば、殺された人は着いたばかりだということでしたね。そうですか、飛行機でいっしょの人ですか」

「部屋の中では警官がものものしく立ち働いていたようですが、犯人はまだ判っていないのですか?」

「私が知る限りでは、犯人はまだつかまっていないようですな、容疑者が判ったかどうかは別ですが……」

「この街には殺人犯罪が多いのですか?」

「いや、あまり聞いたことがありませんな。ことにオテル・ロワイヤルで殺人が行なわれたことなど一度もありません。あのホテルは当市一流ですからね、かなりショックでしょう」と、医師は話した。「ラオス人はおとなしいですからね。口喧嘩はするが、めったに暴力沙汰にはおよびません。その点、むしろタイ人やベトナム人のほうが気象が激しいようですね。殺人事件といえば、一昨年《おととし》でしたか、ここから約五キロばかり南のほうの寺で、二十人ばかりのラオス人が殺されたことがあります。パテト・ラオ軍の襲撃を受けたということになっていますが、連中、どうやら博打《ばくち》をやっていて、その金を狙われたらしいですね。それから、今年の初めに二キロばかり北のほうにあるタゴンというところで、フランス人が五人、何者かに射殺されました。このフランス人はビエンチャンに長く在留している文化部隊の人間なので大きな衝撃を与えました。何しろ外国人が五人も一ぺんに射殺されるということは前代未聞ですからね。それに、首都からたった二キロしかはなれていないということもショックでした。その近くに日本の援助部隊が経営している農場があるんです。それもパテト・ラオ軍の兵士がやったということになっていますが、実際はどうだか分りませんね。犯人が分らない場合、この国では何でもパテト・ラオの犯行ということにしてますからな」

「それでは、オテル・ロワイヤルのオーストラリア人殺しもパテト・ラオの仕業になりますかね？」

「さあ、どうですか。あるいは犯人が分らないようだったら、そうなる可能性もありますね」

「しかし、旅行者のオーストラリア人では、パテト・ラオに結びつけようとしても、ちょいと無理ではないですかな」

「万事、辻褄《つじつま》が合わぬのがこの国の実情ですよ」

と、大久保医師は笑った。

谷口は、あやうくＣＩＡの線を口に出しかかったが、言葉を呑んだ。滅多にいい加減なことは云えなかった。

「まあ、あなたも十分気をつけて下さい」

こういう話も、そこにいる若い連中のため長くはできなかった。谷口は医師に礼を述べてそこを出た。さっきサムロを帰したので、ビエンチャン書房までは歩かねばならなかった。

「これから、何処においでですか？」

と、いつの間にか大久保医師がうしろに立っていた。見送りしてくれているとは知らなかった。

「ビエンチャン書房に行ってみようと思います」

「ああ、山本君ですね。さあ、彼は今ごろおりますかな。電話をかけてもいいが、ここの電話は通じたり通じなかったりして、歩いたほうが早いことがあります。道順は分っていますか？」

「うろおぼえですが、だいたい見当がついています。街の名前が分っていますから、誰かに聞きましょう。名前を云えば身ぶり手ぶりで教えてくれるかも分りません」

「車があるといいのだけれど、ちょっといま故障を起していますのでね」

「ぼくも歩いたほうが市内の地理に早く通じていいと思います」

「あなたは、山本君とは前から少しはお知合いでしたか？」

「いいえ、全然知らない人です。日本を発つとき山本さんのことを聞いたので、通訳にお願いすることにしました」

谷口は、石田伸一が山本を通訳にしていたということはここでは話さなかった。

ランサン大通りへ出て、歩いていると、サムロがペダルを踏みながら横に寄ってきた。あいまいな笑いかたで、手ぶりで乗れという。断っても、どこまでもついてきてはなれなかった。

大通りには客を乗せたサムロが自動車と一緒に走っている。それに気持が誘われたのと、ビエンチャン書房の場所を訊くのがおっくうになったのとで、とうとうその俥に乗った。汗を流して歩くことはないと思い直した。車夫は、タット・ルアンと二度繰返して、そこに行くのかと訊いた。タット・ルアン寺はこの街の名刹である。その金色に輝く尖塔《パゴダ》は独立門のはるか向うに小さく見えていた。

ビエンチャン書房は、そこから三十分もかかった。どうやらぐるぐる街をひきずり回された感じがする。サムロの車夫で少し気のきいたのはタイ人だと聞いていたが、彼らは旅行者擦れがしているようだった。五百キップをとられた。

本屋の中に入ってゆくと、昨日の女店員が谷口の顔を見て黙って奥に行った。

客はなかった。昨日はここに殺されたオーストラリア人が本を探しに入ってきたかと思うと、うす暗い店内に何だか幽気が漂っているように見えた。

山本が奥から出てきた。白い顔なのでうす暗い中でもはっきりとその瘠せた頬が浮び出ている。

「昨夜は胃痙攣だったそうですね。もういいんですか?」

山本は、前歯の目だつ口を小さく開けた。相変らず弾みのない声である。

「おかげですっかりよくなりました。あなたは、どうしてそれをご存じですか?」

「今朝、杉原さんに会いましたよ。杉原さんが大久保先生を連れてあなたのホテルに行ったそうですね」

さすがに情報は速かった。

「ええ。杉原さんにはひどくお世話になりました」

「それは日本人ですから相見互いですよ」

「ところで、昨夜、ホテルで人殺しがありましたよ。もうわかってるでしょうが……」

「知っています。午前中にラジオでニュースを流していました」

さすがにラジオだけは報道を伝えているらしい。山本はニュースの内容を谷口に云った。

「短い報道です。ただ、オーストラリアの国籍を持った旅行者ペティ・ブリングハムという人がオテル・ロワイヤルで扼殺死体でベッドに横たわっていたのを、七時半ごろホテルのボーイによって発見された。警察で検視の結果、ブリングハム氏は死後七時間ないし八時間経過しており、頸部を扼されて窒息死したと見られる以外に外傷はないということでした。そして、部屋は荒されていず、ほとんどそのままということでした。ほとんどというのは被害者がどれだけの金を持っていたか分らないためですが、とにかく米ドル紙幣で約千二百ドル、ラオス紙幣で二千キップ持っていたということです。今のところ、犯人がブリングハム氏の泊っていた9号室に何処から侵入したかはっきりとしないということで、目下警察では犯人を捜査中ということでした」

谷口はそれでようやく殺人事件の輪郭をつかむことができた。ニュースが簡単なのは事件の発見から時間が経ってないためであろう。つまり第一報というところではないか。

「いや、そうとは限りませんよ」

と、山本は例のうす笑いで云った。

「こちらの発表は官報ですからね、日本のように新聞社が活躍して取材をするということはありません」

「しかし、これは政治的な事件ではないでしょう。捜査の進展によってラジオで続報があるんじゃないですか？」

「分りませんね。この国の刑事事件はどこで政治事件につながっているか知れたものではありません。まあ、これはぼくの直感ですが、後での詳報ということもないでしょうし、犯人もつかまるかどうか分りませんね。それに警察当局の捜査力が何といっても貧弱ですからね。まあ、この貧弱にもいろいろ政治的な理由がありますが……」

山本の謎のような言葉は谷口にもさまざまに解釈された。政治的理由というのはＣＩＡをにおわせているように思えた。

「被害者は旅行者でしょう。実はぼくがバンコックからこっちに来るときに飛行機でいっしょになった人です。隣合せに坐りましてね、別に話は交しませんでしたが。それから、昨日この店に来たとき、彼が何か買いに来ていましたね、あなたは憶えていませんか。フランス人らしい金髪のちょっと年配の女性が店の中へ入ってくるのと入れ違いだったように思いますが」

谷口は、山本が思い出すように昨日の場面を説明した。

「ああ、おぼえています……あの男がそうだったのですか」

山本は一重皮の瞼をあげて切れ長な眼を宙に向けた。小さな瞳が一点にすわっていた。

「思いがけないことがあるものですね」

と、谷口もここで少し話を変えた。

「昨夜は、あのホテルの庭ではなやかなパーティがありましたよ。そうそう、こちらの社長も出ておられましたね？」

山本の眼ははじめて我にかえったように見えた。

「社長は交際が広いですからね。ビエンチャンには長いし、各界に顔がきいているのです。わりと派手な性格だし、商売があの通りレストランの経営で、いつも来るお客さんがたいていパーティのメンバーなので、つい接待を兼ねて駆り出されるのです。ああ、昨夜はフランス大使館の主催ですよ」

「外交官のパーティは、持ち回りでよくやっているんですか？」

「何しろここでは社交界というものがありませんから、みんな退屈しきっているんです。とくに大使館員の夫人はね。いわば、あれは半分は各国大使館の亭主が女房にせがまれてやっているようなところがありますよ」

何もないこの国のことが実感として分った。パーティでもなかったら、外交官夫人たちは退屈で死んでしまうかもしれない。

「この国には自由主義国と共産主義国との大使が駐在していますね。パーティの席なんかで、どうなんです、大使や大使館員はやはりマナーはマナーとして普通通り交歓しますかね?」

谷口にとって、これは知りたい興味であった。

「そうですね、ぼくはそんなパーティに出たことはないから よく分りませんが、社長の話だと、別にトラブルもないようですな。よその国に来てイデオロギーでの喧嘩もないでしょう。駐在国に失礼になりますからね。で、それとなく目礼して、あとは冷ややかに遠くにはなれているといった態度です」

「しかし、ここには南ベトナム政府の代表団と北ベトナムの代表団とが駐在していますね。ソ連とアメリカというような関係でなく、これはもっときびしい態度だと思いますが、そういう点、どうなんですか?」

「それはやはり、双方で黙りこくってなるべく相手を見ないようにしているんじゃないでしょうかね。だが、そういう空気のパーティがたびたび開かれているというのは面白いですよ。詳しいことは社長に聞かないと分りませんが、ぼくの聞いている限りでは、なんでも、相手国に云いたいことがあればわきを向いて大声を出す。それが意思表示なんですな。たとえば抑留者の釈放要求などね。正式に外交交渉ができない場合ですが」

そのパーティの不思議さは同じホテルの殺人事件に象徴されていないでもないと谷口は思った。

もし此処が首府でなかったら、旅行者が昼の軽い食事か給油のついでに一瞥して通り過ぎる東南アジアの小都市でしかない。ホテルもよそのと比べると三級か四級の設備にすぎず、庭園パーティの装飾も豆電灯を樹の枝に張りめぐらせるだけのしろものだった。昨夜窓から見おろした宴会も、黒い河と森を背景とした山荘の集会といった感じだった。そのせいか、話に聞くこの首都の外交団の火花もひどく原始的に思えた。それは、すぐ後ろのメコン川の上流の森林地帯に、虎、象、豹が棲み、野牛、鹿、猿は一般的だという地域観念からくるのだろう。要するに、ものものしい世界の政治的な火花も、野外パーティの上では素朴に過ぎてそらぞらしく谷口には思われるのだが、出先の舞台がパリでもロンドンでもなく、またワシントンでもモスクワでもない、ビエンチャンというところに、単化された様式がある。また、楽団つきのレストランのマダムが主役のホステスをつとめるというところに、田舎の味があるのかもしれなかった。

「社長は、日本のどこの出身ですか?」

谷口は山本に平尾正子のことを訊いた。

「関西だそうです。お父さんは貿易商だったといいますがね、彼女は、英、仏、タイ、中国語がペラペラなんです」

彼女の夫のことを訊くのは遠慮した。彼女が経営する書店での会話ではなかった。

「頭の切れる人ですね。タイ語ができるといえば、彼女、ビエンチャンではすっかり根をおろした感じですね」

「タイ語だけじゃありません。ラオス語だってベトナム語だって相当にやれますよ。まあ、一種の語学の天才でしょうね。もっとも、女は男よりも言葉を上手におぼえるようですから」

表の明るい陽射しの中を、腕を剝出したアメリカ婦人が二人通り過ぎた。谷口は、オーストラリア人が店に入ってきたときに入れ違いに出て行ったフランス女をまたも思い出した。彼女は奥の棚の辺りで何かを探していた。いまそこに眼を遣ると、棚には英文の小説や随筆がならんでいたが、回転率の悪さは本が埃で黒ずんでいることでも知られた。

「ときどき見かける顔ですが、もちろん、どこの人で何という名前か分りません」

質問をうけて山本は答えた。

「だいたい、英書はアメリカ村に図書館があって、そこに備付けもあり、また、この国のことだと情報局のライブラリーもあるから、だいたいその辺で間に合っています。だが、やはり本の好きな人は、ほかに何か来ていないかといってうちをのぞきに来るんですね」

扇風機の回転が遅いだけに背中に汗が流れるのが分った。昨日よりずっと蒸し暑い。谷口は差当ってこれから行くところもないので、ホテルで早くシャワーを浴びたくなった。

「ホテルに帰られるなら、車でお送りしましょう」

山本は、谷口のガイドである。親切というよりもそれは彼の職務だった。車代はそのたびに払うことに約束している。

「ぼくはちょっと手がはなせないので、運転手に送らせます」

「山本さん。夜までにホテルでの殺人事件がもう少し分ったら、電話ででも知らせてくれませんか。ぼくの部屋から二つしかはなれていないのでね、やはり気がかりなんです」

「分りました。ラジオで何か発表したらお伝えします。また、土地の噂が耳に入ればお知らせします。それにしても、谷口さん、一度社長の経営するレストラン・コントワールにきませんか。社長もよろこぶと思います。あなたがいらっしゃると分っていれば、社長にその時間にいるように云っておきますよ」

「しかし、平尾さんに出てもらうのはかえって気詰りですね。ぼくはこっそりと食事をしたいのです。あなたなら別ですがね」

社長は気さくな人だし、また、よく気がつくから、決してご心配になるようなことはない、明日の晩あたりどうか、と山本は誘った。

「なるべく、そうします」

山本の言いつけで、本屋の表に白い車が来た。例の小柄な中国人の運転手がドアを開けて運転席から降りた。谷口はその車に乗ったが、走り出して助手席をのぞくと、極彩色表紙の「吸血嫦娥」のページは真ん中から二つに割れて伏せてあった。見たところ、ページは昨日から全然進んでなかった。読書力がないのか、エロ描写を愉しんでいるのかよく分らなかった。

オテル・ロワイヤルに帰る途中、谷口は思いついたことがあるので、

「ドンパラン」

と口に出した。

運転手は、速力を落し、びっくりしたように谷口をふり返ったが、白い歯を出すと車の方向を変えた。舗装は切れて、石ころ道となり、赤い土埃が上った。昨日、山本にこの車で連れてこられた火焰樹と椰子と青いパパイヤの熱帯樹の林とラオス民家の風景が見えてきた。すり切れた板の塀と、埃っぽい木造家屋と、豆電球と侘《わび》しい造花とをからませた門の看板が次々と流れてきた。マイアミ、バッカス、ラテン・クォーター、スリー・スター……。

スリー・スターの前で運転手が車を止めるように徐行したが、むろん真昼のキャバレーの青ペンキのドアは固く閉っていた。谷口はその素振りでこの運転手が石田伸一とスリー・スターの関係を知っていて、自分にそれを見せているのだと思った。石田が殺された晩に最後に飲んでいたのはこの店である。運転手は谷口が石田の死体の発見されたメコンの川原を山本に案内されて見に行ったときも運転しているので、石田の調査にきていると分っている。それでこの店の前で気を利かして徐行している。

谷口の気持は必ずしもスリー・スターを再見に来たのではないが、山本が同車してないので、案内人無しの自由さ、自己の意志をとり戻した伸び伸びした気持でこの夜の歓楽街を見に来たかった。ひとつはこの運転手に世話になっているので、何か冷たいものでも飲ませたかった。谷口は運転手の背中をつつき、横に顔をむけたとき、手で瓶を口飲みする真似をしてみせた。イエス・サーと運転手は不意に返事した。

「おや、君は英語が話せるのか?」

「ええ、少し」

意外だった。まるきり唖だと思ったのは、山本が案内をしていたからで、考えてみると中国人で運転手でもしようというのに英語がまるきり分らないはずはなかった。

「名前は?」

「リュウです」

言語を持ったときの安心がひろがった。

昨日、ドンパランを回ったとき、見おぼえていた角の飲食店の前に車を着けさせた。谷口は、リュウと中に入った。表にはコーラの看板も出ていてちゃんとした店だが、中の模様はちょっと妙で、横手にタイ人だかラオス人だかの若い者が四人、バーのボックス式の椅子にかけていて、一本のビールをおとなしく飲んでいた。その相手を一人の若い女中がしていたが、唇だけを濃い紅で目立たせていた。女主人と思われる婆さんは離れたところに立っていて、これが谷口と運転手のコーラを運んできた。

やがて左側の奥に通じる出入口から別な若い女が出てきて前を横切った。そのあとから一人の青年がズボンの前のバックルをいじりながら現われた。べつに恥かしそうな顔つきもしてなかった。仲間も知らぬ顔をしていた。そのうち、いままで四人の話相手になっていた女が立って同じ口から奥へ消えた。すると丈の高い、うすよごれた半袖の青年がすっと起ち上ってそのあとを歩いて行った。戻って来た男を加えた四人の友人は無表情にそのあとを見送っていた。もはや、そのせまい出入口の奥にどのような設備があるか谷口にも判った。ここではコーラを飲むように若者の渇きが何の羞恥も気がねもなく、極めて自然に奥で充たされていた。この飲食店は淫売宿を兼ねていた。そして傭い女は公然と売春を行なっていた。客の連れはビール一本をとってコップに乏しい分配を湛え、日常的な眼で生理的充足の順番を待っていた。——若者たちの様子と、ラオス人らしい女の恰好からみて、それはごく低廉な料金にちがいなかった。マイアミ、バッカス、ラテン・クォーター、スリー・スターと並んでいるキャバレー街の間に、最低価格の売春営業が黴《かび》のように存在していた。

谷口が横にいる運転手を見ると、彼は板壁に貼ったアメリカ女のビキニ姿のポスターを一心不乱に眺めていた。

リュウは石田伸一を車に乗せてスリー・スターに何度か来たことがあるな、と谷口は思った。そう感じただけで、べつに確証があってのことではない。あのキャバレーの前に来たとき、リュウが習慣的にブレーキを踏んだからだ。ほかの店の前ではそうはしなかった。

谷口は運転手の肩を軽く叩いて外に出た。

「リュウ。石田がスリー・スターで仲よくしていた女はだれだね?」

「チンです」

リュウは躊《ため》わずに云った。日本人で、石田の友だちだから隠すこともなかろうといった態度だった。

「ベトナム人かね?」

「そうです。サイゴンから来た女です。二十八です。亭主と子供を置いて来たそうです」

リュウは、ぼそぼそと云ったが、そう分りにくい英語でもなかった。

「石田は店からチンを連れ出してどこかのホテルに行っていたのか？」

「それは知りません。けど、ホテルに行く必要はありません。客は女の家を訪問すればいいのです。泊らなくてもよいのです」

「チンの家は？」

「すぐ、この裏です」

リュウは屋根の背後にそびえている椰子と火焔樹の林を指した。

「行きますか？」

彼は訊いた。この、行きますか、という言葉に谷口は特別な意味を感じた。女の家に行くという意志がリュウに伝わったとき、運転手はポン引を兼ねた。

車は古い、小さい家の間のせまい路地にゆっくりと入った。急に平地がひらけた。開墾のために伐り残された椰子や樫や火焔樹やその他常緑樹が、ほうぼうにあって、その中に高床式の四角な家が散在していた。板壁はわりと新しい。蔭のない地面が眩しく輝いて褐色の家が真黒に見えた。トタン葺きの屋根が陽に光っている。

リュウがさきに木の階段を上った。入口にドアはない。

青い色がちらりと現われて運転手の黄色のシャツと重なった。運転手が話し、身を横に退《ひ》くと、すらっとした、青色のアオザイ姿が全身を表わした。女がそこから、こっちをのぞいていた。運転手が谷口を呼ぶようにふりむいた。

谷口は近づき階段を昇った。向うの椰子林の横で子供が五、六人遊んでいた。壺を持った足首までの腰巻《シン》の女が横切っていた。階段の上で女は谷口に笑顔をむけて手をさしのべた。合掌する習慣ではない。握手してまっすぐに相手を見る。眼が大きく、鼻筋が徹っている。顴骨が少し張って、眉の間はせまかった。うすい唇が横に長く、えくぼが深かった。色が浅黒く、小皺があった。谷口より少し背が高く見える。石田ならちょうど適当であったろう。

入ってくれ、と女は云った。リュウは縁側に立っていたが、案内役のつもりでいっしょに入口をくぐった。眼についたのは左隅のダブル・ベッドだった。隅からはみ出した大きなベッドが場所をとっているので、十畳くらいの板敷の間は半分くらいしか残っていなかった。せまい場所に白布をかけた円テーブルと椅子が三つ置いてある。三人は腰を下ろした。女はゆったりとした態度で、リュウとベトナム語で話していた。リュウが話す。女が短く答える。微笑を絶やさずに、運転手と谷口の顔とを等分に見ていた。花模様のカバーをかけたダブル・ベッドの横でなかったら、谷口は淫売婦と会っているとは思えず、訪問先の主婦のもてなしをうけている感じだった。

ベッドぎわの板壁には、前線の兵舎のようにアメリカの映画女優の写真が縦に斜めにべたべたと貼ってあった。ベッドの端には三面鏡と丸椅子とがあり、鏡台の上にはアメリカ製の化粧品がならんでいた。竹で編んだ天井からは大きな扇風機が長い羽根をゆっくりと動かしてなまぬるい風を送っていた。これでは蠅も逃げまい。近代的な道具というのはそれだけで、入れものは、粗末な、下層のラオス小屋であった。この部屋の次は板戸の間仕切りがあり、その向うは、どうやら台所と便所、それにもう一つ狭い部屋が付いているようだった。人が居るのか居ないのかよく分らなかった。

女との話が済むと、リュウは椅子から立って谷口の耳に、五ドルだとささやいた。谷口はベッドの花模様を眼の端に入れ、今日は見に来ただけだから、この次に出直してくる、と云った。女は彼の話す口もとを大きな眼で見ている。女は、客の素見《ひやかし》にも怒らず、失望もせず、谷口が出した五百キップのお茶代を、ありがとうと云って受取った。

立ち上って向きを変えると窓があり、横からさし出た青いパパイヤの実の向うに低い家々の屋根がひろがっていた。そこにも熱帯性降雨樹林が孤独な繁殖をみせていた。市街の端にあったジャングルはアメリカの軍事要員の駐留がふえるにつれてキャバレーやバーの建設に拓《き》り開かれ、ついでに娼婦たちの住居地帯をつくらせたのだった。

出口で女と握手をして階段を降りると、さっきの子供たちが同じところに遊んでいて、こっちには見向きもしなかった。このような家に真昼間から「客」がくるのは近所でも珍しくなくなっている。灼けた車に乗ってから家を見返ると、女の青い姿は無く、黒い入口があるだけだった。

ごろごろ道を走って、タイヤが舗装の上に乗ってからもしばらくは二人とも黙っていた。というよりも、リュウは谷口から話しかけるまで絶対に口をきかなかった。運転手としての行儀は訓練されていた。

あまり黙っていても変なので、ああいう場所での相場は五ドルときまっているのかと女の値段のことをリュウにきいた。後向きになっている運転手の横顔が笑《え》んで、女の家に行けばその値段だが、店から連れ出すときは十ドル、そのうち半分の五ドルは店のママさんにあげるのだ、と云った。そういう種類のホテルがあるのか、と訊くとどこのホテルでもオーケーだと云った。オテル・ロワイヤルでも連れ込めるのかと訊くと、これにも笑ってうなずいた。

帰り道が違っていた。まっすぐにメコン川土堤に出るところを右に折れて街なかに入っていた。運転手の気まぐれだった。谷口としてもなるべく街を覚えたいので外を眺めていると、左側に寺の長い塀がつづき、その上に金色《こんじき》の飾りをつけた切妻の反り屋根が出ていた。切妻の壁のところには極彩色で瑞雲と飛天とが描かれている。門前には鬼の面相をした神将の灰色の石像が両脇で番をしていた。真っすぐな通りには暑苦しい中に火焰樹が亭々と燃え立っているので眼を逸《そ》らすと、右側に、腕をむき出した黄色い髪の女が道端に腰かけていた。

その女を見たとき谷口は、すぐにビエンチャン書房でオーストラリア人と入れ違いに出て行ったフランス女だと気がついた。女は顔の皺の中からくぼんだ眼を往来に当てている。そのうしろがオテル・アンバサドゥールだった。谷口の車が過ぎるのをフランス女は注視するでもなく、眺めるでもなく、ぼんやりと見送っていた。

「リュウ。あの女性を知っているかね？」

運転手はかすかにうなずいた。

「フランス人だね？」

「そうです。彼女は新聞記者です」

「何という新聞だね？」

「知りません」

フランス女だから、この暑いのに椅子を持出し、カフェーの軒下のように往来を見物しているのだと思った。それとも彼女は通行人の中からベトナム解放戦線の工作員を見つけようとしているのか。オテル・アンバサドゥールには冷房がないのかもしれなかった。

「今の女は、いつも酔っている」

珍しくリュウが谷口に説明した。

「ほう。ビエンチャンには長いのか？」

「七、八年くらいいる」

共産軍にラオス全域が侵略されそうだというニュースが世界中に伝えられたときから彼女は此処に特派されているのかもしれなかった。もっともあの年では、というのは五十歳くらいと思われるのだが、新聞社としても他国に回しようがないからであろう。フランス新聞社だとまずル・モンドが浮ぶが、そういう一流紙ではなく、もっと二流の社かもしれない。谷口は、ビエンチャンには特派員の常駐はないと聞いていた。この首都ではニュースがほとんど入って来ない。北部で政府軍が大敗したとか、南部の右派軍が共産軍に包囲されてサバナケットが占領されそうだとか、ビエンチャンにクーデターが起きそうだとかいう情報が外国に伝わったとき、タイ女と遊んでいる記者たちがようやくバンコックから飛行機でいやいやながらやってくる。南部の都市は占領されそうでされないし、ビエンチャンはクーデターが起きそうで起きない。が、過去のそうした三度の例だけでクーデターが発生しないという保証はなかった。記者たちはこの田舎町で、無税で安いスコッチがふんだんに飲めるのがせめてもの愉しみである。あの老婦人記者は天国のバンコック駐在にもなれず、忘れられたようにここに置かれているのだろう。酒好きなのは、独身女にきまっている。

谷口は、オテル・ロワイヤルに戻った。車を降りたとき、リュウに云われた料金のほかにチップとして五百キップ渡した。今晩もこの男の世話になりそうだった。

フロントには顔のまるい中年の事務員と、瘠せた若い事務員とがいた。年上のほうは、やり手の女事務員の亭主だと山本が云っていた。キイをうけとるとき、

「ことづけは来てないかね？」

と訊くと、首を振った。人なつこい顔で、笑うと銀歯がこぼれる。若い事務員は、客からあずかった手紙に切手を貼っていた。切手の意匠には国王の肖像と、百万の象と二通りある。出かけるとき殺人事件の捜査で緊張していた空気も、いまはゴムのように伸びていた。ことづけもないとすると、杉原も電話をかけてこなかったのだ。あの親切さでは、容態はどうかと訊いてきそうなのに、忙しくてその時間がないのだろう。二人の事務員は知らぬ顔でカウンターのかげにうつむいたままだった。小型万国旗がしおれている。ボーイも見えない。ロビーは熱い外光をうけ入れ、怠惰を醸《かも》し出していた。

谷口は、すぐに二階へ上るのをやめた。階段の下に置かれた銅鼓は、外からの半光線に蓋の縁についた四匹の蛙を浮き出している。彼はその前を歩いて椅子に坐った。真正面の玄関から外が見える。赤いブーゲンビリアの絡む門の横にはサムロが二台屯《たむ》ろしているが、黒眼鏡の兄哥株の車夫はいなかった。川岸から伝わる砂利取りのクレーンの音があいも変らずもの憂《う》かった。

テーブルの上にはバンコックから旅客機で毎日運ばれる華字紙が載っている。一字ずつ文字

を拾うと内容のだいたいに見当がつく。

「突撃隊今日上午、以軍進入敵営捜査武器及爆炸物。軍事発言人説、以軍予以還撃、撃斃三名、負傷両人、三十人投降。……」

眼が疲れるので、新聞をもとに戻した。南ベトナムでの解放軍との戦闘が四角い文字の羅列に硬直していた。

新聞綴込みにはタイ語の新聞が二種だけとじてあった。が、ナーガを題字に図案化した新聞はなかった。あのオーストラリア人が飛行機の中で持っていたタイ字紙はなかった。

谷口はフロントに歩いてベトナム女の事務員にその新聞のことを訊いた。新聞の名前はタイ語だったから分らない。とにかく大きな蛇《ビッグ・スネーク》で七つか八つの頭を持った……と云いかけてナーガがこのインドシナ地域の言葉だと気がついた。果して、ナーガで先方には通じた。

それは通じたが、女事務員は、さあ、というように首をかしげ、

「そのようなタイの新聞は入っていない」

と、無愛想に答えた。

「バンコックで発行されているんだがね」

「知りませんね」

「しかし、見たことはあるんだろう?」

「見たことはありませんよ」

女はカウンターの向うに坐って下をむき何か伝票でも繰りながらいった。

「おかしいね。こっちにくる飛行機のなかで或る人が持っていたんだが」

まさか殺された9号室のオーストラリア人とは云えなかった。

女は返事をしないでいた。いかにも仕事が忙しいというふうであった。横にいた男の事務員のほうがその返事を引きとった。

「そんなナーガのついたタイの新聞は見たこともありませんよ」

「タイの新聞はこのビエンチャンには何種類入ってきてるかね?」

谷口は中年の男に訊いた。

「四、五種類くらいですよ。そのうちの二種類がそこに綴りこんであります」

「あとの三種類か四種類にそのナーガのついた題字の新聞はないかね?」

「ありませんな」

「バンコック発行のタイ語の新聞は何種類ぐらい出ているかね?」

「さあ、三十種類もありますかね」

「三十種類?」

そんなにあるのかと谷口もおどろいた。あの首都だけで三十種類のタイ字紙が出ているとは知らなかった。英字紙と華字紙とは別である。

「その三十種類のタイ字紙のなかにナーガのついた新聞は？」

「知りません。とにかく、われわれは見たこともありませんから」

無愛想というよりも、客のしつこい問いに不機嫌そうな返事だった。

谷口はもとの場所にもどった。突放された感じで手持ち無沙汰な思いだった。

うろつく視線が銅鼓に当った。

インドシナ北部の青銅器文化の代表で、雨乞いなどの農耕儀礼に使われたものと推定される、とたいていの考古学の書物にはあるが、現代の小説家は別な角度から眺める。

一世紀のころ、漢朝に生きていた将軍マ・ユアンは、中国南部での敵軍の進攻に対する防衛を依頼された。しかし、兵力を与えられなかったので、彼は素朴な山岳民族の住む場所に近い滝という滝の下に青銅の太鼓を置くことを思いついた。太鼓の上に流れ落ちる水は金属を高く打ち鳴らしたので、山岳民族は「天子」の大軍がくる音だと思いこみ、谷間に下りる勇気をなくして、山岳に留まった。

《その時代から二十世紀を経た今日、中国とベトナムの共産主義者たちは、ラオスの滝という滝の下に青銅の太鼓をおいたのだ。それも今度は白人という素朴で太っ腹な野蛮人どもをひきつけるためだった。彼らは先ずフランス人に、次にアメリカ人に、共産派がラオスを征服しようとしているのだと信じこませた。国の北から南にかけて、たいしたことのない事件、二、三人の負傷兵しか出ない戦闘をおこさせた。誰ひとり守る気もない部落を占領した。鳴物入りで親共派の運動をつくりあげた。これがパテト・ラオで、彼らの援護でやっと生存しているのだ。三人ほどのラオス兵士が逃げ出すたびに、世界じゅうの新聞は、彼らを追ったのは、ベトミンの一個連隊だとか中共軍の一師団だとか書き立てた》（ジャン・ラルテギー「青銅の太鼓」岩瀬孝訳）

四十分ばかりそこに休んで、階段を上った。

9号室の前を通った。閉ったドアには何の貼紙も出てなかった。もう現場保存の必要がないのかもしれない。谷口にはラオスの警察の捜査能力が分らなかった。

昼寝から眼がさめたのが五時ごろだった。昨夜の胃痙攣でよく眠れなかったところに、今朝から動き回ったので疲れていた。それになま暖かい冷房が適度の熟睡をとらせた。シャワーを浴びに浴室に入ると、壁に小さな鰐《わに》ぐらいのヤモリがへばりついていた。

六時になって東邦建設の事務所に電話したが、杉原はまだ現場から戻ってないという返事だった。若い日本人の声である。若い者は適当に早く引揚げ、年寄りの杉原はいつまでも現場に残されているようだった。

腹が空いて、食堂にでも降りようかと思っていると、電話が鳴った。杉原ではなく、山本からだった。

「オーストラリア人の事件のことが少し分りました。大したことではありませんがね。そんな話もしたいので、コントワールにいらっしゃいませんか」

「行きましょう。これからですか？」

「まだ少し早いですな。七時ごろがいいでしょう。あと一時間ぐらいしてお迎えに行きます」

山本は平板な調子で云って電話を切った。

谷口は下に降りた。門のところに待っていたサムロ車夫が台から腰を浮かし誘いをかけた。顔触れが変っていないところを見ると客がないらしい。道路を横断して川の端に出ると、砂利取りのトラックが川原から引揚げるところだった。起重機は置いたままで、三台が人夫を乗せて斜面を上り、埃を立てて去って行く。これで明日まではあの苛立たしい騒音を聞かなくて済む。空に壮大な夕焼けがはじまっていた。太陽は右手下に落ちかかっているが、まだ中心に白い炎を残していた。メコンの夕日は名所にされている。土堤上の小屋掛けのビヤホールにも通りの家にも灯が入り、ようやく昼間の睡眠から街も眼をさましはじめていた。ビヤホールには四、五人の客が来ていたが、ここは十時ごろが最盛期だ。谷口は土堤を反対に歩いた。草の径は小さくなり、やがて行きどまりに洋風の家が現われた。金網の塀がある。アメリカ人の家らしかった。ラオス人の子供が三、四人立って赤い川面を見ているが、一人は子守だ。川に子供が泳いで騒いでいた。真ん中に浅瀬があってそこにも裸の子供が遊んでいた。子守の少女の横顔も泳いでいる子供たちも、すべて燃える色の中の黒影で、対岸のタイの森も長く墨を引いていた。今夜もあの熱帯の森林の中から銃声が聞えるかもしれない。

山本は、オーストラリア人の殺人事件が少し分った、と云ったが、警察からでも聞いたのかもしれない。あの男はラオス語も達者だ。あるいは、女主人からでも何か聞いたのかも分らなかった。平尾正子はその商売上、政府の権威筋にも顔がひろいようだった。オーストラリア人はなぜ殺されたのか。原因が分れば石田伸一の殺害に共通性が見出せるかもしれなかった。

ホテルに戻って煙草を切らしたのに気づき、フロントの口の尖った若い事務員に訊くと、横手のバーに入ってゆけという。かぎの手に曲った廊下の突き当りが食堂で、その手前左側にドアがあった。開けるとスナック・バーで、窓ぎわにならんだボックスには客がなく、カウンターに半袖の体格の頑丈な中年のアメリカ人が二人かけてグラスをなめていた。あきらかに軍人の体格だった。ホテルのバーとしては広いほうで、装飾といえば壁にインドシナ半島の大地図が掲げてあるだけだ。カウンターにはラオスの女がいて、アメリカ煙草ならどんな種類のものでも出した。

部屋に戻る途中、９号室を横眼で見るとドアは固く閉ったままである。客が来ないのか、来てもこの部屋には当分入らせないのか。自分の部屋にはフマキラーの鼻を刺す臭いが充満していた。窓にブラインドが降りて、ベッドは支度されてあった。一つ置いた部屋で殺人があっただけに、留守中にボーイやメイドが入ってくるのは気持のいいものでなかった。

そのままベッドに横たわってみたが、この姿勢が攻撃を受けるのに無防備だと知り、跳ね起きて椅子に坐った。ドアは閉めているが外から道具で開ける気になればわけはなかろう。窓に降りた緑色のブラインドの隙間に灯が細く滲《にじ》んでいた。9号室をだれも借り手がなかったら、そこに移ってみようかとぼんやりと考えた。ホテル側はどんな顔をするだろう。

七時前になって、シャツを着更え、ネクタイをつけていると、電話が鳴ってフロントから山本当人の声で迎えに来たと云った。

「今日はドンパランにおいでになったそうですね？」

車に乗ってから山本は云った。運転手がしゃべったとみえる。そのリュウの背中が前でハンドルを動かしていた。口どめしなかったからやむを得ないが、娼婦の小屋をのぞいたことまでしゃべったのだろうか。まず、しゃべったと思わなければならないが、こちらから先に云い出すこともないので谷口は笑った。

「あそこは昼間行っても侘しいですね。夜だと、とにかくボロがかくれるからね。外の電燈が暗いから、よけいだな。あれでゴテゴテと電飾があったら、また興ざめだけど」

キャバレーのことを云っていた。

「今夜あたりどこかの店に連れて行ってくれませんか」

谷口は、山本に世話になっている礼心をにおわせて云った。

「そうですな……」

山本は暗い中で白い歯をかすかに見せた。

「コントワールで少し落ちついてから行ってみますかな。あそこは十時を過ぎないと面白くないのでね」

「少し早いようだったら、何軒か見学して回って、適当な店で落ちつきましょう」

どうせスリー・スターに入る考えで谷口は云った。山本は気のなさそうな顔をしているが、心では愉しみを期待しているのかもしれなかった。

サム・セン・タイ通りのコントワールは、外から見ると普通のレストランの構えだが、中に入ると完全にサパー・クラブの体裁で、音楽が耳に響いた。客席の正面壁ぎわにステージがあって、マイクの前で赤いワンピースの女がフランス語で唄っていた。小柄なタイの女である。揃いの赤い上衣でピアノを叩いているのも、アコーディオンを弾いているのも、トランペットを鳴らしているのもタイの男だった。顔つきで、谷口にも大体の見当はついてきた。

山本はボーイに客席へ案内させたが、テーブルは舞台を中心に放射型にならんでいる。思ったより広い店内の周囲には緋色の重々しいカーテンが垂れ、シャンデリヤが輝いていた。久しぶりに冷房のきいている店に入った。平尾正子が自慢するはずで、同人経営のビエンチャン書房の扇風機とはくらべものにならなかった。本屋の支配人が、ここでは貧しくみえた。

そっと見まわすと、客席は半分の入りで、フランス人とアメリカ人ばかりだった。アメリカ人は軍事顧問か経済・技術援助顧問で、CIAに協力しているとみていい。フランス人は教育文化顧問ときまっている。東洋人はいても、欧米人のテーブルに相伴か案内役のようにまじっていて、タイ人やラオス人だけのいるテーブルはなかった。日本人の顔もなかった。

給仕の持ってきたメニューはオテル・ロワイヤルよりは豊富だった。洋酒の贅沢にはこと欠かない。肉はまずかった。食器は上等である。山本がすすめただけのことはあった。

制服の兵士十人ばかりが入ってきた。二十歳ぐらいの年ごろだった。いままでシャンソンを唄っていた女がステージを退ると、男の歌手が代って上った。楽団が演奏を変え、歌手は軍歌を唄いはじめた。どこか哀調があった。客席に陣どった兵士の一団が合唱しはじめた。軍歌というよりも民謡を聞くようでいやな感じはしなかった。

「兵隊でもこんなところに来られるんですかね?」

谷口は、スコッチを飲んでいる山本に訊いた。

「自分の金では、とてもとても。将軍のツケで来ているんですよ。あの連中は若い士官です。みんな子供のような顔をしているでしょう。さしずめ士官候補生といったところですな」

山本は云った。

「将軍もたいへんですね。ああいうふうにいつも部下におごっているんですか?」

「始終です。だから商売をしないとやってゆけません。なに、奥地のメオ族から阿片を数キロでも持ってきたら、そんな費用は何でもありません」

谷口がつづいて訊こうとしたとき、山本は、

「ブリングハムのことですがね、ペティ・ブリングハム。……オテル・ロワイヤルに泊ってて、殺害死体となったオーストラリア人のことですよ」

と云い出した。合唱は第二節に入っていた。

「あ、分ったそうですね」

谷口は耳を寄せた。

「だいたいね。あのオーストラリア人は商売人ではなかったですね。人類学者だそうです。オーストラリアの何とかという小さな市の大学教授なんだそうです」

山本は聞いてきた話をとり次いだ。

「人類学者……?」

人類学者がタイ語の新聞を読んでいた。——

「そうです。インドシナの民族調査の目的でバンコックからやってきた。一応観光ビザで来て、こっちの政府に長期滞在ビザを申請したそうです。教育省と交渉してね。本人はルアンプラバ

ンより北の、ジャール平原あたりまで行きたいと云っていたが、それはパテト・ラオ地区で危険だから教育省は拒否したそうです。だが、彼はビエンチャンに着いたばかりですからね。危険は承知だから、許可が下りるまで粘ると云っていたそうですよ」

飛行機の中で、三文小説に読み耽っていた軍属か商人のような男と人類学者とのイメージが合わなかった。

「人類学者にはラオスは世界一魅力でしょうな。ぼくでさえそれに興味があるんですから」

と山本はつづけた。

「なにしろ二十ほどの種族がいるんです。正確にはその倍以上だそうです。メオ族とヤオ族が五種類、ホー族のような中国やチベットの山岳地帯を起原とするのが五種族、タイ族系に十一種族、このラオス人はタイ族の分れです。この国の約百七十万の人口の中にこれだけの人種が寄合っているのです。それでも北部の事情ははっきりと分ってないのですからね。学問的な興味では、ニューギニアの山岳地方の原住民調査なんかとは比較にならないほど大きいですよ。国際政治と戦闘と阿片という神秘性が加わっていますからね」

軍歌は第三節を終りかけていた。

「ブリングハムの一昨日《おととい》の晩の行動はだいたいこういうことです」

軍歌の終了によって起った拍手の鎮まるのを待って山本は話をつづけた。

「彼は七時ごろロワイヤルを出て、教育省の役人の自宅を訪問した。ラオス人です。人類学調査のためにラオスの長期滞在ビザがもらえるように助力を頼みにいったのですな。その役人は高い地位ではないが、実務者だから最善の方法を聞きに行ったのでしょう。もちろん袖の下は出したと思います。ここでは賄賂なしには何ごとも通りはしませんよ。そこに同じ役所にいるラオス人の同僚が遊びに来たので、ブリングハムは二人を誘ってオテル・アンバサドゥールのスナック・バーに行って酒をご馳走したのです。彼にすれば、そういうことを頼みに行ったのに、遊びに来た先方の友人に挨拶なしに帰るわけにもゆかなかったのでしょう。意地悪されると困りますからね」

「どうしてロワイヤルに誘わなかったのですか。アンバサドゥールというのは二級ホテルだから、スナック・バーも小さいでしょう」

「ロワイヤルじゃ高級すぎて困るからでしょうな。夜のロワイヤルのスナックをのぞいてごらんなさい。ラオスの将軍連が政府の要人たちをつれて、平服で飲みに来てますよ。大臣でも軍人の乾分《こぶん》ですからね。教育省の中級官吏がおちおちと椅子にかけていられるところじゃありません。アンバサドゥールだったら、まあ、商人宿みたいなホテルです。外国通信特派員たちの定宿です。そこだと偉い人は来ませんからね。気が楽です」

「オーストラリア人は教育省の役人二人と最後までそこに居たのですか？」

「十時すぎに役人二人はひきあげて行って、ブリングハムだけが残りました。彼はあまり酒が強くなかったようです。それに、そこのスナック・バーには飲んだくれのフランス婆ァの通信員が来ていてブリングハムにからんでいたというから、役人も面倒臭くなって二人で先に引きあげたんですな」

「フランスの女の通信員？」

谷口はアンバサドゥールの軒で椅子に坐り往来を眺めていた五十がらみの金髪の女を思い出した。ビエンチャン書房に本を見に入ってきた女でもある。

「通信員といっても、以前はどこかの社の嘱託だったが、酒が好きで仕事をしないものだからクビになったんですね。シモーヌ・ポンムレーというんです。亭主はフランスで死んだという話ですが、向うで別れてこっちにやってきたのかもしれません。シモーヌという女は、一九六五年のクーデター（注、この年一月にノサバン副首相とシーホ国警長官派がクーデターを起したが失敗、ノサバンはタイに亡命、シーホは帰順したが脱獄を企てて射殺された）のときにはもうビエンチャンにいました。それからずっとだというから古いもんです。そのあと、イギリスやアメリカの新聞社に随時契約でニュースを送っていたらしいですが、これもいいタネを送らないものだからご破算になったのです。かたちだけは残っていますがね。もっとも、ここではあまり情報もありませんよ。共産軍との緊張はラオスの国策上持続状態となっていますがね。

で、シモーヌさんはパリにも帰れずここに残って酒浸りです。もうアル中ですな。頭もおかしくなっているらしいです。独身でね。戦後すぐにはシンガポールあたりにいて美人記者だったという噂です」

「収入がなくて、よく暮せますね。ホテル住いでしょう」

「追出されないという程度には、どこかから金が入るようです。アメリカの二流通信社ぐらいにはときどき何か送っているのかもしれません。前に来たことのある特派員のコネでね。その代り、酒までは十分に飲めませんから、飲んでいる人間を見たらタカるんですよ」

「ぼくがこっちに来た日、ビエンチャン書房で見かけましたね」

「そうそう。ぼくらとは関係がないから、店に入ってくればお客さまとして応対していますがね。本なんか一年に二度か三度買う程度です」

それで山本がいままでフランス女を無視していた理由が分った。

「あのときは、オーストラリア人も偶然に店に来ましたね」

「街が狭いのです。どこでもカチ合います。一日に三度ぐらい顔を合わせても、おやおやとは云いませんよ」

「……で、オーストラリア人はその、シモーヌに酒をねだられて残ったんですか?」

「そうそう、そのことです。ブリングハムは閉口して三十分ばかり彼女の相手をしただけでひとりで出て行ったそうです。シモーヌのあとの飲み代を含めて十一ドル置いてね。ボーイが警察にそう話したんです。それが十一時十分ごろ。ブリングハムが出て行く姿は、ロビーでチェスをしていたランサン航空の、台湾から来ている中国人パイロットですがね、パイロット二人が彼の後姿を見ています」

「ランサン航空?」

「ビエンチャンと王都ルアンプラバン間の不定期航空会社です。ダグラスDC3を二機持っています。もとはもっと北部のフォンサリまで飛んでいたが、そこが共産軍の地区になってからは中止しています。旅客機兼用のカーゴですが、採算がとれるくらいに貨物が溜れば飛ぶのです。南のほうは、サバナケット、パクセ。とにかくそのへんはまだ政府の右派軍が持ちこたえていますからね。もっともそれは共産軍が攻めてこないだけの話ですが、この航空会社もとかくの噂があるようです。ラオス有力者の共同出資なんです」

「とかくの噂というのは?」

「嘘だか本当だか知りませんが……。まあ、あなたもここに滞在されているうちに耳に入るでしょうから云いますが、奥地から阿片を運んでくるんだそうです。だから阿片航空だと陰口をきかれています」

「政府は取締らないのですか?」

山本の片頰に冷ややかな微笑が浮んだ。

「軍閥のお歴々が社長や重役ですからね。国警長官は将軍の乾分です」

谷口は質問を休んだ。一つことを訊くと、枝から枝へと訊きたいことが派生していった。さし当り、オーストラリア人の行動はどうなったか。

「サムロにも乗らずに歩いて南のほうへ行ったそうですがね。オテル・アンバサドゥールからロワイヤルまでだったらサムロに乗るほどのこともない。メコン川の方角さえ分れば、どこを歩いても川土堤に出ます。迷ったとしても二十分そこそこでしょう。ところがブリングハムが女を連れてロワイヤルに戻ったのは十二時ごろだったそうです」

「女を?」

「淫売婦ですよ。ラオス女です。ホテルのフロントに事務員が一人いて、そいつが玄関から階段を上って行くのを見てるんです。フロントじゃ、客が女を引張ってくる場合、見て見ぬふりをしてるんです。かたいことを云っても仕方がありませんよ。この街ではほかに娯楽がないんですからな。観光誘致策ですよ」

「アンバサドゥールを十一時まえに出て、十二時に戻ったとすると、一時間ほど間がありますね?」

「やっこさんどこかの飲み屋で遊んでいたのでしょうな。そして、そこの女を連れ出すか、途中で拾うかして、ロワイヤルに連れこんだというところでしょう。フロントの番頭が云うには、女は二十分と経たないうちに階段を降りて帰って行ったというから、女は部屋で寝たのじゃないのでしょう。それまでに何処かでやって、女が送ってきたのかも分りません」

谷口は、昼間見たチンの小屋の中が眼に浮んだ。

「まさか、その女がオーストラリア人を絞めたのじゃないでしょうね？」

「女には出来ない絞め方です。手先で頸部を圧したのじゃなくて、腕を肘から内側に折ってその中に首を抱えこみ、締めつけたのです。外国人特有の殺し方です。皮膚に外傷を残さないためですね。強い力でないと窒息までゆきません。いくら相手が酔っていてもね。犯人は女と男とが帰る前に部屋の中に忍んでいて、女が出て行ったあと犯行をやったのか、女が去ったあとに部屋の中に入ったのか、両方の見方があります」

「犯人の逃走路は？」

「さあ。まだ分らないのじゃありませんか。まだ聞いてないから」

「しかし、部屋に彼を送った女の素姓は判ってるのでしょう？」

「それがまだ判明しないということですよ。今日、警察でキャバレーやバーの女について全部調べているが、その女が出ないのですな。ブリングハムはどの店にも立寄っていないのですな。飲んでないのです。アンバサドゥールで飲んだのでそれ以上咽喉に入らなかったのかもしれない。店の数は知れたものですから、そこから連れ出した女でないとすると、街の女でしょうな。サムロの車夫はポン引ですから」

「だが、ロワイヤルのフロントは女を見ているのでしょう?」

「見ている。人相は云ってるけど、警察でよう探し出さんのです。しかし、その女が分ったところで、犯人と無関係だったら意味のないことです。が、目下、とにかく女を重要参考人として捜索中ということです」

「オーストラリア人がアンバサドゥールでいっしょに飲んで先に出て行った教育省の役人二人は怪しくないのですか?」

「これは調べたが、ちゃんとすぐ家に戻ったというアリバイがある。だいたいラオス人には殺人なぞという犯罪はできませんよ。仏教の信仰が厚いのです。嘘をついたり、小さな盗みくらいはするかも分りませんがね。暴力犯や知能犯はとても無理です。根が善良なんですよ。やるとすればそのほかの種族でしょうな」

そのほかの種族の中にはアメリカ人も入っているのだろうか。いつの間にか客席は人が詰めかけていた。テーブルの新しい顔ぶれとしては華僑やインド人がいる。アメリカ人はふえていた。ステージでは男と女の歌手が交替で唄っていた。その休憩の間、アメリカ人が女歌手をカウンターに呼んで馳走している。若い士官の一行は帰り支度をはじめていた。

日本の婦人たちが五、六人で入ってきた。山本が目ざとく見つけ、椅子から起って頭をさげた。

「大使館の夫人連と、技術援助部隊の幹部の夫人たちです。ビエンチャンの上流夫人ですよ」

山本は夫人たちが向うのテーブルに落ちつくのを見て小さな声で云った。

「社長はまだ店に来てないのですか？」

「もう、そろそろでしょう。夫人連中は挨拶に出ないとうるさいですから」

ボーイが来て、山本にメモを渡した。彼はスタンドの下で読んでいたが、紙を裂いてまるめ、ポケットに入れて立った。

「ちょっと失礼」

山本は客席の横を歩いて奥に消えた。電話でもかかってきたらしかった。ボーイが皿を引き、代りにマンゴーを四つに割ったのを持ってきた。

谷口は山本から聞いたオーストラリア人殺しと、石田伸一の殺された事件との共通点を求めた。ペティ・ブリングハムはホテルの一室で扼殺された。石田は屋外であった。ここが違う。ただ、二人とも酒を飲んだあとということでは共通している。深夜というのも同じだ。しかし、石田はドンパランのスリー・スターで飲んでいる。オーストラリア人はキャバレーにもバーにも今のところ寄った形跡はない。が、彼は女を連れてホテルに戻った。スリー・スターには女がいる。石田の女はチンというベトナム人だ。石田は殺される場所に女といっしょに行ったかどうかは分らないが、女がからんでいることは似ている。

だが、山本の話によると、オーストラリア人が教育省の役人と飲んでいたアンバサドゥールのロビーではランサン航空の台湾系中国人パイロットがチェスをしていたという。この民間航空は「阿片航空」という別名があるほど奥地から阿片を運搬するので有名という。阿片は軍閥の資金源らしいが、石田伸一もラオスの阿片にはずいぶん興味をもっていた。日本を出るとき、危険だから深入りするのはやめろと注意したが、その調査の段階で禍を招いたと思えなくもない。——オーストラリア人の場合は、単にそのホテルのロビーで「阿片航空」の台湾系中国人パイロットどうしがチェスをしていたというだけである。ブリングハムと話したのは教育省のラオス人の役人と、酒をねだるアル中のフランス女だけである。中国人パイロットはオーストラリア人がホテルをひとりで出て行ったのを目撃したというにすぎず、いわば路傍の証人にひとしい。「阿片」は共通点になってない。石田伸一が阿片を調べていたかどうかも明瞭ではないのだ。すべては仮定だった。だが、どこかに両方の仮定が宙に糸のように細くつながっているような気がした。もちろん思い過ごしだろう。

山本が席に戻ってきた。

「社長は今夜は用事があって店に出られないそうです。谷口さんによろしくとのことでした」

山本はマンゴーにちょっと手をつけてから云った。

「どうも。……」

平尾正子の家はどこだろうと思ったが、山本に訊くのも悪いので黙っていた。

「これで、ぼくも今晩は完全に解放です」

山本は珍しくちょっぴりうれしそうな表情をした。彼のような男でも使用人の意識があるかと思うと谷口には少々意外だった。

「さて、これからキャバレーにでも行きますか。いま、何時ですか？」

山本はのびのびと云った。

「八時半ですね。少し遅れているから九時に近いかな」

谷口は腕時計を見て云った。

「九時前ですか。まだああいうところに行くのには早いですな。一時間ある。一時間、どこかで時間を消しましょう」

山本はボーイに計算書を持ってこさせ、自分で金額をたしかめ、谷口に渡した。二十五ドルだった。ろくに酒も飲まないのに勘定は高かった。平尾正子がビエンチャン書房よりコントワールを本命にしているはずだった。

「あ、山本さん」

谷口はいま思いついたというように云った。

「バンコックから出ているタイ字紙で、題字をナーガの図案で囲った新聞があるのを知りませんか?」

「ナーガで?」

「ヤマタのオロチのような大蛇です」

「ナーガは知っていますが、そんな題字のついた、タイ字紙は知りませんな」

山本は首を振った。

谷口は、山本の気分のいいこの際にと思って何気ないふうに訊いたのだが、彼はあっさりと否定した。

オテル・ロワイヤルのフロントも見たことがないと云うし、山本も知らぬと云う。飛行機の中でペティ・ブリングハムがポケットからとり出したタイ字の新聞はこのビエンチャンには一枚も入っていないのかもしれない。バンコックのことにも詳しいらしい山本が知らないのだから、あの新聞はよほど発行部数が少いのかもしれない。

それともオーストラリア人の持っていた新聞を横からちょっとだけのぞき見した自分の眼が誤ってナーガの模様に映ったのかもしれない、実際はほかの意匠だったかも分らない、と谷口は次第に自信をなくしてきた。なにぶんにも新聞の名前が読めなかったので、それ以上に何も云うことができなかった。

山本のほうも、その新聞がどうかしたのかとは問い返さなかった。もし彼が訊いたら、ブリングハムが機内で持っていたと答えたかもしれないが、谷口もこっちからすすんでそれを口に出す気はしなかった。あのナーガの新聞は幻だったかもしれない。

リュウの車が待っていた。せまい街なのに山本はいちいち車を使った。長い時間でも平気で待たせる。谷口は、このぶんでは、これから先も相当ハイヤー代がかかりそうだと思った。これらのハイヤー代の見当をつけておかないとこっちの懐具合もあった。

山本がリュウにささやいて走らせたのは予想通り十分とかからない距離だった。途中で、ちょっと面白いバーがあるからそこに先に寄ろうと云ったので、どんなところかと思っていると、停ったのは真暗なせまい通りで、家は両側に密接しているが、小さな事務所ふうな建物が多かった。暗いのはそのせいで、外灯も疎らだった。またリュウの車を待たせた。

山本が間口の狭い家のドアを肘で押した。谷口が軒の上を見ると、Bar "Fire Tree"とある。ビエンチャンのバーの表口は「準戦時状態」のせいか、しもたやのように目立たなくしているのが特徴である。

店の中は暗かった。外の暗さに慣れた眼でこれだった。ただ、赤や青の豆電球が、クリスマス・ツリーに捲きつけるあの程度の光が張られているだけだった。

女が迎えたが顔も分らなかった。懐中電灯を点《つ》けるでもなく、壁ぎわのボックスに案内した。テーブルを隔てて山本と対い合せに坐った。椅子は白布を貼ったクッションで女が握手を求めたあと一人ずつ横に坐った。ラオスの女だとは分るが、色が黒いのでこの暗さでは顔つきも知れなかった。眼だけが光っている。

山本がライターをつけた。煙草を喫うというよりも、炎で女の顔を照らすのである。その小さな光が眩しいくらいに明るく、女のせまい額、大きな眼、扁平な鼻、大きな口が影をもって鮮明に浮び出た。馴れているのか女は顔を微動だもさせなかった。ただ唇を開けて白い歯を出した。炎と顔は消えた。

山本がラオス語で何か云うと、女は口早に奥に向って何か云った。そのへんにも女の黒い影が三、四人動いていた。ほかに客はいなかった。タイ製のビールとピーナツとが運ばれた。山本は横の女と、谷口の傍にいる女と笑いながら話していたが、財布から五百キップ二枚出して渡した。女は席を立ち、いったん奥に入った。

「今から面白い踊りをしますよ」

山本はピーナツを嚙んで谷口に云った。

レコードが鳴ると、さっきの女が半裸で現われた。床の上で脚を開いて坐り、身体をくねらしているだけで、踊りというようなものではなかった。黒いものが何やら動いていたが、女は起き上ると二人のほうに寄ってきて立った。山本が財布から米ドルの一ドル札二枚を出した。女がそれを握りこむと、山本は目の前に立っている女のパンティに両手をかけ、いきなりそれを膝の下までひきずり降ろした。女は動かずげらげらと笑っていた。彼はもう一人の女にもそうした。山本はライターをつけて女の黒い部分に照明を当てた。女は灯を吹き消し、山本にとび付いた。谷口の膝の上にも股を開いて正面から乗ってきた。両手を彼の首に回し、ズボンの上から部分をぐいぐいと押しつけ、腰を動かした。女の口は臭かった。隅にかたまっているほかの女たちは見むきもしなかった。

谷口は迷惑して女を押しのけた。乳はふくれていた。山本は女をまだ膝の上に乗せたまま口づけせんばかりにして話していた。どこか虚無的に見える山本も、このときばかりはいきいきとしてきた。

やっと女を膝からおろすと、彼は何か云った。女二人は奥へ引込んだ。

「この奥には階段があって、二階に客が上れるようになっています。そこで女と寝るんですな。谷口さん、よかったらどうですか」

山本は小さく笑って云った。

「いや、ぼくはどうも」

谷口は辞退した。あなたはどうぞ、と云うべきところだろうが言葉に出す勇気はなかった。

昼間、リュウと行った飲食店が浮んだ。友だちが行為を済ます間、ビール一本でじっと椅子に待っていた若者たちの顔である。

話の様子では、山本はこういう場所で生理の処理を済ますようであった。女の美醜はもとより問題にしてないだろう。だが、病気でも染《うつ》されたらどうするのか。警戒の用意はあろうが、異人種からの感染は強烈だと聞いている。この街にはアメリカ人、フランス人、タイ人、ベトナム人、中国人、インド人が雑居し、女たちはそれらを相手にしている。彼らは他の東南アジア地方を旅行している。戦争で歩き回ったアメリカ軍人もいよう。スピロヘータが熱帯地方の風土病から発していることを思うと、この亜熱帯に住み、異人種の男たちを多勢引きうけている女の身体が黴菌の培養基のようにみえた。が、男たちの警戒心にも限界があろう。慣れによる不用意もあるし、過失もある。それにしても、山本がこのような安い女を買っているのを知ると、彼のどこか人を見下したような、横着な態度とは裏はらのわびしさを谷口は感じた。

奥から花模様のブラウスをきた中年の、背の低い小肥りの女が出てきた。山本は、これがママさんだと谷口に紹介した。かたちだけ合掌して微笑した。ママはタイ人だった。山本が彼女に耳打ちすると、女はうなずき出口のドアに歩いた。

「面白いところをお見せしましょう」

山本は谷口に云い、彼女のあとに従った。谷口は、もっと露骨な淫売窟を見せられるぐらいに思って山本の背中から歩いた。外では、リュウの車がライトを消して離れたところにとまっていた。そっちには行かず、女主人は道路を横断して前の建物のほうへ歩いた。ママは家と家の間の、人間がひとりやっと通れるくらいの路地を入って行った。外灯は無かった。一方は倉庫裏のような建物がつづき、片方は商店の裏側のようであった。屋根の上にのぞく狭い空に星が出ていた。

ちょっとした空地になった。木造の小屋がある。それこそ廃品を投げこんでおくようなガラクタ倉庫か大工小屋のようなかたちで、その向うも両横もよその家の裏側だった。彼女は小屋の入口の戸を軽く叩いた。声をかけると中から戸が開いた。谷口は山本のうしろから中に足を入れた。

四つの蠟燭の火がまず眼についた。小屋の中は八坪ぐらいの広さで、低い上り框《かまち》が二カ所あって、八畳と六畳程度の寝場所があった。床板の上にゴザを敷いて、二人と三人とが横たわっていた。べつに二人が坐って板壁に凭りかかっていた。油灯が木の枕もとで燃えていた。煙草のような煙が上っていた。谷口は阿片窟をはじめて見た。

入ってきた三人を見て枕から大儀そうに頭をあげる者もいれば、そのまま動かない者もいた。中年男と老人ばかりだ。ママがその一人と何か笑いながら短く話すと、ちょっと山本を見て出て行った。入口のわきには用心棒のような若い男が一人立っていた。

床にじっと横たわったなかには、腹匍いになって長い竹煙管をくわえているのもいれば、睡っている者もいた。竹煙管の先に詰めた黒砂糖のような塊を油灯にときどき焙《あぶ》った。そのたびに煙管は脂質のかすかな音を立てた。うすい煙があたりに揺れる中で、吸煙者のほとんどは沈黙していたが、低くぶつぶつ云っている者もいた。

「あなたも一服吸ってみませんか？」

と、山本は谷口に云った。

谷口が尻ごみすると、山本は、

「じゃ、ぼくはちょっとやってみるかな」

と云って広いほうの床に靴を脱いで上り、寝ている二人の男の間に長くなった。用心棒の男は給仕を兼ねていて、長い竹煙管や小さな油灯や小型の罐のような容器など阿片吸煙に必要な一式の道具を山本の枕元に運んでいった。

給仕の男は煙管の先に付いた雁首のような場所に白い阿片をまるめて灯にかざした。焙られた阿片が適度の軟かさになるまでちょっと時間がかかった。加減を見て男が煙管を山本に渡すと、彼は馴れた恰好で吸いはじめた。

山本がここに何度も来ているのは、その様子から分った。バー「ファイア・ツリー」のママは阿片窟の経営も兼ねていた。山本はなかなかの顔であった。この阿片窟は下層階級のものらしいが、普通のこんな場所に簡単に入ってこられるようでは、市中にどのような秘密の設備があるか分らなかった。もっと上層階級や金持の行く贅沢な場所が当然に存在すると思わなければならない。

日本外務省編纂の「ラオス便覧」には、産業として、国民の九〇%が農民で構成され、農法はきわめて原始的で、その上、内戦に基因する壮丁の徴募により労働力の低下がいちじるしく不振の状況にあるとして、以下を説明している。国土の三分の二が森林に蔽われているラオスにとり、森林はもっとも価値ある資源の一つだが、広範囲にわたる良質のチーク材原始林の確認はあっても輸送が隘路《あいろ》となっている。ラオスの山岳地帯は村落同様家畜の養育に適しているが、家畜についての最近の資料はない。一九五九年において牛二五万頭、水牛五五万頭、豚六〇万頭と推定された。——しかし、「便覧」の産業には山岳地方で生産される阿片については少しもふれるところがない。

山岳地方のメオ(苗)族は、この良質のチーク材の森林の一部を焼き払い、焼畠耕法でケシを栽培している。その耕地の栄養が貧しくなれば他に移って森林を倒し、野を焼く。同じ場所に定住することがない。二千メートル級の高地に住む彼らは政府に捕捉もできないし、宣撫工作もきかない。幼時から山歩きに馴れている彼らは鎮圧隊を翻弄する。弓矢は特技だし、小銃の射撃も巧みである。彼らは中国、ラオス、タイの国境にまたがって居住または移動しているが、フォンサリ、サムネア、ナムター、ルアンプラバンを結ぶ境界内の高原と、それより北部の山陵地に住んでいる。メオ族の人口は推定では十五万ないし二十万といわれているが、だれにも正確なところは分らない。彼らには同族意識はあっても団結がない。山地の諸方に点在していて互いの交通があまりないからだ。それに同じところにはいつまでもいない。彼らは零度に近い寒気でも着物らしいものはきずに半裸で暮している。ケシは寒冷な霧の流れる高原が栽培に適している。このケシから採っだメオ族の生阿片の生産量を正確に推定することはだれもできない。ラオス領では年額約七十トンともいうし八十トンともいう。タイ領では十五トンから五十トンの間。メオ族は全極東で最良の阿片を生産するので、密売者は何とかして手に入れようとしている。この生阿片を他の地域に運んで精製するのである。

メオ族は雲南省あたりの出身で、十九世紀のはじめごろにその地から追われ、タイとラオスの北部山岳地方にやってきたが、そのとき彼らは阿片の種子を携えていた。彼らには国境の観念はなく、また現実にも地形の上から国境を知ることはできない。彼らは原始的なシャーマニズムを信仰し、「精霊《ピー》」をおそれている。ピーは、空にも山にも樹にも石にも川にも雷にも住んでいる。ラオ人やタイ人の信仰する仏教とはまったく無縁である。しかし、山岳にいるラオ人やタイ人は精霊の存在をかたく信じている。

インドシナの少数民族の一つピー・トング・ルアング族を現地に踏査したベルナツィークは

その「黄色い葉の精霊＝インドシナ山岳民族誌」（大林太良訳）におよそこう書いている。

《ピー・トング・ルアング族の宗教観念を支配しているのは霊魂に対する信仰である。それによれば、人間の運命に善悪の影響を与えるのは死者の霊魂の仕業とされる。

霊魂は死後三、四日に身体から離れる。悪人の霊魂は虎に変りジャングルの中で鹿や猪を追うことになる。死者の霊魂が猛獣に変形するという信仰はピー・トング・ルアング族の隣人たち、とくにラオ人、ティン族、カムーク族の間にも存在する。従ってこの原始林の漂泊民（ピー・トング・ルアング族）に土着のものではないであろう。

霊魂は目に見えないが、人間の形をしていると考えられる。霊魂の彷徨という観念は知られていないが、ピー・トング・ルアング族の間では、ミャオ族（苗族）と同じように、睡眠中に霊魂が身体からさまよい出て、森の中を歩きまわると信じられている。睡眠中に夢の中に魂の彷徨の様子が現われるのである。

精霊を表わす絵とか偶像などはない。すべての精霊はジャングルに、ことにある特定の木に住んでいる。原始林の樹木のごとく太い幹の中には、しばしばいくつかの精霊が住んでいる。私は父、母、三人の子からなる精霊の家族が住んでいるという木を見せてもらったことがある。水、岩、山には精霊は住まない。ドカット（悪い精霊）は森の中の特殊な地域に、ことに河床に住み、犬か猫の姿をしていて、あらゆる種類の害を人間に及ぼす。ドカットの住み家の上を渡るとその人は必ず死ぬという。だからピー・トング・ルアング族は悪い精霊の住み家を避けて歩く。もしどうしてもそれらの場所を通らねばならない時は、まず根茎を焼いてそれをドカットの住み家の前に捧げてから、害を与えないようにと懇願するのである。

ピー・トング・ルアング族は周囲の民族に多くの強力な呪術者がいると信じており、彼らがピー・トング・ルアング族の所へ精霊を送って害を与えさせていると考えている。中でもヤオ族には最もあくどい呪術師が一番多いとされている。ラオ人も悪い呪術の方法を心得ていると考えられ、人が死ぬと彼らのせいにする場合がたびたびある。フランス領との境に近いパン・モというラオ人の村にはピー・トング・ルアング族のあとを追いかけて殺すという精霊を操る男たちがいるということだ。虎に殺された時でさえ、その原因は虎をけしかけて殺そうとたくらんだラオ人のせいとされることが多い。

動植物には呪術的な能力は認められない。前兆や、厄日、吉日という観念もない。さらに宗教団体、秘密結社、仮面舞踏、特別の祭儀所、祭祀や儀式の道具、死体の一部を保存すること、神聖な楽器、宗教的舞踏その他の儀式や祭儀は知られていないのである。このように彼らの宗教観念は、暗い原始林の中のぎりぎりの生活に必要最少限度の範囲にのみとどまっている》

——訳者はトング・ルアングと語尾にグを付けているがMongモン、Dongドン、Luangルアンの例のように、gは鼻音で、トン・ルアンと呼ぶのであろう。

ベルナツィークが自分から云っているように、精霊の存在を信じるのはピー・トン・ルアン族だけではなく、インドシナの山岳民族のほとんどが精霊信仰（アニミズム）を持っている。北部タイの山岳民族は、水の精霊、山の精霊、谷の精霊を信じ、露頭を出した大きな岩は山の精霊の宿るところとされている。《うっかりこの岩に手を触れるとたいへんなタタリがあるというのである。村からやや離れた山地の岩場にも、ところどころ白い小旗の挿してあるところがあった。これらもいわば彼らの聖所であった。モー・ピーはシャーマン、つまり、シャーマニズムの司祭でもあって、かれらの呪法によって護符をつくり、村人の首に木綿糸をかけてこれをむすぶ。悪霊の怒りをしずめるためである。村人は思いがけないときに、精霊の怒りをかうことがあるものである。眼にみえない精霊がどこにひそんでいるかわからないからである》（岩田慶治「東南アジアの少数民族」）

精霊への畏れ、信仰は単に山岳民族だけではなく、都市の周辺にもある。それはおそらく山から平地に移住してきた少数民族によってもたらされ、ひろがったものであろう。

山岳地方の阿片は物々交換で低地の都市に下りてくる。メオ族は貨幣を持っても仕方がないので、衣服や装身具と代える。衣服はとくに黒繻子《サテン》を好む。装身具には銀製品が昔から好まれる。ラルテギーの著書には、メオ族の女房が身体じゅうに金や銀や宝石をつけて歩くのは、亭主が女房の浮気を、その全身につけた部品の鳴物によって封じるからだとある。

これらの装身具や衣服を運ぶ行商は、生阿片ほしさに護衛つきで野宿しながらどんな山道でも入ってゆく。彼らはメオ族と接触して銀いくらで阿片何キロ、衣類いくらで何キロというように交換して戻る。狡猾なタイの商人や、ラオスの華僑に欺《だま》された経験から、メオ族は年ごとに賢くなり、決して損な取引はしなくなった。

それよりもメオ族が欲しいのは現金と狩猟のための銃と弾薬である。小銃一梃との交換について彼らは阿片の出し惜しみはしない。日常品や装飾品の交換よりも、武器との交換率がはるかにいいので、阿片はその方面からラオスやタイの都市に流入してくる。インドシナの山岳民族は自国の政府からどのように禁止されてもケシの栽培を行なう。ケシ畑は奥地で転々と移っては開墾される。阿片が現金や狩猟の武器や衣類、銀の装飾類を得るのに最上の交易品であることを知っているからである。阿片の代価として武器が登場することによって、軍人が阿片に介入してくる。——谷口も、この程度の知識は持っているが、もっと具体的で詳しいことは不明である。予備知識がこのへんで足踏みしていることが誰にも好奇心を奮い起させ、冒険心を刺戟する。そうして麻薬のルートという「精霊《ピー》」に挑戦したくなる。石田伸一もそのようにしてビエンチャンのピーにとり殺されたのではあるまいか。……

眼を閉じていた山本が竹煙管を口からはなして鎌首をもたげて谷口に云った。

「谷口さん、ちょっとやってみませんか。何ごとも経験ですよ。ちょっとぐらいやったって身体に影響はありませんよ」

まったく貴重な経験かもしれなかった。こういう機会はまたとないかもしれない。谷口は思い切って靴を脱いだ。彼は山本とは別な床のゴザの上に横たわった。

給仕人が阿片の吸煙具一式を谷口の枕もとに持って来た。隣の五十くらいの、やせこけた男が彼を初心者と見て、その喫み方を教えた。生阿片は黒色がかった固形物になっている。隣の常習者は、それを器用にまるめて、竹煙管のガン首に詰め油灯に焙ってくれた。阿片の固まりは火に焼かれ、やがてものが煮つまるときのように小さな液汁を沸かし、脂《やに》が煮えるような音を立てた。その男はタイ人だかラオス人だか、ベトナム人だか中国人だか分らない。暗い中ではその顔色が黄ばんでいるのか、蒼ざめているのかさだかでなかった。とにかく、骨張った細い指先で煙管を谷口に渡した。

谷口は、枕の上に頭をつけて吸口から煙を喫った。最初の印象は、ヤニ臭い、何か土の焦げるような臭いだった。阿片の薄煙が甘美な味を感覚にもたらすまでには、かなり経たなければならないようである。彼は三度煙を吸い、三度口から煙を吐いた。頭脳には何の反応も起らなかった。陶酔にいざなわれるまでには、この灰色の固まりを何度も煙管に詰めかえねばならないのであろう。壁ぎわの男は絶えず独り言を云っていた。

谷口は、危険を感じて煙管を枕もとに置いた。危険感は、はじめての体験者が覚える一種の強い警戒からきた。これくらい喫ったところで中毒にならないことくらいは分っていたが、本能的な恐怖心が先に立った。彼が起きるとき隣の男はうっすらと眼を開けていた。

案内人の山本も自分だけひとりじっと寝てはいられなくなったように身体を起した。二人は靴をはいた。山本は入口の傍に立っている用心棒兼給仕人にいくらか渡したようだった。その男は突っかい棒をはずし、山本が戸を開けて外に出た。谷口は夜気を深く吸い込んだ。

路地に向った倉庫の裏に後向きに二人の女が立っていた。此処に入って来るとき見なかった姿である。

「あとの用意もできていますよ」

山本は女たちの背中に眼をくれて谷口に云った。淫売婦のラオス女は顔をかくしていた。

「何時も、ここには女が待っているんですか?」

と、谷口は訊いた。

「阿片の吸煙は性欲を昂進するのです。その処理に抜け目なく女が来てるんですね」

ドブ板が鳴るような路地を歩いての話だった。谷口が後で、山本が前に立っている。

「あの女たちは、バーで働いている連中ですか?」

「こういう阿片窟専門です。一番下等な売春婦ですな。夜鷹といったところでしょう。下層階級の女房が多いということです」

何処の女か分らないと聞いて、谷口は、オーストラリア人がオテル・ロワイヤルに連れ込んだのはこういう連中かもしれないと思った。警察でキャバレーやバーの女を調べてその身元が分らないのは、こういう女たちだからではあるまいか。すると、オーストラリア人がオテル・アンバサドゥールを出てからある時間所在が知れなかったのは、何かの伝手《つて》で秘密な阿片窟に行っていたのではないかという疑いが起った。でなかったら、キャバレーやバーに行くことなしに売春婦が拾えるわけはなさそうである。

谷口は、ふと気がついて山本に訊いた。

「石田君のことですがね、あなたは、石田君を今の場所に案内しましたか?」

「いや、石田さんには、とうとう案内する機会がありませんでしたよ」

山本の返事は、きわめて自然に速く返ってきた。そこには何のためらいも、考慮する時間もなかった。

オーストラリア人が殺害される前、阿片窟に行き女を拾って帰ったとすると、石田伸一もメコン河畔に死体となる前、阿片窟の経験を持ったのではないかという気が谷口に走っていた。が、山本はそれを否定した。もしその否定がなかったら、あるいは、そこにも阿片窟を点にして両事件の共通点が考えられないことはない。

もとの通りに戻った。山本が道端に立つと、暗い軒下に待っていた白い車がライトをつけて近づいて来た。リュウがドアを開けた。

「十時十分です」と、山本が座席に坐って云った。「ぼつぼつ時間ですね。……リュウ、ドンパランに行ってくれ」


「あのような阿片窟は、このビエンチャンにはほうぼうにあるんですか？」

谷口は、寺院の影が流れる通りを見ながら山本に訊いた。かすかな街灯の光にも、塀からしなだれ下りるブーゲンビリアの紅い色が鮮かだった。

「ほうぼうにあるでしょうな。あそこ一カ所ということはありませんよ。もっと高級なところがあると考えるのが当然でしょうな」

山本は、夢見心地の笑みを洩した。彼があれくらいの阿片で陶酔するとは思えない。雰囲気だけが揺曳しているのであろう。

「阿片窟は、この国では法律で禁止されているんでしょう？」

「もちろん、禁止です」

「あんな場所にあって、よく警察の手入れを受けませんね？」

「警察は袖の下をとっていますからね。警官だって阿片を吸いに来かねません。ただ、ラオス人は阿片の中毒を知っているから、ほとんど吸飲しないということですがね。近頃はアメリカ人も吸いはじめたようですな。フランス人は前からの関係で常習者がいるようです」

「そういった連中は、何処に吸煙に行くんですか？」

「さあ、何処でしょうかね、ぼくらには分りません。そういう特権階級の場所は、ルートでもないと容易に入れませんからね。噂では聞くが、ほんとうのところは分らないのです」

車は街の中心街を通ったが、どの商店も戸を閉めていた。街の暗さを見ると、実際に辺鄙な田舎町という感想が迫ってくる。だが、此処はタダの田舎町ではなかった。華僑の営む商社も、中華料理屋も、インド人の洋服屋も、いや、政府機関所属の建物の中でさえ、阿片の吸煙場所が匿されているように谷口の眼には映った。

二階建中華料理店の隣が「ランサン航空」の看板の出ている建物だった。航空会社のオフィスらしく、広い間口をとった近代的な装いだった。昼間はシャッターを開けて客を待つ。事務所には長いカウンターがあり、壁にはアジアと欧米各国の観光ポスターがならび、きれいな待合室を備え、英仏語が自由に話せるスマートな事務員がいるかもしれなかった。しかし、これは将軍が出資している「阿片航空」なのである。ルアンプラバンに飛んで行ったとき、帰りにはその胴体に生阿片を詰めた木箱を何個も抱えこんでくるのだ。

メオ族は銃器と阿片の交換を望んでいる。しかし、華僑や、南からきたベトナム人が、山に馴れたタイ族を案内人にして隊商を組み、メオ族と接触して小銃を二梃か三梃渡して阿片を何キロか交換して帰るよりも、将軍が、「共産軍の掃蕩」を名として軍隊で出動し、政府備品の銃を何十梃かメオ族に渡したほうが、阿片の入手量ははるかにハカがゆくのだろう。ビエンチャンへの報告は、「共産軍一個中隊を潰走《かいそう》」ということにして、「わがほうに死傷なし、アメリカ製兵器弾薬の若干の喪失」とすれば消耗品の員数は合う。このレポートは政府の報道官によって手が加えられ「共産軍二個連隊潰走」となって流され、各国の新聞には「ビエンチャン発」として載るだろう。世界じゅうの人々は、ラオスの緊張について記憶を重ねることになる。

兵士も将軍の秘密行動と偽報告に沈黙していなければならない。彼らも将軍からの個人的な特別給与を期待し、それに依存しなければならないからだった。兵士の給料はおどろくほど安い。壮丁をとられた留守家族への補償は微々たるものであった。兵士の年齢は、最近壮丁の数が少くなるほど高くなって妻子もちが多くなっている。妻子は夫の移動を追ってその兵舎の近くにバラックを建てて住む。兵士は家族への経済的な心配もしなければならない。幸い、ラオスの生活が石器時代とあまり違わぬくらいなところまで節約できるから何とかやってゆける。モチ米さえあれば、あとは木の葉でも野草でもよい。コウモリでもイタチでもカエルでもヒルでも何でもよい。ビエンチャンの市場ではそうしたものを売っている。モチ米が買えなかったらタピオカ（日本の薩摩芋に似ているが、あれほどの甘味と粘りはない）がある。しかし、それは彼らといえども最低生活なのである。兵士は家族に少しでも金を与えなければならない。

六五年のノサバン将軍のクーデターでは「軍規粛正、前線将兵留守家族の生活保証要求」が名分であった。

このために兵士たちは将軍の「作戦」を見て見ぬふりをしなければならない。将軍からの特別給与は分け前であり、共同行為の成果ともいえる。こうして将軍と兵士たちの親分子分的な紐帯感は強まり、外部からみると私兵化の道を辿り、軍閥化に拍車をかける。

軍用トラックで何トンかの生阿片が堂々とメコン川の渡しからタイのノンカイに密輸出されると聞いて以来、谷口の頭にはこうした推定が組み立てられてきた。「阿片航空」の最大の出資者も軍部の人間である。軍人でなければまとまった生阿片を入手することはできないだろう。

「将軍たちは、どういう家に住んでいますか?」

と谷口は山本に訊いた。

「なに、普通の家屋です。ラオスの中流階級の人々が住む高床式の家です」

山本は云った。

「生活は質素なんですね」

「自分の家はね。やはり人目もあるんでしょうね。将軍の給料がどのくらいかは分っていますから。その代り、近代的な洋風の家を次々と建てて外国人に貸している。高い家賃をとっていますよ。ラオス人は、外国人が高給をとっているのと、ラオス様式の家には我慢できないことを知っているからね」

「そんな立派な家作を持っているのを国民は批判しないのですか？」

「何も云いませんね。将軍たちが格段に立派な邸宅に住んでいるのは困るけど、外国人が住んでいる家を持っているのは仕方がないと思っているのじゃないですかね。何でも直接眼にふれないことには黙っている。日本の感覚でラオスの現象を見ていちゃ、年中首の捻り放しですよ」

外国人の住む豪華なレント・ハウス地帯からさほど遠くないところに貧しい歓楽地帯ドンパランがあった。山本はリュウに命じてスリー・スターの前に車を着けさせた。これは特別な意味はなかろう。スリー・スターがこの地区でいちばん大きなキャバレーだから、だれでもまずこの店に入る。

店の中は、八分通りの客の入りだった。小さな映画館を改装したような、だだ広い感じだが、それでも暗い照明と、テーブルの配置と、正面のステージとで何とか恰好はついていた。ステージにはタイ娘のダンス・ショーが行なわれ、赤、黄、青の照明が回転していた。楽団もまずひと通りはならんでいた。

客席にはアメリカ人と華僑とインド人とがいた。コントワールの客種をそのまま数をふやしたようなものである。さすが日本婦人は来ていなかった。

三人のホステスが来た。彼女らは山本と谷口に握手を求め、間に坐った。ここではファイア・ツリーとは違い、ライターの火を輝かさなくても、女たちの顔は判った。ステージの近くで女たちを集めて陽気に騒いでいる四、五人のグループがある。若い日本人で、しきりとビールを飲んでは女たちをからかっていた。ほかの客とはちょっと変って見えた。

「あれは、技術援助部隊の連中です」

と、山本は谷口の視線を追うように説明した。

「何処で働いている人たちですか?」

「いろいろいますね。農業指導がほとんどです。郊外に農場があって、そこで働いている連中です」

「みんな、独身ですね?」

「そうです。宿舎がこの町にあるから、どうしても夜はこういう場所に来るんですね。杉原謙一郎さんと同じ建物の中ですよ」

杉原の名が出たので、遂に今日は彼に連絡できなかったことを谷口は思い出した。ひとことでも昨夜の礼が云いたかったのだが、明日にするほかはなかった。

「このキャバレーは相当高いのでしょう。あの連中、ずいぶん派手にやっているようですが……」

「あの人たちの月給は百六十ドルという、まあこのビエンチャンでは飛び抜けていい収入なんです。外に金の遣い道がないから、こういう場所で遊ぶしかないんですな。日本を離れてこの田舎町に来た人たちにとっては仕方がないことですが、現地人には嫉《ねた》ましく見えるでしょうな。反感を買っているようです」

山本の説明によると、アメリカ人もフランス人もこういう場所では案外地味な遊び方だが、日本人はずっと派手だということだった。それに、日本人の若い連中は一人で来ることはなく、必ずグループで来る。そこで自然と衆をたのむ心理になって普通以上の騒ぎになるということだった。ラオス人にとって日本人の金づかいの荒さは腹立たしいことであるという。

「あの連中ときたら、これはと思う女はすぐに金で何処かに引っぱりこむんですからね」

と、山本は援助部隊の若者のことを云った。

「そういう評判を立てられて、責任者は彼らを自粛させる方法をとらないのですか？」

「云っても無駄でしょうな。上と下の関係は心がバラバラですよ。責任者にその人を得ていないから、しっくりしないんですな。だいたい、こっちの責任者は腰かけ程度のつもりで日本から来たやる気のない役人だから、なるべくトラブルを起さないように責任を回避しているだけです。此処で、一、二年事なかれ主義で過せば、次のポストが日本で待っていますからね。そこへゆくと、あの若い連中はいま日本に帰っても仕方がないのです。此処へ来るときは低開発国に対する一つの使命感を抱いているのですが、現地に来てみて幻滅を味わうんですね。昨日もお話ししたように、第一、受入れ態勢がまったくできていない。機械の部品もロクにないような始末です。人間だけはどんどん送ってくる。海外生活にあこがれる若い人が多いですからね。ラオスだって外国には違いありません。そんなことにおかまいなしが、役人の点数主義の悪いところですよ。だから、虚脱感に陥った連中は仕事場にも行かず、ビエンチャンでブラブラしているんです。そういうこともこの町の頽廃を若い人に早く伝染させるんですよ」

二年間の契約なので、失望した隊員も勝手に帰国することはできない。面倒をおそれる上司も見て見ぬふりをしている。

山本が手洗いに立った留守に、谷口は横の女に訊いた。

「今夜は、ホステスのチンは来てないのかね?」

「今夜はお休みです。あなたはチンさんを知っているのですか?」

タイの女は、意外そうな眼つきで谷口を見た。

チンが休んでいるのは残念だった。あの高床式の家に客が来たので店に出られなくなったのかもしれない。

この店のアオザイ姿の女たちは、ほとんど南のサイゴンやデルタ地帯から来ているという。戦争に追われたというのだが、事実かどうか分らず、出稼ぎが目的のものもまじっていそうだった。

「チンさんは、明日の晩は来ると思います」

女は、薄笑いして云った。

「明日、できたら来るよ」

話しているとき、山本が戻ってきた。

「何を話しているのかね?」

彼はラオス語でなく、谷口にも分るように英語で女に訊いた。

「チンさんを知っていらっしゃるそうです。今夜は休みなので残念です」

谷口は、女がまずいことを云ったと思ったが仕方がなかった。

「もう、この店の女に知合いができたんですか?」

と、山本はにやにやして谷口に向いた。

「誰かからチンという女がいることを聞いたんですよ。なかなか美人だとね」

「チンが美人かなあ」

山本は笑った。谷口は、彼のその笑いに意味を見つけようとしたが、山本の薄い白い皮膚はいつものように判断を与えなかった。

「こういう店には、将軍たちは遊びに来ないのですか?」

谷口は話を変えた。

「えらい人はあまり来ないようですね。こういう場所で目立つとまずいですからね。だが、中堅将校たちは来るようです。しかし、なにしろ値段が高いから、そうしげしげとは来られませんよ」

「この中に、そういう軍人がいますか?」

「さあ、彼らは半袖シャツでいるから、ちょっと分りませんね。それに、そのクラスの将校だとこっちも顔が分らないし……ところで、谷口さん、ここの女は全部云うことをきくんですよ。だいたい、十ドルが相場らしいですね。もっとも、半分は経営者に取られるんですがね」

「日本の若い連中もこういうところで女遊びをしていると、悪い病気をうつされる率は多いでしょうな?」

谷口は、話をもう一度変えた。

日本人の若者に女が肩をつけていた。

「若い連中ですか。ほとんどが病気を持っているんじゃないですかね」

「治療はどうするんですか?」

「大久保先生ですよ。あの人のところにみんなコッソリ行くんですよ」

今日大久保医師の待合室で見た青年たちの集りを谷口は思い出した。あそこをクラブにしていると思っていたが、あるいはそのほうの患者として治療の順番を待っているようにも思えてきた。

「大久保さんは離島の医者と同じでしてね、すべての病気を診なければならないのです。内科、外科、婦人科、小児科、それに泌尿器科、何でもござれです。本当の専門は内科ですがね。ここでは万能医者にならざるを得ないのです。とくに若い連中のああいう病気は他の医者に行くわけにもゆかないので、みんな大久保さんを頼りにしている。先生も心得たもので、もう、そっちのほうも専門医といっていいかもしれない」

「その治療も、あそこで？」

「場所は同じだけど、その種の病気に限って別棟の特別診療室がつくられてあるんですな。患者がお互いの顔を見られないで済むように特別な設備がしてある。日本人だけでなく、外国人だって来る者があるというからね。アメリカ町にもフランス人の居住地域にもそれぞれ専門医はいるが、人情は同じで、わざわざ、大久保さんの所へ行くらしい」

「それじゃ、大久保さんもずいぶん収入があるわけですね？」

「たいへんな儲けようでしょう。税金は医者ということで安いし、日本のように保険の点数制度なんてないからね。ただ、薬がなかなか思うように手に入らない。これが先生の悩み。だから、先生は薬品を求めにときどきバンコックまで出張しますよ」

性病患者の治療に特別な診療室を別棟としてつくったというのは興味があった。日本だと患者どうしで顔を見られたとしてもどこのだれか分らない。ビエンチャン在住の日本人はみんな隣り近所のようなものだった。性病患者が互いに顔を合せないようにした大久保医師は慈悲心をもっている。もしかすると、この山本も大久保医師の治療を受けた経験があるのかもしれなかった。

「大久保さんのところに、薬を調剤する女の人がいましたね?」

「あれはタイ人です。なかなかよくやりますよ。バンコックで看護婦か何かしていたのを、大久保さんが見つけてきたんですね。先生、彼女に調剤や看護法をすっかり教えこんでね。大久保さんが薬を仕入れに出張している間、彼女がけっこう代診みたいな役をつとめてますよ」

「きれいな女の人ですね。あれでは男の患者の中で、彼女を狙っている者もいるんじゃないですか?」

「いるかもしれませんな。あそこは若い連中が将棋だとかマージャンだとかしに集っていますが、そういう下心の人間がいないとも限りません。だが、愛嬌のない女でしてね、シンは強いのです。相手にはなりません。案外日本人を小ばかにしているんじゃないですかね」

彼は煙草をふかし、まわりの女を見回した。女の話が出たせいか、彼の眼にも光が点じたようだった。

「谷口さん、ここにいる女は、どれでもすぐ転びますよ。みんな十ドルということはありません。もっと安い交渉だってできます」

そう云って、彼は横にいる黒い服の女の肩に手をおき、なあ、そうだろう、と日本語で云って、ほほ笑んだ。

谷口は、山本がそれとなく女を要求しているように思えたが、まだ迂潤《うかつ》なことは云えないので黙っていた。あまり愉快でないが、そのうち、こっちの気分のいいときに、一度くらいは礼のつもりでそうしてもいいと思っている。山本はいつも低級な、たとえばファイア・ツリーにいるような女を買っているのではなかろうか。ビエンチャン書房で彼がどのくらいの給料をもらっているか分らないが、平尾正子が彼にそれほど金を出しているとは思えなかった。彼女にとって儲からない経営の本屋である。山本がガイドをするのも、アルバイトで収入の不足ぶんを補っているのだろう。

「あなたが、誰からチンの名前を聞いたか知らないが、チンよりもっといい女がいくらでも此処にいますよ」

山本は云った。谷口は逆に山本から探られているような気がした。石田伸一がチンと親しかったことは運転手が知っているくらいだから、もちろん山本は承知である。もしかすると、山本がチンを石田に世話したのかもしれなかった。すると、自分がチンに興味を持っていると山本に分り、そのことで彼に反応があれば、その反応は石田の死に投げられた彼女の影の度合に比例するかもしれない。が、山本の反応はなかった。

十七ドルを取られてスリー・スターを出たのが十一時ころだった。また暗い寝静まった街をリュウの運転で走ってオテル・ロワイヤルに戻った。山本は、これで失礼すると云ったが、谷口は引止めた。何となくこのまま彼をかえすのが悪いような気がしてホテルのスナック・バーに誘った。

バーは、昼間とは打って変って大入り満員で、ほとんどアメリカ人で占められていた。このホテルのバーはアメリカの軍事要員連にとって外部の非難を受けなくてすむ快適な場所のようだった。二人はようやく片隅に席がとれた。そこに坐ってはじめて気づいたのだが、アメリカ人客の坐っている場所から少し離れてラオス人のグループが居た。体格のいい中年の男たちで、中でも肥った背の高い男が中心になって上機嫌に酒を呑んでいた。

「あの肥った男が、この地区司令官のルン・ボラボン将軍です」

山本がそう教えた。

ビエンチャン地区司令官は、首都防衛の任務にあって、北のパテト・ラオ軍、南の右派に対し「中立派軍」である。かつてのビエンチャン地区司令官はクーデターを企てて失敗し、タイに亡命して以後、防衛司令官は事実上政府軍の中心になっている。南部の右派軍司令官は中央の命令に服従せず、一個の独立軍を形成している。実力なき参謀総長の下でビエンチャン地区司令官は事実上、政府軍を掌握している。その将軍がいま眼の前に側近と共に半袖シャツの胸をひろげて飲んでいた。

こちらの片隅には、白髪《しらが》の多いアメリカ人が酔って伴《つ》れこんだラオスの娼婦にふざけていた。彼は軍事要員でなく、本国から何かの打ち合せにきた「客」に違いなかった。

在ラオスのアメリカ軍事要員は千数百人と噂されている。彼らはラオス政府の軍事顧問団を形成しているが、六二年のラオス中立を保障するジュネーブ協定によって戦闘部隊を入れることはできない。戦闘機も爆撃機もラオスに持込むことはできないが、偵察機は「非戦闘性」のために例外とされている。だが、この偵察機はいつでも爆撃機となり得る性能のものを配属させている。アメリカ軍事顧問団の使命がラオス政府軍に対する「助言」、戦略に関する指導であれば、「戦略」にはいつも相伴れて登場するCIAの「影」がある。「客」はその影《シャドウ》の連絡員かもしれなかった。

山本はウイスキーの水割り一杯を飲むと腕時計を見て起ち上った。

「だいぶん遅くなったから、また明日来ます。何時に来たらいいですか?」

ガイドの役目になった云い方だった。

「八時半ごろロビーに来てくれませんか?」

「承知しました」

「明日はどういう予定にしますか？」

「まだお寺の見物も済んでいませんね。プラ・ケオ寺に行ってみましょう。エメラルド仏像をタイに持ってゆかれた寺ですが、いまは博物館みたいになっているから、一応、ラオスの仏教美術を見ることができます。タット・ルアン寺にも入れたら入りましょう。それから郊外に走って技術援助部隊がやっている観光用みたいな農場や、ナム・グム川のダム工事現場を回ってみましょう。それから例のタイ領に渡るメコン川の渡し場も……」

例の、というのは軍用トラックで生阿片を運ぶ渡し場を意味している。とにかく、明日はのんびりと見物して回ろうというプランだった。

「どうも、ご苦労さまでした」

「ご馳走になりました」

二人はそこで握手した。山本の小さな背中がドアを押して出て行った。彼の影がうすく見えたのは、まわりにアメリカ人やフランス人の大男ばかりがいたからである。

谷口は二階に上って部屋に引取った。

すぐにはベッドに入る気がせず、日記をつけた。簡単な要領だけで、詳しいことは書かなかった。この日記をここで紛失した場合、他人の眼にふれるおそれがある。備忘のために書いておかなければならないことは記号にした。たとえば阿片窟はAとした。Oとしたら阿片《オピアム》と気づかれるかもしれない。

日記を終って、煙草を喫おうとしたが、ポケットになかった。下のバーに置き忘れてきたと見える。夜ふけではサービスのボーイもいなかった。いたとしても煙草一個をとりにやるのは気の毒だった。

谷口は内側からドアのヘリを入念に押して廊下に出た。人の影はなかった。どの部屋もドアが閉っている。二階中の部屋が9号室になっている感じだった。

バーに入ると、客席の半分が空いていた。換気装置がよくないので煙草の煙が白く立ちこめていた。残っている客は前の顔ぶれのようだが、ラオスの将軍たちは居なくなっていた。

谷口は自分の坐っていた場所に金髪のフランス女がいるのを見た。今夜は赤いワンピースでいる。頭を壁にもたせて眼を閉じていた。テーブルに置いたウイスキーのグラスに片手をかけたままだ。おちくぼんだ眼、すぼんだ頬、ひろい口の周囲に集った皺、ひろがった鼻孔、そこに老醜の黒い影ができている。この顔ならビエンチャン書房と、オテル・アンバサドゥールの前で見かけたが、いまは電燈のかたよった光線の下にあるせいで魔女のような面相だった。正体もないくらいに酔っているようだが、さっきまではここにいなかったから、どこかで飲んだ揚句に来たらしかった。シモーヌには伴れはなく、山本が坐っていた席は空いていた。

谷口は、テーブルに忘れた煙草がないので、ボーイでも片づけたのかと思い、新しいのを買

いにレジのところに行こうとしたとき、

「今晩は《ボンソワール》、ムッシュ」

と、呟かれた。女はうす眼をあけて谷口を見つめていた。

「ここにお坐りなさいよ。あなたには会ったことがあるね？」

ビエンチャン書房で会ったのを知っていたのは意外だった。あのときは見てないようなふりをしていたが、ちゃんと眼に入れていたのだ。しかも、酔眼でも見分けがつく。谷口が誘われるままに坐ったのは、この飲んだくれの老婦人通信員の記憶力と、彼女をだれもそこで相手にする者が居ないからだった。それからビエンチャンに長いこと腰をすえている彼女に興味がなくはなかった。

タイ人の給仕がこっちを見て、カウンターの下をくぐって、やってきた。谷口がウイスキーを注文すると、シモーヌは自分のグラスの残りを一気にあおり、催促するように音を鳴らしてテーブルの上に置いた。たかられるのは覚悟だった。

「あんたは日本人だね？」

と、シモーヌは愛想笑いをして云った。谷口が、フランス語はできないから英語で願いたいと云うと、彼女はうなずいて云い直した。

「あんたとは本屋で会ったが、今日も本屋の車でアンバサドゥールの前を通っていたね」

谷口はびっくりした。本屋はともかくとして、あのホテルの前を車で通ったところまで見ていたとは知らなかった。椅子を持出して往来を放心したように眺めていた彼女の眼が、走る車の中にいる顔を正確に捉えていたとは。——往来から見ると車の中は暗い。それでちゃんと見分けているのである。

「おどろいた、マダム。あなたの視力も記憶力もすばらしい」

谷口は感歎した。

「あたしはね、二十年前に街角で五分間話した人間でもちゃんとおぼえているよ」

シモーヌ・ポンムレーはルージュの唇を歪めて笑った。ロンドン訛のある英語だった。ロンドンにかなり長く居たらしい。

「あんたの横に乗っていたのは、本屋の番頭だね。あんたの友だちかね？」

「友だちではないが、ガイドを頼んでいるんです。あんたは彼を知っていますか？」

「本を買いに行ったとき以外話したことはないが、顔はよく知っている。あの男はこの街のどこにでも歩き回ってるからね。マダム・ヒラオの使用人だろう？」

「本屋のマネージャーですよ。……あなたは、マダム・ヒラオを知ってますか？」

シモーヌは給仕が運んできたウイスキーを手にとり、谷口にグラスを挙げて口に流した。ずいぶん酔っているのに、きちんとした行儀だった。

「このホテルはさすがに一流だけのことはあるね。アンバサドゥールの酒はまずいよ。経営者がインチキをしてるからね」

彼女は顔をしかめ、両手を前に突き出して悪態をついた。泊っているホテルとはあまり仲がよくないらしかった。ホテルでは厄介者扱いだろうが、溜りがちでも部屋代は払っているので追出しもできずにいるところであろう。しかし、この無収入にひとしい通信員がどうして生活費をひねり出せるのか。この土地はやはり世界でいちばん不思議な国の首府だけのことはあった。

平尾正子を知っているかという質問に彼女の返事はなかった。アンバサドゥールの悪態にまぎれてしまったかたちだが、どうせ顔だけは知っているという程度であろう。この金のない女がコントワールの常連になれるはずもなかった。

谷口は、この女に石田伸一のことを訊いてみようという気持が湧いた。ほんの思いつきである。その計画をもってここに坐ったわけではなかった。

「マダムは新聞社の通信員ですか?」

「そうよ。いまでもフランスのAFP、アメリカのAP、UPI、NANA、それにロンドンタイムズ、オーストラリアのトリビューン紙には記事を送ってやってるよ。AFPもAPも、連中はバンコックに居坐って、てんでビエンチャンなんかには来やしないからね。ホテルに社名のついた郵便受け《ボックス》があるだけだね」

「それはたいへんですね。マダムはきっといい電報を各新聞社に送ってるんだろうね?」

「自信はあるね。でも、近ごろの若い記者には材料のよしあしが分らなくなってるね。センスがないね」

シモーヌはちょっと寂しそうな顔をつくり、グラスを勢いよくあけ、次にコップの水を仰ぎ飲みした。

「そこできくけどね、マダム、去年の十月に日本人旅行者の青年がビエンチャンで殺された。あの事件を知ってますか?」

彼女はコップを見つめていたが、もう一度残りの水を飲んだ。

「そうそう。そういうことがあったね」

大年増の視線は空《から》のグラスにむいていた。谷口が給仕をよぶと、彼女の唇が微笑した。が、その唇からは期待した返事は出なかった。

「でも、あの事件のことは、あたしはよく知らないよ。あたしのニューズの興味は政治とか戦争のことだからね。そういうタネしか通信社は買ってくれないから、あの殺人事件のことは調べもしなかったよ。あんたには悪いけど、日本人が一人ビエンチャンで不幸な死にかたをしたところで、イギリスやアメリカやオーストラリアでは何ということはないからね。わたしも金にならない通信は送っても仕方がないから、取材もしなかったよ。だから何も知らないさ」

しゃべっている間に代りのグラスが銀盆で来た。彼女はすぐに一口すすった。

「何かね、殺された人はあんたの友だちだったのかね？」

太い眼をむいて谷口を見た。眼球の血管がふくれ上っていた。

「友だちでしたよ」

シモーヌはグラスをいったん置いてかたちだけ頭を下げた。

「同情するわ。あんたは友だちの事件を調べにこっちに来たのかね。あの事件はたしかまだ犯人がつかまってなかったね」

「調べにきたわけじゃないけどね。ぼくは雑誌にたのまれて東南アジアの取材にタイからラオスに来たんですよ。そのついでに、友だちの事件がもっと詳しく分るといいと思っている」

「生憎《あいにく》だね。わたしがよく知らなくて。こっちにいるほかの日本人に訊いたらどうかね？」

「ぼくはこっちに着いたばかりで、あまり人と会ってないのです。だが、現地の感じではあのことを知っている人は少いようですね。……マダムは新聞通信員の感覚で、あの犯罪の性格をどう思いますか？」

「あたしには日本人のことはよく分らないね。ビエンチャンの街をのし歩いてる日本人はよく見かけるけど。でも、あんたの友だちを殺したのがパテト・ラオの兵士やベトコンでないことはたしかなようだね。……ああ、だいぶん酔ったね。そろそろみこしを上げなくちゃ」

髪が乱れているので、うつむくと、顔の上から半分まで濃い影が閉じた。眼玉ばかりが光った。ドアを煽って三、四人の客が出て行ったが、前を通るとき婆さんの頭の上に冷笑と一瞥をくれただけだった。

「サムロ曳きにそう云ってホテルまで送らせましょうか」

「いいよ。あたしはあんたよりサムロには馴れてるからね。勝手に拾って帰るよ。いいとこの奥様とは違うよ。これでも若いころから女ひとりで中近東やオーストラリアや東南アジアを歩き回ってるんだからね」

「オーストラリアに？」

谷口はシモーヌの顔を思わず見つめた。彼女の英語にロンドンの下町訛《コックニイ》があるように思ったが、オーストラリアの英語だったのか。この二つは発音がよく似ている。デー（日）をダイなどと云ったりする。

シモーヌは谷口の質問にはとり合わず、髪を振って起ち上ると、

「ごちそうさま」

と、これはフランス語にもどっていた。

シモーヌ・ポンムレーがオーストラリアに長くいたことがあるにしても、また殺された人類

学者ペティ・ブリングハムがオーストラリア人であったとしても、そこには何ら結びつきはなかろう。それは単なる偶然にすぎまい。ビエンチャンは低地に落ちてきたアジア民族の吹きだまりの、そのまた流れといったところがあり、そんな因縁で人間関係を接合したら邪推ははてしなくなってくる。翌る朝、谷口が重い頭を枕から上げてシモーヌを思い出したときもその考えだった。

飲みつけない酒を飲みすぎて、頭の中は鉛を詰めたようだった。無理して起きたのは山本が八時半に迎えにくると約束したからで、時計はもう八時五分になっていた。日覆い《ブラインド》の隙間から眩しい光箭がすだれになって流れこみ、砂利取りのクレーンがガラガラと鳴っていた。

山本は時間が正確である。谷口は急いで洗面所に行ってひげを剃ったが、思いなしか頬が少し細くなったようだった。たった二日間だが、馴れない蒸し暑さがこたえたようである。今日は市内と郊外の見物だということだから、少しのんびりとかまえよう。やはり緊張していたと思う。

支度を終えたのが八時半だった。フロントからかけてくるはずの山本の電話がこなかった。濃いコーヒーが飲みたかったが、ルームサービスは時間がかかる。それに、水のような牛乳がたっぷり入ったやつで、味がうすい。ジュースは日本製の名もない会社のものだった。ラオスにはまだ植民地時代の手荒なところが残っていた。

三十分待って、九時になった。山本に何か用事ができたのかもしれないと思い、もう二十分ほど待つことにした。山本もビエンチャン書房のマネージャーだから、本職に手のはなせない用事ができれば、アルバイトのほうが遅れるのは当然である。

コーヒーをもったメイドが現われるまでが遅かったし、ゆっくり飲んでも山本からの電話はなかった。十時をよほど過ぎていた。

交換台にビエンチャン書房につなぐように云った。これがまた容易に出なかった。催促したが、先方が出ないと突慳貪な返事だった。交換台の声は、どうやら顔の四角な、髪毛の縮れたフロントの中年女のようだった。

思い切ってこちらから出向くことにした。フロントには銀歯の事務員が坐っていた。女は隣室の交換台にいるらしい。部屋で書いてきた山本宛の封筒をあずけた。中には、入れ違いになったら、すぐにビエンチャン書房に戻ってくれと書いておいた。

玄関を出ると、門のところで待っている黒眼鏡の車夫がサムロの上から伸び上って手招きした。空港に着いたとき以来、昨日のこともあってこいつには乗りたくなかったが、隣の若いサムロは兄哥分に萎縮しているので仕方がなかった。歩いてもそれほど遠くないが、急ぐのと、この暑さでは乗物でないと辛抱できなかった。

ビエンチャン書房までいくらだとわざと気むずかしい顔で云うと、五百キップだと平気で答えた。二百キップでなければ乗らないと云うと、白い歯を出してうす笑いし、オーケーと云った。客をなめ切った態度で、走っているこいつの俥の上からとび降りたくなった。

狭い通りなのに、向うから象が二頭歩いてきた。サムロは道の傍に寄って停った。象の横でもゆっくりと行けばすり抜けられないことはないのに、サムロは戦車にでも行き遇ったように動かなかった。その理由はすぐ分った。黒眼鏡はサドルから降りて傍の薬屋に入った。べつに客に挨拶するのでもない。薬屋の店さきに立って、かみさんに何か云った。自分では煙草を一本出している。谷口は昨日、大久保医師のところに行く途中、車夫が市場でこれと同じ動作をしたことを思い出した。果して黒眼鏡はかみさんから小さな物質を掌の上に受けとって、それを指でつまみ、煙草の先に押しこんだ。火をつけ、くわえ煙草になって出てきたのも昨日と同じである。気の急くときに苛立たしいことだったが、谷口は思い当ることがあったので、それは何かと火のついている煙草の先を指した。黒眼鏡は、ベリーナイスと云って、それをかざし、げらげらと笑った。

粗悪な阿片に間違いなかった。何分の一グラムか知らないが、車夫は煙草に阿片を挿入して煙を喫む。この首都では、市中の薬屋や煙草屋で阿片が堂々と売られていた。

ビエンチャン書房に行くと、ラオス女の店員がぼんやり腰かけていて、山本は今朝から店に来てないと云った。病気かと訊いたが、そうではないと首を振った。本屋の女店員だけにその程度の英語は分る。昨日は山本がいたので、何も云わなかったのであろう。

山本は本屋に出勤せずに、寄宿先からまっすぐホテルに向ったのかもしれないと思ってそこで待っていた。ホテルには手紙を置いているから、入れ違いと分ったらこっちにくるはずである。二十分待ったが山本は現われなかった。天井のゆるい扇風機の回転を見ているとじりじりして、かえって汗がふき出してきた。

白い車が表にとまった。運転手だけがひとりで乗っていた。

「リュウ。山本君を知らないか?」

「わたしも知りません。マダムも用事があるというので、こっちに迎えにきたのです」

「山本君は今朝から一度もこっちの店には来ていないそうだよ」

「それじゃ、マニライさんの家にまだ居るのかもしれませんね」

「マニライさんって、だれだ?」

「山本さんが寄宿している家の人です」

「それでは、ぼくもそこに行くから乗せてくれ」

「いいです。どうぞ」

リュウは運転席から手を伸ばしてドアを開けた。

車は道を走った。寺の塀がつづく。オテル・アンバサドゥールの建物が通りすぎたが、シモーヌの姿は見えなかった。昨夜彼女はあれから無事に帰り着いて寝ただろうか。車は独立門通りに出た。市内のどこを走っても一度はこの大通りに出るものらしい。

右手に市場が展けてきた。天幕と日覆傘の集っている下で群衆がうごめいていた。ビエンチャンの中で、この朝市だけが最も活気を呈している。車は四つ角を左に曲った。

「リュウ。コントワールのマダムも山本君をさがしていたのか?」

「そうです。わたしがさっきコントワールに行くと、マダムが出てきて、山本さんが本屋にいるはずだからすぐに車に乗せてきてくれということでした」

平尾正子も山本を今朝から探しているらしい。すると、山本は、今朝八時半にロワイヤルに行くのを女主人には話してないようである。そうでなかったら、山本が本屋にいるはずだからとリュウに迎えに行かせるはずはない。山本はリュウの車でホテルにいつもやって来るから、ホテル行きの予定は山本もリュウに話していなければならなかった。今朝の八時半といえば時間が早いから昨夜のうちにリュウに云っておかなければならぬ。なのに、リュウは山本から何も聞いてないという。

いろいろ考えると、山本は昨夜遅くなったので平尾正子にもリュウにも連絡がとれなかったようである。平尾正子が山本に用があればビエンチャン書房に電話すればいいわけだが、朝出てきたばかりのリュウをすぐに本屋に迎えに遣らせたのは、電話が思うように通じなかったとみえる。それにしても平尾正子が朝早くから山本を呼びつけようとしたのは、どんな用事だったのか。

そんなことを考えながら谷口は車の入った通りを見てから、おや、と思った。見おぼえの椰子の木立が家なみの向うにあった。此処は昨日大久保医師の家に行く途中で見た伝統的な家屋街であった。つまり、ラオスの中流家庭のある一郭で、同じ高床式住居でも、ドンパランにある娼婦のニッパ・ハウスとは格段の相違だった。

車はそこで停った。リュウが降りて一軒の家の階段の下に立ち、上をむいて声をあげた。暗い入口から六十ぐらいの女が現われた。茶色の上衣に黒の腰巻《シン》をつけている。何か答えながら老婆は階段を降りてきた。そこでリュウと問答していた。老婆がしきりと首をふるのを見て、谷口は車から降りた。

老婆はこっちに顔をむけた。リュウがラオス語で紹介したらしく、老婆は笑顔になって合掌を向けた。

「今日は《ボンジュール》、ムッシュ」

と、思いがけなく老婆の口から流暢《りゅうちょう》なフランス語がとび出した。

「お気の毒ですが《ジュ スイ デゾレ》、ムッシュ山本《ムッシュ・ヤマモト》は昨夜からわたしの家には帰っておられません《ネ パ シエ ヌー ドゥピュイ イエール ソワール》」

「メルシー・マダム」

と谷口はたじたじとなりながらおぼつかないフランス語で答えた。不意を衝かれたので、よけいに文法が乱れた。

「ムッシュ山本の行先に心当りはありませんか？」

「いいえ《ノン》。わたしたちは何《イル ヌ ヌー ザンナ リアン ディ》も聞いておりませんので」

きれいな発音だった。六十ぐらいの年配のラオス人だったら、フランス統治時代の教育を受けている。この老婆は家柄がいいに違いない。

谷口はリュウの車で引返しながら、山本は昨夜から行方不明になったのかもしれないと思った。まさかと思って、はじめその空想を打ち消したが、次第にその予感が強くなってきた。

3

三頭の白い象の国旗が垂れ下っているオテル・ロワイヤルの屋根の下に、谷口はリュウの車で戻った。

「山本さんがビエンチャン書房にあらわれたらすぐにこのホテルに連れてきてくれ」

谷口は二十キップ紙幣二枚をリュウにチップとして渡して云った。

「エスサー」

リュウは浅黒い顔なので、上眼を使うと白眼が目立つ。この中国人の運転手にはたしかにラオス人かタイ人の血がまじっている。

リュウの車が戻って行くのを見送っていると、ブーゲンビリアの絡んでいる門のところで、二台のサムロが谷口を手招きしていた。兄貴ぶんの黒眼鏡の車夫はいなかった。背の低いドアボーイが青服の詰衿をひろげて玄関前の石段に腰をおろしていた。今日はひまらしい。

フロントには縮れ毛の中年女がいた。谷口に顔をあげ黙ってうしろのキイボックスに手を伸ばした。谷口は9号室の木札が横に垂れ下っているのを見て、すぐ思案が浮んだ。思案というよりも、この場合は決心だろう。

「9号室が空《あ》いてるね。そっちに移りたいのだが」

言葉は咄嗟《とっさ》だと平然と出るものだ。これが前もっていろいろ考えていたら、かえって不自然な口調になる。

「9号室？」

縮れ毛は9号室のキイをカウンターに載せて谷口の顔を穴があくほど見つめた。サムロ曳きの黒眼鏡におどかされるといったベトナム女である。谷口はいつもそれとなく様子を見ているのだが、彼女の事務ぶりはてきぱきしていた。

「6号室ではいけませんか？」

殺人の行なわれた部屋に移りたいのは、どういうわけかとその表情が訊いていた。

「6号室は……洗面所の調子が悪い。浴槽《バス》の栓もこわれているから、湯が減って困る」

と谷口は云った。それは半分は本当だった。辛抱できないほどではなかったが、云いがかりはつけられた。

それじゃ器具を直そうとか他の部屋に入ってくれとか云われたら困るのだが、縮れ毛の女はひろい口をひろげて云った。

「では9号室に移ってください」

うしろから9号室のキイも外して、階段下の銅鼓のそばに立っているボーイにそれを振った。

谷口は6号室の荷物をまとめ、ボーイに手伝わせて9号室に移った。一部屋とび越えた玄関寄りだった。

ボーイが去ったあと部屋を見回した。6号室と同じ構造だが、部屋が新しい感じだった。ベッドが台ごと取換えられている。その下の絨毯も交換されている。机も椅子も新しかった。寝台や絨毯はオーストラリア人の血がついたから当然としても、机や椅子は関係なかろう。ホテル側が忌《いま》わしい部屋の印象を消すため、それなりに気を遣っていることが分った。

隣の洗面所を開けた。浴槽を磨きあげたあとがあった。サービスの届かないホテルがこれだけのことをするのだから、やはり殺人凶行のあった部屋に客を入れるのには相当な気の遣いようだった。

谷口は、室内をしばらく歩き回った。いったいこの部屋と殺人とはどんな因果関係に結ばれているのか。

石田伸一もこの部屋をとって戸外で死体となったが、ペティ・ブリングハムというオーストラリア人はこの部屋の中で殺された。谷口が隣室一つ置いた6号室で胃痙攣を起し、大久保医師の注射でぐっすり睡りこんだ真夜中である。ビエンチャンに着いた日、三十分早くホテルに入ってオーストラリア人の代りにこの部屋をとっていたら、自分も殺されていたのだろうか。

石田とペティとは関係がない。殺害場所も違う。一致しているのは偶然に9号室に入ったということだけである。9号室に精霊《ピー》がいるのか。

谷口は窓の日覆いを指で開けて隙間から外を見た。同じメコン川の岸辺が正面である。並木の榕樹《ガジュマル》は重そうに葉を垂れている。門と柵にはブーゲンビリアが繁っている。火焔樹と違って、この花の紅色は朱がかってないので暑苦しさを感じさせない。白い柵の囲いの中から窓下までは青い芝生で、この前、外交団が夜会を開いた会場だ。門のそばの木蔭にはサムロが二台、車夫が話もせずに坐っているし、玄関前にはアメリカ車が五台ならんで屋根を陽に灼いている。

——何の変哲もない。当然のことに6号室と同じ景色だった。

谷口は手首の時計を見た。もう二時すぎだった。リュウの車がこない。山本が来なければ外に出るのも不便で、ひとりではラオス語もタイ語も話せないから外出しても面白くなかった。

杉原謙一郎はすでに現場に出かけているだろう。大久保医師にはちょっと会いたいが、あすこには技術援助部隊の若い者が集って将棋や碁などをしているので気がすすまなかった。

平尾正子とも話してみたいが、仲立ちの山本がいないので、近づきにくかった。平尾正子は愛想のいい女だが、あれは商売上のことである。個人的な話にわたると体よくドアを閉められそうだった。彼女のつき合っている階級が違うのである。政府の高官、軍の幹部、外国公館のスタッフなどで、在留日本人には愛嬌をふりまいても冷たいようである。まして短期滞在の旅行者に親切なはずはなかった。外地に長く暮している女に共通な、日本人ばなれしたものが平尾正子にはあった。

結局谷口の外出は八方塞がりだった。今日は休養と彼はきめた。着いた日から動きすぎた。少しは身体を休めないといけない。また胃痙攣が起っても困る。

そのままベッドに仰向きになった。白い天井に蚊が三十匹ぐらいとまっている。うす暗い隅には蠅が塊になってひそんでいる。オーストラリア人はこの位置に横たわって殺されたのだと思った。寝台は換っても位置は同じである。壁を匍《は》うゲッコウ（ヤモリの一種）はワニの子のように大きいが、蠅は日本のと違わない。鈍いクーラーの音と、例によって川原から伝わってくる砂利取りのクレーンの単調な響きとに脳が揺られて、いつの間にか睡った。

眼をさまして飛び起きてみたが、あたりに異状はなかった。入口に眼を遣った。ドアはちゃんと閉っている。ドア・ロックだから、外からは鍵でないと開かない。

谷口はそのドアの傍に行った。ドアの把手《ノッブ》を取換えた様子はなかった。前のを外し、ほかのものを持ってきて嵌《は》めたのだったら、どこかにその痕跡があるものだが、それはなかった。ドアそのものも取換えてない。蝶つがいは古く、修理したあともなかった。

ブリングハムを殺した犯人はどのようにして外から侵入したかである。合鍵は持たないはずだから何らかの細工で外から錠を外したのだろう。

谷口はドアを開けた。まん前が10号室、その左右は8号室と12号室とになっている。いずれも閉っていた。客が入っているかどうかは分らなかった。

四時になっていた。二時間近く睡ったことになる。顔を洗うと頭が軽くなった。

窓のブラインドを開くと、部屋の中に眩しい光がいっぺんに流れてきた。砂利取りの音はまだ続いている。

ふと見ると、真正面に当る土堤の榕樹の下に新聞売りが木箱の上に新聞を積んで立っていた。折から陽は西にかなり下っていて、その男の姿は半分白く半分黒に染分けられていた。あと一時間もするとメコンの夕焼がはじまる時刻である。

はてな、あんなところに新聞売子が居たかな、と谷口は思った。土堤の手前は全長一キロくらいの道路になっていて両端とも行詰りである。西の端は北のランサン通りに向う道路と合流している。東の端は土堤から下ってタードゥア街道と交差し、北に向うとドンパランに至る。要するにこの一キロの道路は、このオテル・ロワイヤルと、それにつづく王様の離宮の裏門のためにあるようなものだった。人通りはかなりある。こういう道端で新聞を売ってもふしぎはないが、ここに着いてはじめてそれが眼についたのである。売子の姿は、ホテルの庭にある扇形に葉をひろげたバナナの樹のひと群れと門や垣にふくれ上っているブーゲンビリアとの隙間につくられた穹窿《きゅうりゅう》形の窓にも似た空間に嵌められている。——

谷口は、散歩のつもりで部屋を出た。廊下の突き当りに中年のラオス人ボーイとメイドが腰かけて話している。階段を降りてロビーを突切り玄関に向った。キイをフロントに預けるほどのこともないからポケットに入れ、前を通った。縮れ毛の女は電話を聞いていた。

谷口の姿を見て勢づいて手を挙げるサムロを尻眼に素通りし、道路を横断して榕樹の木蔭にいる新聞売りに近づいた。男は三十恰好で、よごれたシャツに色の褪《さ》めた半ズボンをはいている。睡そうな眼をし、締りのない口もとをしていた。穹窿の構図の中にはまっていた絵画的肖像も、近くで見るとただの汚ないラオス人であった。

谷口は、立売り台の上に積んだ二十部ばかりの新聞に眼を落して失望した。漢字紙ではなく、タイ語の新聞だった。糸屑が縺《もつ》れたような文字は、そこから熱い異国の雰囲気は受取れても、理解は隔っている。

ビエンチャンには日刊紙がない。政府筋からラオス語、英語、仏語のタブロイド判の官報が週一回か二回出るだけだと聞いていた。そこで、新聞の立売りが来ている以上、とくべつに新聞らしいものを売っているのかと思ったが、それがバンコック発行のタイ語新聞だった。

写真版にはタイの首相とアメリカの高官とが握手をしている。日付だけは数字だから昨日の発行と分った。八ページ建である。

はっと気がついたのは、その題字の意匠で、多頭大蛇《ナーガ》の画が赤刷りになっている。これなら、バンコックからビエンチャンにくる飛行機の中で隣に坐ったペティ・ブリングハムがひらいていたあの新聞だった。ビエンチャンの市内にも立売りしてないし、オテル・ロワイヤルにも入ってない。が、ホテルの真ん前の道路では立売りしているのだ。

せっかくだから一部を買って揉みくちゃの十キップ紙幣をズボンのポケットから出して払った。ポケットに新聞をたたんで突込むと、売子の男はその様子をじろじろと見ていた。

川原では砂利取りの作業がぼつぼつ終りかけ、人夫がトラックのまわりの道具を片づけていた。川では子供が泳いでいる。対岸タイ領の帯のように長い森林の下には動物一匹見かけなかった。

新聞売りの立っている近くの掛小屋では、店開きの支度をはじめていた。

谷口は、ホテルのロビーにもどった。二つならんだ銅鼓のわきには新聞の綴込みがかけてある。バンコックから空輸されてくるタイの新聞。しかも二日前のもの。漢字紙と英字紙。やはりタイ語のはなかった。

谷口はフロントに歩いた。中年男の事務員がふえていた。

「このホテルにタイ語の新聞は置いてないのかね?」

縮れ毛の女が大きな眼をむけた。

「ありません」

「タイの人も泊りにくるだろうね」

「チャイニーズ・ペーパーとイングリッシュ・ペーパーだけで十分ですよ」

「あすこにタイ語の新聞を売っている。いま、一部を買ってきたんだけど。これ何と読むのかね？」

ズボンに突込んでいたナーガのついた新聞を出して、赤地に白い糸屑の縺れた題字を見せた。

縮れ毛の女が眼を走らせて、

「タイ・デイリー・ニューズという意味です」

と翻訳した。その声を聞いて隣の男事務員が坐っているところから伸び上って、カウンターの上のタイ新聞をのぞいた。彼は顔を近づけて見ていた。

「君、この新聞が読めるのかね？」

この事務員はベトナム人で、縮れ毛の女とは夫婦だと前に山本から聞いたことがある。船の事務長《パーサー》のように半袖のシャツに肩章が載っていた。

「いいえ」

事務員は谷口を見てニヤリと笑い、また新聞の上に眼を戻して、見出しを拾うように顔を動かしていた。読めない眼つきではなかった。

「あすこで立売りしているくらいだから、タイ語の新聞を読む人が多いわけだ。それとも、ホテルに備えるにはタイ語紙は英字紙や漢字紙より品が悪いのかね？」

谷口は、小馬鹿にされたような気がして云った。

「そんなことはありません。ホテルに置いてもタイ語が読めるお客さんがいないからですよ」

「しかし、君は新聞の名を読んでくれた」

「新聞の名前ぐらいはどうにか読めますよ。それにこの新聞の名は人から聞いてますからね」

縮れ毛の女はパーサーより英語がうまかった。その彼は新聞からなかなか顔を放そうとしなかった。女も、無視しているようで、時々視線を送っていた。谷口は、二人の眼つきが何か珍しいものを見つけたときの表情に似ているのに気がつき、そしてホテルで綴込んでいる漢字紙と英字紙が二日前の日付なのに思い当った。このタイ語紙は昨日付なのである。一日新しいのだ。二人はその見出しに興味を持っているのだった。

「ホテルにある新聞は二日前のものだな。この新聞は昨日付だ。ホテルの新聞はバンコックから空輸されているのに、この新聞のほうが、新しいというのはどういうわけかね？」

「ホテルの新聞も昨日のがもうすぐ到着しますよ。バンコックで積込むのが、いつも二便になるのです。二便はバンコック発十五時十分です」

男が答えを引き取った。バンコックからビエンチャンまでは三時間近くかかる。午後六時ごろに昨日付の英字紙と漢字紙はようやく空港に着くというのだった。

「じゃ、このバンコック発行のタイ・デイリー・ニューズ紙はどうだね。この新聞だけどうしてこう早いのかね？　あの売子はずいぶん前からあすこで立売りしている」

谷口はタイ語の題字が口に出ないので、買った新聞の上にあごをしゃくった。

「それは分りません」

男は顔を振った。

「この新聞だけが第一便の飛行機に積込まれてくるのか？」

「その新聞が飛行機便で積込まれてくるとは聞いたことがありません。べつのルートでしょう」

縮れ毛の女が男を睨んだ。男は眼から新聞を突き放して坐った。

「べつのルートというのは？」

「知りません」

ベトナム女は顔をしかめ、わきを向いた。

谷口はタイ語の新聞をつかんで二階に上り、部屋に戻った。新聞はその辺におっぽり出して煙草を喫った。少し意地になってフロントの二人にしつこく訊いた結果になったが、彼らは夕イ語が読めるのに読めないと云い張ったからだ。なぜ、そんな嘘をつくのか。からかわれているようで癪《しやく》にさわったのだが、タイ語が読めると云っては都合の悪いことでもあるのだろうか。

この国の政情は複雑で微妙だが、タイとの関係は友好的だ。むしろベトナム語の文字が読めるといったほうが誤解を受けやすいように思われる。もっとも、フロントの事務員二人は南ベトナムから来たにちがいないが、「北」出身の嫌疑をうけないよう周到な配慮をしていると思われる。彼らのタイ語の要心に関しては谷口にもよく分らなかった。窓から見ると、葉のアーチ型の隙間の中で、タイ語紙の立売りの男は店じまいをはじめていた。何十部持ってきたのかしらないが、谷口が最後の客だったようである。

空に赤い色が壮大にひろがった。乾季が終るまで、毎日こんな天気がつづくのだろう。その色がやがてしぼむと対岸の森の上に闇が急速に掩《おお》いかかる。土堤の掛小屋の灯が輝いて、赤い豆電球の下には涼みの客がテーブルについている。

山本は遂に来なかった。運転手のリュウも何とも連絡しなかった。谷口は食堂に降りた。杉原謙一郎を誘いたかったが、宿舎に戻っているかどうか分らず、それに杉原は酒好きだから、仕事から帰った匆々《そうそう》を食事に引張り出すのは気の毒だと思った。車があれば迎えにはわけないが、リュウが居ないのが不便である。門の前に網を張っているサムロには乗る気がしなかった。

食堂には西欧人の客が五組ばかりいた。夫婦づれもあるし、男ひとりもいる。たしかにフランス人が多かった。食事は軽くとった。このホテルの料理はおいしくない。

部屋に上って、シャワーを浴び、日本に出す絵ハガキを十枚書いた。絵ハガキの写真風景は侘しいものばかりである。文句には石田伸一のことにはふれなかった。まだ手がかりもつかめない。

——観光は終ったのだ。が、これから先の目当がなかった。

谷口はベッドに仰向きになって日本から持ってきた本を読みはじめたが、活字に気分がのらなかった。早寝もできそうになかった。八時半だった。手帳をめくって番号をたしかめ、受話器をとると、交換台は男の無愛想な声になっていた。

ハローという声が出たが、日本語の発音だった。電話は通じ杉原謙一郎が宿舎にいた。

「やあ、いかがですか、その後?」

杉原は谷口の胃の調子を訊いた。

「おかげで、すっかり大丈夫です。杉原さん、これからよかったら外にちょっと飲みに出かけませんか?」

谷口からすすんで云った。

「そりゃ構いませんが。あなたは、飲んじゃってもいいんですか?」

「大丈夫です」

「ホテルにお伺いしましょうか。ちょっとぼくはいま本社に報告書を書いているところですが、あと三十分もすれば終りますので、書き上げ次第すぐお伺いします」

三十分ここにじっとしているよりも、こっちから出て行こうと谷口は思った。少しは歩いて市内の地理をおぼえねばならない。杉原謙一郎の宿舎はオテル・アンバサドゥールの近くで、着いた日、車で街を回ったとき、山本に教えられた。

「じゃ、そうして下さい。なるべく早くオテル・アンバサドゥールの前に行きます」

杉原は返事した。

谷口は部屋を出る前に机の上に出しておいたものをトランクにしまい、整頓の具合をみて鍵をかけた。荷物は二個ある。その置いた位置も眼で測った。ドアのヘリも入念に押し、廊下に出て強く閉めた。その音が高かったので前の部屋の人に迷惑をかけたのではないかと思ったくらいである。10号室の左右に8号室、12号室がならんでいた。

オテル・アンバサドゥールまでは歩いて十分だった。夜も九時を過ぎると通りは商店がほとんど戸を降ろしていて暗い。が、家々の窓には灯がついていた。ホテルのドアにはむろん灯が映っていた。

アンバサドゥールに来たのは、シモーヌがロビーに坐っていれば、ちょっと話したい気持になったからだ。酔払っていると、またからまれそうだが、杉原謙一郎が来るからと振り切れる。

だれからも相手にされない飲んだくれの婦人通信員への同情もあるが、ビエンチャンに長くいる彼女から何か聞けそうだった。いずれゆっくりと話を聞きたいが、それまでの準備の段階としてもう少し親しくしておきたい。

アンバサドゥールはホテルの体裁をなしていなかった。外から見てもそうだが、中に入ると、まるで侘しいレストランだった。ロビーといっても五坪くらいの、うす暗い電灯がついていて二人の中年外人がチェスをしていた。頭の禿げた男が横に立ってパイプをくわえながら見下ろしている。谷口が入ると白い眼をむけただけだった。フロントにはだれも居ない。

ガラス戸で仕切った食堂をのぞくと、肥ったアメリカ人が一人、シャツの胸をひろげて酒を飲んでいた。シモーヌの姿はなかった。ドアの横は二階に上る階段の裏側になるが、郵便函にはアメリカ、フランス、イギリスなどの通信社の名が書いてあるが、みんな空っぽだった。日本の新聞社の貼紙は半分ちぎれている。世界各社の特派員は、日ごろサイゴン、プノンペン、バンコックにごろごろしていて、ジャール平原で政府軍とパテト・ラオ軍との撃ち合いがはじまったという情報のときだけ、この何も見るものが無い街にしぶしぶと飛行機でやってくるとは前に聞いた。

フロントの前にボーイが現われたので、シモーヌのことを訊くと外出だと答えた。シモーヌという名を聞いたためか、チェスをしている男と観戦している男とが一斉に谷口のほうを向いた。無言で谷口の頭のてっぺんから脚の先まで眺め回して勝負に戻ったが、三人とも口もとにうすら笑いを浮べていた。

杉原謙一郎が表からせかせかと入ってきた。

「お待たせしました」

うすくなった髪を撫でつけ、支度も着更えている。額の皺に汗が溜っていた。

谷口は杉原の肩を押して表に出た。

「ここにはどなたかをお訪ねになったのですか？」

「シモーヌという婦人通信員がいれば、ちょっと話をしようと思いましてね」

「シモーヌを知っとられますか？」

杉原謙一郎には広島訛がある。

「知合いというわけではないが、昨夜ロワイヤルのバーでちょっと会いました。面白い人だと思ったものですから、あなたと落合う前を利用して、雑談をしようと思ったんですが、居ませんでした」

「名物婆さんのようですな。アル中の……」

「ビエンチャンにはずいぶん長いということですが」

「一九六〇年にこっちに来たちゅうことです。あれで前はラオス駐在のフランス大使館の高官と仲がようて、その情婦ちゅう陰口があったそうです。そのころはええ情報をパリの通信社に送っとったとのことですがの。その高官がラオス政府軍の将軍とも組んどったんですな。ところがその後のクーデターで将軍は失脚し、高官もパリに帰ってしまってからは、さっぱりになってとり残されてしまい、情報もよう取れんようになりました。酒を飲みはじめたのは、それからやちゅう噂ですよ」

サムロを待ちながら杉原はそんな話をした。

二人乗りのサムロに谷口と杉原とならんで乗った。

「それじゃ情報が送れなくなってからずいぶん経ったわけですが、よく暮してゆけますね」

サムロはドンパランへの暗い道を揺れながら辿りつつあった。ラオス人の車夫の吐く息がうしろから聞えた。

「女ひとりだから何とかやってゆけるんでしょうな」

杉原は当て推量を云った。

「それにしても酒がなくては困るんでしょう。生活費だってかかるし。契約した通信社からの送金も切れてしまってるんでしょう?」

「さあ、なんとかやっとるんじゃないですかな。ビエンチャンじゃ古顔だし、政府関係の内情かなんかいろんなことを知っとるらしいですよ。どこからともなく生活費ぐらいはせしめてくるんでしょうな。そのかわり、ナリフリかまっちゃいませんからの。酒にしても、人にタカって飲んでるようなもんですよ。……考えてみたら、可哀想です。異国に捨てられたようなもんですけんのう。どうせこっちの土になるんでしょうけど、飲んだくれておる気持も分らんじゃないです」

あとの言葉の語尾は車夫のペダルを踏む音に消えた。赤や青の豆電球を吊った家が見えてきた。

「スリー・スターに行きませんか？」

灯を見ながら谷口は誘った。

「失礼ですが、一昨日の晩、大久保先生とご迷惑をかけたお詫びに会計を受持たせていただきたいのです」

「そりゃ困ります。けど、それやったらほかのバーにしましょうか。ここは高いですけんの」

「ぼくも気晴らしにバンドを聞きたいんです」

サムロを降りてドブ板を踏み、豆電球の門をくぐった。暗い軒下には白服のボーイが立っていた。

「杉原さん。あの晩、オーストラリア人が殺されましたね。大久保先生とあなたが帰られたあとなんですが。ぼくはあの9号室に移りましたよ」

ドアが開いて騒音の音楽が耳を襲ってきた。ほの暗い客席を見渡すと八分の入りだった。踊り場の群れとバンドにだけ照明が当っていた。左側の隅に近いテーブルに腰を下ろした。ボーイが注文を聞き、ホステスはだれにするかと中腰でたずねた。杉原がラオス語で何か云った。だれでもいいと云ったようである。で、谷口は口を挾んだ。

「チンを呼んでくれ」

杉原が少しおどろいたように谷口を見た。

「谷口さんはチンを知っとられるんですか？」

「遊んだわけじゃないですがね、この前、どこかでちらりと顔を見ました」

杉原は黙ってテーブルの上に両手を揃え、肩を揺すっている客のほうを見ていた。暗くて詳しい表情は分らなかったが、何か考えているような様子だった。

「さっきたしか9号室に移られたと云われましたな？」

杉原はちょっと身体を動かして訊いた。

「そうです。この次から、ホテルに電話をくださるときは9号室と云ってください」

「どうして人殺しのあった部屋に移られたんですか？」

「今までの部屋がよくなくてね。換ろうと思ってたときあの部屋が空いたのですよ。一件のあとだからきれいにしてるのです」

「気になりませんか？」

「少しはね。でも、9号室には、はじめから入りたかったんですよ。着いたとき、オーストラリア人に先を越されていたのです」

「どうして9号室に入りたかったのですか？」

「石田の奴があの部屋に泊っていたのです。友だちの居た部屋ですからね。異国にくると感傷的になりますね」

ボーイがウイスキーとビールを運んできた。税無しだから店で買うぶんにはスコッチは安い。ただし、本ものかどうかは分らなかった。谷口の前にはビールがきた。

「チンさんは今夜は休みです」

ボーイが谷口に云った。谷口は高床のニッパ小屋のダブル・ベッドとアメリカ製の化粧品のならんだ三面鏡とを思い泛《うか》べていた。竹の繊維で編んだ天井からぬるい風を起している扇風機。あの貼り写真《ピン・アップ》の壁には男のシャツがかかっているのかもしれない。飲食店の奥からズボンのバンドを締めながらさっぱりとした顔で出て行ったラオスの青年たちを思い出した。

三人のホステスがいた。二人はアオザイで、一人は「洋装」だった。三人とも杉原と谷口に礼儀正しく握手を求めて間に坐った。

踊りは今が最高潮の雰囲気だった。客席を見回すと、ほとんどがアメリカ人かフランス人で、黒い髪の女とツウィストやゴーゴーをやっているのは華僑の青年だった。

杉原はグラスを口に当てながら暗い客席をすかすように見ていた。今のところ日本人はわれわれだけのようですな、と彼は呟いた。

「日本人って、どういう人がくるんですか？」

「技術援助部隊の連中ですよ。連中はラオスでは高給をとっていますからな。それにR組の作業員。これは山の中でダムづくりをやっていて、たまの休みに街に降りてくるので、仕方がないですがな……。援助部隊の青年には、どうにも屑みたいのが居りましての。仕事をろくにせんでも二年間の契約期間を辛抱しとると、帰国すりゃ日本政府から何十万円もの金が下ります。こっちで貰う給料は別ですから、こういうとこの女に金を使っとります。わたしはウチの若い者にはよく云うとりますが、やっぱり寂しいから来よりますなあ。今夜は来とらんようですが、なに、ほかのもっと程度の落ちるとこでやっとるのでしょう」

杉原は東邦建設ラオス出張所技術主任として、部下に見つかるのを懸念するようにロウソクの灯影にかくれるようにしていた。

それにしても杉原の飲み方には速度があった。生のスコッチのグラスを見るまに三回空けて四度目を運ばせ、それも半分になっていた。まるで渇いていた状態だった。滅多にこういうところには来られないといった様子にもみえた。東邦建設は日本外務省の外廓団体に属する海外技術援助部隊とは異《ちが》い、海外勤務から帰国しても一文の積立金ももらえない。給料は日本に置いた家族に、在外手当は本人に支払われる。家族が多い者は、手当を割《さ》いて日本に送金している。おそらく杉原謙一郎もその組であろうと谷口は思った。ビエンチャン書房の絵本のことが思い出される。

女三人は、あまり話しかけてこない客に退屈していた。

「杉原さん。ここにいる女たちのほとんどが病気持ちでしょうね？」

日本語だから、バンドの音にさからって、当人たちの前で大声を出しても平気だった。

「そりゃ、もう、あなた、梅毒菌がウヨウヨですよ。アメリカ人がサイゴンやバンコックから持ちこんでくるし、女たちもサイゴンから流れこんでいますからな」

痩《や》せたアオザイの女がうしろを通るボーイに杉原の空になったグラスを指した。

谷口は、大久保医師の診療所の溜り場にたむろしている日本青年の姿が浮び、山本に聞いた大久保医師の荒儲けの話を考えた。が、それは杉原には云えなかった。

「大久保先生は、薬を買いにときどきバンコックに行かれるそうですね。山本君から聞いた話ですが」

「薬買いも忙しいようですな。ビエンチャンにいたんじゃ思うように入ってきませんからの。飛行機で取りに行かんと間に合わんらしいですわい」

杉原謙一郎は何杯目かのグラスを咽喉に流していたが、だいぶん酔っていた。急ピッチで飲んだので酔いがくるのも早いようだった。

「山本君がいたらよかったんですがね。生憎と今日は居ないようです。ぼくはあんまり飲むほうのお相手ができないので済みません」

「どういたしまして。ぼくはおかげでいい気分になりましたな。……え、山本君は居ないのですか？」

「今朝から姿を見せないのです。コントワールのマダムも探しているらしいですがね。運転手のリュウが来て云ってましたが。山本君はビエンチャン書房の責任者だから、平尾正子さんも困ってるのでしょうね」

「うむ、山本君が今朝からね。どこに行ったのかな」

杉原は、酔っている人間の癖で、さも重大そうに首を捻って考えていた。

「家にいるかもしれないと思って、ぼくはリュウについて山本君が間借りしているラオス人の家にも行きましたよ。平尾正子さんも今朝から山本君を探しているというんでね。家主のお婆さんは、山本君は昨夜から帰ってないと云ってました」

「昨夜から？　おかしいな」

杉原は首を振り振り呟いた。

「あの人は、女のところに行っても滅多に泊るようなことはないはずだけどな」

「山本君には特定な女が居るんですか？」

谷口は、余計なことだが、つい、訊いた。

「そりゃ、若い者《もん》ですけえな、ときどきはニッパ・ハウスに沈没することもありましょうがの、きまった女はおらんようですな。泊っても、朝帰りは早いはずですがの。……あのマダムが山本君を今朝から探して、ほいで行先が分らんようじゃ、よっぽどのことですわい」

杉原は、苦手の平尾正子のことを云い、顔をしかめて大げさに思案していた。

「山本君が居らんようじゃ、あんたもお困りですなあ。ぼくがもう少し閑《ひま》だったら、ご案内して回りますけどな」

「いや、何とか街の見当はつきましたから、ひとりでどこでも歩けそうです。それに、明日は山本君も現われるでしょうから」

十一時近くになると、客はふえ、テーブルはいっぱいになっていた。女三人もいつの間にか傍から居なくなった。

杉原はもうかなり酔って、ふらふらしていた。

「杉原さん。ぼつぼつ引揚げましょうか」

谷口は誘った。

「おお、そうしましょう、そうしましょう。いや、ご馳走になりました」

杉原は身体をゆらゆらさせて立ち上った。

勘定は米ドルで払って二十五ドルだった。女たちの飲み代も入っている。杉原は谷口がボーイに渡すのを見て、高いですのう、と云っていた。

「おう、来とる、来とる」

杉原は出しなに客席の向うの隅を指した。

「あれが、技術援助部隊ですわい」

暗い客席ですぐには眼に入らなかったが、その方向に日本の若者たちの姿がやがて一群となって浮び上ってきた。四、五人いたが、女たちを間に入れて肩を組んだり抱き寄せたりして、相当な騒ぎかただった。その顔までは分らなかった。

外に出ると門の前のドブ板の左右にサムロが四、五台とまっていた。

「谷口さん、あれが連中の乗物ですがの」

杉原が指したのはキャバレーのショー・ウインドウ、映画館のようにホステスの写真が十何枚も貼り出してある窓下に六台ぐらいならんでいる日本製のオートバイだった。

「連中、こういうものを派手に乗り回していますけんの。だからラオスの……」

杉原はそこまで云って、道路に立って、じっとこっちを見ている七、八人の男の影に気づき、

「谷口つぁん。早うサムロに乗りまひょう」

彼は広島弁で叫び、谷口の腕をつかむと、あわてて人力車のほうに押して行った。

二人乗りのサムロに乗ると、杉原はラオス語で何か云った。車夫は腰を伸ばして脚に力を入れ、速力をあげた。

「どうかしたのですか？」

谷口は横にならんで坐っている杉原に訊いた。杉原は首をうしろに捻《ね》じむけて、だれも追って来ず、距離もだいぶん遠くなったと安心したように腰を落ちつけた。

「いま外に立っていた連中は政府軍の兵隊でしての。危ないから早う逃げ出したんですわい」

「危ないというと、何か危害を加えるのですか？」

「直接には手は出さんが、兵隊は金が無うなると遊ぶことができませんからの。いらいらしているところに、日本人が派手に遊んでいるから、腹が立つんですなあ。この前も別なキャバレーの前に置いてあった援助部隊のオートバイに火をつけて焼きよりました。日本製のオートバイはラオスの若い者《もん》にとって羨望と嫉妬の的です」

杉原謙一郎はそこまで云って、

「そうそう、あなたのホテルにお送りしましょうかな」

と、サムロの行先を相談した。

「いや、ぼくのほうがあなたを送りますよ」

「そうはゆきません」

杉原は車夫にロワイヤルに行けと云った。

「日本人はラオス人に憎まれていますか？」

谷口は話題を戻した。

「ラオス人は、人が好くて、おとなしいですがな、援助部隊の若い連中のように派手に遊んどるのを見ると、金の無い兵隊は怒りますの。無理もないです。兵隊は安い給金ですからな」

「それでも将軍がかなり金を出しているんじゃないですか？」

「兵隊全部に金をやるというわけにはゆきませんわい。ときたま、何かあれば家族の世話ぐらいはしますがな。将軍のほうは金を貯めるのに忙しいし、その金はスイスあたりの銀行にせっせと預けとるということです。いつ亡命することになるか分らんですからな。将軍が部下に与える金はその下の将校連中が分けどりし、そのあまりは下士官連中が取るという次第で、兵隊までには回りかねますわな。その兵隊の中には少い給金の中から割《さ》いて家族に金を渡しとるのがありますから、まるで、昭和のはじめごろの東北地方出身の兵隊のようですわい」

道路の左右は田圃《たんぼ》で、椰子林の中に傾いたような民家が黒々と沈んでいた。

「援助部隊の連中には困ったもんです。ラオスの兵隊に憎まれて、今におおごとにならんとええですがのう。何年か前、タット・ルアンの正月祭りの真夜中に寺に手榴弾を三発投げこんだ兵隊が居りました。死人が出ましたがの、これも金がなくなった兵隊が楽しみができないので、腹いせにやったということですがの」

サムロは市街地に入った。中国風とフランスふうな建物が両側に黒く流れる。ときたまの車と、サムロが行き交うだけで通行人は絶えていた。いくつかの角を曲り、暗い街路をのろのろと走っていると、左側の軒に赤と青の豆電球が貧弱に下っていた。「ファイア・ツリー」だった。裸の女が膝の上に乗ってくるバーで、この前の路地に阿片の吸飲小屋がある。谷口は右に眼を移した。路地の両角は華僑の商社になっていた。

「杉原さん」

谷口は急に思いついて云った。

「さっきは兵隊さんにちょっとおどかされたので酔いもいくらかさめたでしょう。どうです、ここでもうちょっと飲んで行きませんか。ロワイヤルはすぐそこですから。ぼくのことなら心配いりませんよ」

「いや、ぼくはもう十分ですがのう……」

杉原謙一郎は辞退したが、欲しくない様子ではなかった。谷口はサムロを返し、「ファイア・ツリー」のせまいドアの前に立った。

「この店は変っていますな。山本君に連れてこられたが、あのサービスにはびっくりしました」

阿片小屋に行ったことまでは云わなかったが、杉原謙一郎は大口開いて笑った。

「はじめての人はたいていどぎもを抜かれます。けど、特別に金をやらなければ普通のサービスで、おとなしいもんです。金をやるからえげつなくなるんですわい。それに、この店はわりにいいウイスキーを出しますよ」

杉原もときどきはこの店にやってくるらしかったが、裸の股を客の膝に押しつけてくるサービスには興味がないようだった。

ボックスの豆電球以外には一切照明がなく、人のかたちがようやく分るといった店内に二人は足を踏み入れた。杉原の靴音は乱れている。

ボックスは両側の壁ぎわと奥と三方に分れてならび、その間の狭い場所では女たちの奇怪な「フロア・ダンス」が行なわれていた。煙草の煙のたちこめる暗い中から胸を露わに出した女が出てきた。顔が黒いので輪郭に区別がつかなかった。女は右側真ん中の席に案内した。ここも客はアメリカ人と華僑だけだった。

「こりゃ今夜は酔払いますなあ」

杉原はそんなことを云いながらも、「安いわりには質のいい」ウイスキーのグラスを口に持っていった。

「こんなに飲むのは久しぶりですのう。お客さんでもないと、こんなに飲む機会はありませんけえなあ」

「ふだんはどうしておられるんですか?」

「夜は宿舎で少し飲むくらいです。若い者はみんな夜遊びに出て行きよりますけんな。ぼくのような年寄りは除けものですよ」

「主任さんだから、みんなが煙たがっているのでしょう?」

「そんなことはありません。かえって莫迦《ばか》にされておりますなあ。ぼくは日本に家族をかかえとるから若い者のように小遣いを使って遊び回るわけにはいかんです。会社からの給料はそっくり家族に渡され、ぼくはこっちでもらう手当だけでやっておるです。いくらもらっておると思いますか、在外勤務手当のことですが」

「………」

「月三十三ドルですよ。一万六千五百キップ、つまり一万二千円です。いくらこっちの物価が日本より安いといっても、これで大の男が一ヵ月暮してゆくんですからのう」

谷口は信じられなかった。なるほどこれではキャバレーのウイスキーは飲めないはずだった。

「このごろはビエンチャンも北や南からの避難民がふえて物価も前よりは上ってきとります。

戦闘がつづいて、激しくなってくると避難民はもっとふえる。物価も上る。困ったことですわい。……ぼくはときどき考えますよ。これで共産軍が攻めてきてビエンチャンが危のうなったら、タイに逃げるようになる。大使館じゃタードゥアの渡し場にチャーター船をつないでいつでも在留邦人をメコン川からノンカイ（タイ国領）に渡せるようにしとります。ぼくは、いっそそうなったほうがええと思ったりしますよ。日本に送り帰されたら、女房や子供に会えますけんのう。……ああ、子供に会いたい。女房の顔を見たいなあ」

グラスを持った手も、声も慄《ふる》えた。ああ、という溜息は泣き声に近かった。酔った男の泣き癖かと思い、両手をテーブルの上に投げ出して肘を曲げて頭を垂れている杉原を見ると、豆電球に映し出された薄い髪はもじゃもじゃと乱れ、頭の中ほどで禿げた地肌がにぶく光っていた。それにしても、少々女々しいと思った。海外で働くといえばそのくらいの覚悟はあろう。それとも、ベテランになっても四、五年目ぐらいがちょうど女房子供の恋しいときかと思った。

「杉原さん、あなたが奥さんに遇われたのはいつごろですか？」

谷口はちょっと意地悪い質問をした。

「もう、これで五年間も顔を見てませんよ」

杉原はすすり泣くように云った。

「五年間？」

谷口は酔った男の誇張かと思った。

「アフリカのガーナの灌漑工事をしばらく監督して、それからインドネシアの河川工事に三年間、それからこっちに来て一年半ですわい」

「その間に一度も日本に帰らないのですか？」

「帰りません。会社からの電報一本で直行です」

「任地に移るまで会社は休暇で呼び返してくれないんですか？」

「とてもそんな会社じゃありません。会社も金の余裕がないのですな。今度、こっちの工事が終ったら、また電報一本で何処の国にやらされるか分りませんよ。そしたらまた、何年先に女房子供に会えるかどうか……」

横では裸の女たちがレコードに合せて卑猥なフロア・ダンスをはじめていた。アメリカ人たちがはやし立てていた。暗いので向うの客の姿もさだかには分らなかった。

谷口は、そのとき煙草の煙の暗い霧の中を二つの影が奥から出て表のドアに急ぐのを見た。フロア・ダンスと向うの壁のボックスとの間である。一瞬、客の前に黒い影が流れた。谷口が眼をみはって入口のほうを振り向いたときドアの閉る音が聞えた。

たしかに二つの人影は女だった。それもシモーヌと、「コントワール」のマダム平尾正子のようである。ようであるというのは、顔は全然分らず、姿恰好だけの判断だが、その姿もこの暗冥と煙霞の中では輪郭が模糊としてぼやけ、しかも流れるように通りすぎて、視覚にしかととまらなかったようである。それと、これも瞬時の判断だが、シモーヌと平尾正子のとり合せがいかにも奇抜で不自然で、それに場所も場所だった。この淫売窟のバーに、あの女たちが来るはずはない。それも店の奥から出てきたのだ。奥の階段の上は、山本の説明によると、客と女たちの寝場所になっている。

谷口は、もう少し平尾正子やシモーヌと親しかったら席を立ってあとを追い、ドアの外から二人の女の後姿を確認するところだが、もしほんとうに二人が当人だったら無躾《ぶしつけ》なことになるのでそれもできかねた。さらには眼の前には杉原謙一郎のすすり泣きにも似た愚痴がつづいていた。これでは途中で立てるはずもなかった。そのうち表のほうで車の走り去るエンジンの音が聞えた。

さきほどから頭をたれている杉原謙一郎がそんなことに気づく道理はなかった。彼の話はつづいたが、すでに明確さを欠きつつあった。舌の痺《しび》れだけでなく、実際に泪《なみだ》を流していた。

「杉原さん、そろそろ帰りましょう」

谷口は勘定を払い、杉原の腋《わき》の下に手を入れた。

サムロは、いつ、どんなところにでもいた。谷口は杉原を乗せ、肩を抱いた。

杉原の宿舎までは五分ぐらいだった。二階も三階も窓に灯はなく、玄関を入ると、うす暗い電灯の下に食堂のような広間がすぐにあった。テーブルかけのビニールがほの白くみえ、上にツルの除《と》れた茶瓶と茶碗五、六個とが乱雑に置かれてあった。

「済みませんのう」

杉原は次の部屋に谷口を連れこんだ。ベッドが一つ、それだけでこの部屋は詰っていた。日本の古新聞が積重ねられた小さな机と椅子、シミのついた壁にピンでとめた二枚の写真は、スイッチを入れた扇風機の風で端が震えていた。蒸暑さで、入ってきたばかりの谷口の背中に汗がふき出した。

「これが、ぼくの女房と子供です。谷口さん、よく見てやってくださいよ」

中年の小さな女と、五つぐらいの男の子が写っている。子供は杉原謙一郎によく似ていた。

「一カ月前に送ってくれたんですがの。ぼくが日本を出るとき、この子は生れたばかりでしたよ。……この子は、父親の実物の顔をまだ知らんのです」

——谷口がオテル・ロワイヤルに帰ったときは一時に近かった。フロントに坐った若い事務員はうしろのボックスから、黙って6号室のキイを取って出した。違う、9号室だと云うと、ふしぎな顔をして9号室のキイと取りかえ、眼をむいて谷口を見た。

谷口は部屋のドアを開けた。クーラーが唸っている。これは出かけるときからだった。壁ぎわのスイッチを押すと部屋に光があふれた。

彼は二つのトランクの傍に歩いた。荷物台に置いた位置をじっと凝視した。違っている。たしかに記憶の位置から一センチほどズレていた。二つともそうだった。

谷口はポケットから鍵を出してトランクの一つを開けた。整理された衣類は以前のままである。だが、どこか違う。いちばん上の、二枚ならべておいたシャツの皺が少し変っている。彼は中に手を突込んだ。異状はなかった。彼は、もう一つのトランクの蓋をあけた。これは夏の洋服が上にたたんで置いてある。洋服の中央部が微かだがへこんでいた。上から手で押えたあとのようである。

留守に、だれかがこの部屋に入って荷物を検べた。——揉みくちゃにして捨てたはずのナーガの意匠題字の新聞が無かった。タイ・デイリー・ニューズ。ホテルの前の立売りから買った新聞。この部屋で殺されたペティ・ブリングハムがバンコックからの飛行機の中で読んでいた同じタイ字紙である。留守にメイドが入って掃除した形跡もなかった。あの捨てた新聞だけが持って行かれたのも奇態だった。

谷口は闇に遁《に》げて行くような足音を感じた。同時に、杉原謙一郎の歔欷《きょき》の声が耳に甦い上ってきた。

朝、十時過ぎに眼がさめた。昨夜は寝苦しく、熟睡に入ったのが今朝の三時ごろだった。奇妙なことに、眠りに引込まれたときは、どんな奴でも勝手に部屋に入ってこいというどうでもいいような気持になった。

フロントから山本が来たという報らせがなかった。昨日一日休んだのだから、今日は早くやってこなければならないはずである。それでなくとも九時ごろには、その白い顔をちゃんとロビーに見せるはずの男である。

谷口はシャワーを浴び、髭を剃り、朝食を部屋で食べた。これらに時間をゆっくりととったのだが、何の報らせもなかった。運転手のリュウも来なかった。

コーヒーを飲んで窓際に立った。砂利取りはいつもの通りである。ブーゲンビリアとバナナの樹の隙間には土堤の道を歩く人が動いている。タイ字紙の立売りの男はいなかった。部屋に捨てたあの新聞がどういう理由でなくなっているのか。

二つのトランクを開けた。錠は破損してなかった。中の物を詳細に検べたが、盗られたものはない。ノートにも異状はなかった。これを開けて見たかどうかは分らないが、中を読まれてもべつだんのことは書いてない。第一、これは日本字だ。もと通り納めて、いちばん上には衣服を置いて、わざと目印になる皺をつけた。手でさわると皺のかたちは変りやすい。

鍵をかけてから荷物台に置いたが、今度は工夫してトランクの角に沿って鉛筆で荷物台に印をつけた。うすい鉛筆だからちょっと見ても分らない。トランクを動かしたら、鉛筆の印のズレで確実にそのあとが分る。

トランクの錠も無事である。ロック・ドアも異変がない。とすると、侵入者はその道に長《た》けた熟練者のようである。この部屋の先客オーストラリア人の場合もドアは破壊されてなかった。

電話が鳴った。

「もしもし」

杉原謙一郎だった。

「どうも、昨夜は」

杉原は礼を云った。そして、あと、ちょっと黙っていた。

「あのですね、山本君のことですが」

杉原はあとを云った。そこから声の調子が変っていた。息を切らせている感じだった。山本が、何か都合の悪いことができて杉原に伝言を頼んだのかと思った。

「山本君がどうかしたんですか?」

「死んだのです」

シンダ、というのが意味としてすぐに聞きとれなかった。昨夜の間のびした広島弁と違い、ひどくせきこんだ調子であった。

「山本君は死にました。……ぼくはすぐにそっちに行きますから」

電話が切れても、山本君は死にました、という声は谷口の耳にオルゴールのように鳴っていた。

山本が死んだ。——一昨日の晩から消息不明になっていたのが、どこで死んだのか。

谷口は窓に寄ってメコン川を見た。タイ領の長い林を映して端が線をひいたように黒々となり、あとは太陽を受けて白く光っている。この時刻から夕方まで川は真上から太陽に焙《あぶ》られどおしだ。水はきれいだが、水量があるので近くに立っても底は見えない。川は雲南省の水源から途中で水をふくらませ、深さを隠して流れている。岸辺ではトラックが砂利とり機械からはなれて土堤を這い上っていた。

谷口はトランクから出して置いたシャツに着かえた。いいときに整理しておいたものである。ロビーに降りて銅鼓のそばの椅子に玄関のほうをむいてかけた。杉原謙一郎の姿が外に見えたらすぐにでも起ち上るつもりだった。今日も門のところに黒眼鏡の兄哥ぶんのサムロ曳きが手下二台を従えて頑張っている。フロントの中で仕事をしているのはベトナム女と、額のひろい年嵩《としかさ》のほうの事務員だった。あの二人は夫婦だと山本が云った。

杉原謙一郎が日本製のオートバイで門から走りこんできた。黒眼鏡のサムロが腰かけたまま首を伸ばして見ていた。

杉原の姿が一時視界から消えた。オートバイを横に置いて玄関に入ってきた。杉原は、立って迎えている谷口を見て、お、というように足をとめ、緊張した顔ですぐ近づいてきた。汗を顔に流していた。

「山本君が死んだって、ほんとうですか？」

谷口は杉原の顔を見ると、やっぱり訊きたくなった。

「ほんまです。実は……」

と云いかけてフロントのほうに眼を流した。

「どこか人の居ないところで話したいですがの」

日本語だから分りようはないのに、やはり人の姿が気になる。谷口はその言葉だけで、山本の死が普通と違う予感の的中を知った。

自分の部屋に杉原謙一郎を連れて入ると、杉原はうしろで閉ったドアを見た上、

「谷口さん。山本君は殺されたのですよ」

と、立ったまま云った。

ここまでくれば、その言葉を聞いても谷口にはとび上るような話ではなかった。

「誰に？」

「それは分りません。パテト・ラオに殺《や》られたのだろうとこっちの警察では云っていますが」

「パテト・ラオですって？」

これには口が開いたままだった。

「それじゃビエンチャンの中じゃないんですね？」

「ビエンチャンから北三十キロのところです。国道十三号線をずっと行って、東に入った山の中の村はずれです」

国道十三号線はビエンチャンから王都ルアンプラバンに通じている公路だが、早くからパテト・ラオ軍の兵士が出没して政府側の交通は脅かされていた。その東部のジャール平原がパテト・ラオの勢力下にあるので、ルアンプラバンまでの十三号線は、途中の危険で機能を失っているも同然だった。両都市間の交通は空路だけになっている。

「じゃ、ダム工事現場の近くじゃないですか？」

ビエンチャンから北六十キロのメコン川の支流ナム・グム川をせきとめるダム工事は、現在R組の作業員が多数入って家族のプレハブ住宅も出来ていた。パテト・ラオもダム工事は妨害しないし、日本人には攻撃を加えないことにしている。ダムは完成に近づいていた。

「ナム・グムより三十キロほど南ですから、ちょうどビエンチャンとの中間に当りますね。国道十三号線から四キロほど東に入ったところです。そこで山本君の射殺死体が発見されたのです」

「射殺死体？」

「小銃です。かなり至近距離から頭に三発撃ちこまれていたそうです」

「なんで、山本君はそんなところに行ってたんですか？　あ、そうか、ビエンチャンからだれかに連れて行かれたんですね？」

「そうじゃありません。山本君がひとりで行ったんですわい」

「どうして、それが分りますか？」

「ちょっとかけさせてもらいましょう」

杉原謙一郎は蒼い顔をして、机の前の椅子に腰を下ろした。

「山本君がひとりで出かけたというのはですな、R組の資材をナム・グムに運ぶトラックに便乗して行ったのですよ。いえ、途中までです。その部落に入る道のところで彼ひとりが降りたんですね。あとは歩いて行ったらしいです」

「どうして、そんなところに？」

谷口は同じ質問をくりかえした。

「分りません」

「平尾正子さんは知りませんか？」

「あのマダムにも全然心当りがないそうですな。昨日の朝から行方を捜していたといいますからの」

谷口は質問がいっぺんに胸にこみ上った。

「山本君の死体が見つかったのは？」

「今朝の七時ごろです。部落の者が見つけたんですの。それからビエンチャンの警察まで知らせに来たのです。死体の確認にはマダムが警察官といっしょに軍の武装車に乗って現場に行きました。ああ、それに大久保先生もいっしょに駆り出されて行きました。これは死体の検案です。わたしは、さっき、あなたに連絡する前に大久保先生から電話をもらいました。それで山本君のことをあなたが気にしておられるので、いちばんに連絡したのです」

「そりゃ、どうも。で、杉原さん、山本君はなぜR組のトラックなんかに乗ったんですか。いや、その前に、山本君がそこへ行ったのはいつですか？」

「昨日の朝六時ごろだそうです。市内のR組の事務所に現われて、ぜひ便乗させてくれと云うので、その資材運搬車が六時半ごろに出たので、それに乗せたとR組では云うんですな」

「そうすると、一昨日の晩は山本君は間借りしている家には帰らずに、どこかに居て、朝早くR組の事務所に現われたというわけですね」

「そういうことになります」

「R組のトラックに便乗したのはどういうことですか。リュウの車だって使えたのに」

「普通の乗用車だと、検問所が煩《うるさ》いのです。それに市内を出て十キロも走ると、もう危険ですからね。パテト・ラオがいつ発砲してくるか、手榴弾を投げてくるか分りませんでのう。以前はそんなことはなかったが、近ごろは物騒になりました」

それだけパテト・ラオの浸透が首都近くに逼《せま》ったというのかもしれない。

「R組のトラックだと安全なんですか？」

「そうです。トラックや車のボディに日の丸のマークや、車の先端に日の丸の旗を立てますからな。それがあると、検問所も検べないですぐ通すし、パテト・ラオの襲撃をうけることもありません」

「うむ。分りました。で、山本君はその部落に行く道の角で降りて、ひとりで部落のほうに歩いて行った。四キロだと云われましたね？」

「そうです」

「ビエンチャンまでの帰りはどうなるんです？」

「それはですな、R組の若い者がナム・グムで資材を下ろし、一時間ほど作業をして器材を積み、山本君を降ろしたところに戻る。それが二時間くらいかかるから、それまでに山本君が国道に出て待つことになっていたそうです」

「戻ってみたら待っていなかったのですね？」

「そうです、姿が見えないのですな。待合せの時刻を十二時ごろと決めていたそうですがの」

「それでトラックはビエンチャンに帰ったのですか？」

「いや、R組の若い者も気になるので、しばらく、というのは三十分くらいだそうですが、そこに車をとめて待っていたんです。ところが山本君が来ないので、もしかすると先にビエンチャンに帰ったのかもしれないと思い、自分のほうも時間が気になるので、そのまま戻ってきたんですな」

「そのR組の人は、山本君が戻っているかどうか平尾正子さんに問合せなかったのですか？」

「さあ、そういう機転がきけばよかったのですがの。なにせ若い者ですから、気がつかなかったんですなあ。マダムのほうは、まさか山本君がR組のトラックに乗ってそんなところに行こうとは思ってもおりませんから、R組にも訊きに行かず、ひとりで行先を探していたんですなあ」

谷口は、だんだん気持が落ちついてきて、ベッドの端に腰かけ、杉原謙一郎と向い合って煙草に火をつけた。

「杉原さん、山本君はどうしてそんなところにひとりで行ったんでしょうな。その目的は何ですかね。あなたに心当りはありませんか？」

「分りませんな。さっぱり心当りがありませんのう」

杉原謙一郎は額の皺を眉の上に集め、自分でもしきりと思案していた。

「平尾さんも知らないのだから、自分だけの個人的な用事ですね」

「それしか考えられませんなあ」

「そうそう、大事なことを聞くのを忘れてました。山本君が殺されたのは、その部落に入ってすぐですかね。死後の経過時間はどうなんですか？」

「大久保先生の電話によると、どうやら山本君が部落に入ってから間もなくのようですな。山本君は四キロの道を歩いて行ってますしな」

「その部落の者は山本君を見かけているんでしょう？」

「さあ、それはどうですかな。そこまでは詳しく分りません。その部落は農業ですがな。けど、水田なんかじゃなくて、焼畑農法ですよ。ラオスも奥に入ると、ほとんどがそれですからな」

谷口はバンコックからビエンチャンまでの飛行機の上から見た煙を思い出した。黄色い密林の間から立昇って雲に達する壮大な煙だった。

「もしかするとですな、山本君がひとりでそんなところをひょこひょこと歩いているので、変な奴が来たというので、パテト・ラオが射ち殺したのかもしれませんな。ビエンチャンの警察の云っとることが本当かもしれませんわい」

杉原謙一郎が溜息をついて云った。

「そんな部落に、もうパテトの兵隊が入りこんでいるのですか？」

「いや、兵隊とは限りません。ビエンチャンから少しはなれた農村の連中はパテトに通じていますからの。南ベトナムの農民がベトコンと気脈を通じているようなものですよ」

「なるほどね」

谷口はじっと考えたが、山本の死をそんなに単純には解釈したくなかった。単純に解釈したくないものが山本という人物の上にあった。

「今夜から山本君の間借りしていた家で葬式を営むというのですがな。日本人が集るから、もっと詳しい事情が聞けるでしょうな」

「今夜から？」

「はあ。ラオス式にやると、葬式は四日も五日もつづきます」

「喪主はだれがつとめるんですか？」

「コントワールのマダムです。本屋のほうで山本君を使っていましたからな」

「平尾正子さんですか。こんなことになると平尾さんも迷惑ですね？」

「仕方がありませんな、自分の使用人ですから。それに日本からすぐに身内の人がかけつけてくることもできないし……」

「山本君は何処の生れですか？」

「和歌山県の粉河《こかわ》だということでしたよ。前に、ぼくが山本君から聞いたことがあります。

……いや、谷口さん。人間、こんなところで死にたくないですのう。身内のだれもいない国じゃイヤですよ。ぼくはたとえ殺されるにしても、女房子のいる日本で殺されたいですなあ」

杉原謙一郎が帰ったあと、谷口は考えた。

山本はなぜ殺されたのか。ビエンチャンの警察が云うようにパテト・ラオに狙撃されたのだったら複雑に考えることはない。が、そうでなかったら材料を山本の周辺から集めなければならぬ。石田伸一の殺害については未だ何の手がかりも得られない。今度は石田のガイド兼通訳をつとめていた山本が殺された。この両方の殺人に因果的な関係があるのか。それとも全く無関係なのか。

山本は単に石田のガイドだった。ビエンチャンにくる日本人旅行者には、たいてい山本がガイドとしてつくという。在留邦人は、大使館関係、技術援助隊、R組、東邦建設などの人間ばかり、それぞれに仕事をもっているから、どうしても時間の自由な山本がその役目に当ること になる。ガイド業はビエンチャン書房の副業ともいえる。ラオス語もフランス語もできる山本はその役にうってつけだろう。そうすると、山本が石田のガイドについたのはまったくの偶然であって、両人の不幸も偶然といえそうである。その間には何のつながりもあるまい。

だが、それは第三者の冷静な感想だ。谷口はすでに第三者的な立場でなくなっている自分を自覚していた。石田伸一が殺されたのを調べに来て山本を道案内役に頼んだ。その山本が殺されたのである。

オーストラリア人も殺された。ペティ・ブリングハムなる男が日本人の殺人事件に関係があるかどうかは一切不明である。それが不明である限り、関係づけて考えるのは当を失しよう。が、殺害されたという点では共通している。

共通点はもう一つある。この9号室だ。石田もブリングハムもこの部屋にいた。いままでは偶然とだけ考えていたが、昨夜の侵入者でそれを崩さねばならないようだ。石田とオーストラリア人の接点がこの9号室にある。山本とオーストラリア人とは関係がない。だが、石田と山本とを結ぶものは「道案内」である。9号室と「道案内」の二つの線の交差した点に、谷口はいま立っている。静かな戦慄にも似た昂奮が谷口の身体の奥から起ってきた。

電話が短く鳴った。縮れ毛の女の声である。面会人です、という。その面会人の声も英語だった。

「リュウです」と運転手は云った。「お迎えに来ました」

「迎え？　だれから？」

「コントワールのマダムからです」

平尾正子が迎えを寄越した。前に何の話もないのに突然だった。だが、山本が殺されたので、来てくれということだろう。ガイドとして短い因縁だったが、仏に会わせるつもりかもしれない。日本人的な感覚だった。

ドアに拳の音がした。もうリュウが上ってきたのかと思って開けると、腰巻《シン》のラオス女が二人、電気掃除機とバケツを抱えて立っている。

「わたしは今から外に出る。ほかのところは掃除してもいいが、このバッゲージには絶対に触れるな」

英語が分らないので、手真似で教え、二十キップをやると女は手を合せ拝んだ。その合掌で、谷口は山本の葬式が今夜からはじまるのを思い出した。

ロビーにはリュウがふだんと変らぬ顔つきで立ち、谷口にニヤリと笑った。

「マダムから、山本さんに代って、私が谷口さんを案内するように云われました」

リュウの車が玄関前に横づけされてある。

死者となった山本に会ってくれというのではなく、山本の職務放棄のあとをリュウにひきつがせようというのである。谷口のガイドはビエンチャン書房の責任だから、平尾正子は、谷口が思ったよりはビジネスライクだった。考えてみると、このほうが筋が通っている。仕事の上のつながりにすぎない旅行者を仏前に招待すると考えるほうがあまりに日本人的であった。

「どこかあなたが見たい希望のところはありませんか?」

リュウは浅黒い顔をにこにこさせてガイドになり切っていた。

「そうだな」

べつに見たいところはなかったが、リュウをいま手放したくなかった。

「ワット・プラ・ケオはどうですか。バンコックにあるエメラルド仏が置いてあった寺ですが、いまは博物館でもあります」

寺か。ほかに、と云おうとしたとき、ふいと思いついたものがあった。

「それよりも、タードゥアに連れて行ってくれないか。タイとの渡し場を見たい」

「分りました。どうぞ」

リュウは小肥りの身体をくるりと回した。キイをあずけるとき、フロントのベトナム女は珍しくサンキュウと云い、パーサーが顔をしゃくって会釈した。

車でブーゲンビリアの門を出た。黒眼鏡のサムロ曳きがいまいましそうに見送っている。土堤の榕樹の下では裸の子供が遊んでいた。

タードゥア街道は熱帯樹林の中のハイウェイだった。マンゴーの青い実が群れ下っている。市街をはなれたところでは兵士が一列になって駈足をしていた。

「この近くに兵営があります」

と、リュウは云った。

道路にはアメリカ人やフランス人の乗用車が走っているだけで、「準戦時状態」はまったく見られなかった。ハンドルを動かすリュウの手さばきものんびりしたもので、一昨日までつき合っていた山本が殺されたことなどいっこうに念頭にないようだった。谷口は、山本はやはり彼らにとって異邦人であり、他人であると思った。殺されても日本がいい、と云った杉原謙一郎の言葉が蘇った。

街道沿いには、ところどころ何戸かの貧しい民家が林の中にある。高床の下には水牛がいた。寺もあった。

車が速度を落した。リュウが小さな寺を指して、あれを見よと云う。反り返った軒を複合した切妻の屋根はきらびやかな装飾をもっているが、お堂の中はがらんどうで、外からまる見えである。そのためラオスの仏寺建築は屋根が不当に重たげにみえる。だが、運転手が指したのはそのお堂のうしろに見えるやや細長いかたちの四角な煉瓦積みだった。大きな口が空いて、そこだけが真黒になっているのは、火を入れる場所と知れる。——火葬場。

車が速度を戻してから谷口はリュウの背中に云った。

「リュウ。山本が殺されたのをどう思う?」

リュウは肩をすくめた。バックミラーにはリュウの眼だけが映っている。難問をうけたときの困惑以外、感情的な表情は出ていなかった。助手席には「吸血嫦娥」が斜めに置いてある。ページの折れたところを見ると、四日前と違わず、読書は少しも進んでいなかった。

ター・ドゥアには白堊《あ》の小さな建物で、税関があった。川岸には飲食店がならんでいる。谷口はリュウといっしょに飲食店のいちばん奥に入った。メコン川がすぐ下にある。向う岸がタイ国のノンカイだった。川から上ってゆく石段が見え、洋風の小建築がある。タイの税関らしい。民家の屋根がかたまり、寺院の屋根が高かった。バンコックとの鉄道の終点だけに、こっちよりは都会のようだった。だが、左右を見ると、両方とも岸は木と草だけで、家一つなかった。

乗合舟がラオスとタイの小旗を先に立てて動いている。三十人ぐらいの乗客でいっぱいだった。娘もいるし、朱色の衣をつけた坊さんもいる。こっちの川岸では荷物舟から人夫が米袋を降ろしていた。

谷口はジュースをとった。リュウはバナナの葉を捲いて蒸したモチ米を指で食べている。茶褐色の、ドロドロの汁に浸しては舌つづみをうち、谷口にも残りの一個を食べろとすすめた。

「リュウ。君が山本君を見た最後は、いつだったね？」

「一昨日の晩ですよ。あなたと山本さんとはいっしょにドンパランのスリー・スターに行って、それからオテル・ロワイヤルにあなたを送りましたね」

リュウは食べるほうといっしょに舌を動かした。

「うん、そうだったな」

「十一時半ごろ山本さんはホテルを出たから、私は彼を下宿している家に送りました」

「あの婆さんの家かね？」

「そうです」

「しかし、あの晩、山本君は家に帰らなかったとお婆さんは云ってたよ」

「それは知りません。私は山本さんをあの家の前でたしかに降ろしたんですから。家の者はもちろんみんな寝ていましたがね。それから先、山本さんがどこに行ったかは私は知りません。昨日の朝、マダムに云われて山本さんを迎えにあの家に行ったところ、まだ戻ってないというのを初めて知ったのです」

リュウの英語は、正確ではないが馴《な》れていた。この男、はじめあまり口をきかなかったので、英語が話せないかと思ったが、相当によくしゃべる。

「何処に行って泊ってたのかな」

「分りませんな」

リュウは、谷口が食べないもう一個の飯に手を出した。

「ねえ、リュウ」谷口は両肘をテーブルの上に置いた。

「君は山本君を乗せていろいろなところに行ってるだろう。山本君が親しい人はどういう人かな。それから、よく行く場所だが」

「私はコントワールのマダムと契約しているので、山本さんにばかりついているのじゃありません。あなたのような旅行者のガイドをするときは、山本さんをよく乗せますが、そのほかはありませんよ。だから山本さんの行動はよく分りません。やはり親しいのは日本人だけのようですね」

リュウは頬張った飯を呑みこんで云った。

「ガールフレンドはどうだね？」

「さあ、どうでしょうか。とくにきまったのはいないようですね。あの人は、ぼくにもよく分らないところがあります。妙に秘密主義のところがありました」

運転手の感想には谷口も同感だった。この暑い国に長くいながら寒帯地にいるかのように白い顔、喜怒哀楽の表情を見せない一重瞼の眼、饒舌《じょうぜつ》なくせに自分を語らない男、それが痩せた山本からうける印象だが、リュウに云われてみてはっきりとしてくる。

「君は、前にぼくの友人の日本人旅行者を乗せたね。やはり山本君のガイドだったが」

「ああ、殺された人ですか？」

「そう。どこに連れて回ったかね？」

「あなたと同じようなコースでしたよ。とくに変ったところには行きません」

「そうか。……ねえ、リュウ。山本君はスリー・スターのチンとはねんごろでなかったかね？」

知りたい一つであった。

「チンとですか」リュウは小首をかしげた。「さあ、そんなことはないでしょうね。山本さんはああいった場所の女とは寝ていたようです。チンともたしかに寝たと思います。しかし、それは女のほうでは商売ですからね。だからチンはだれとでも寝ますよ。日本人ではドクター大久保だって、杉原さんだってチンとは確実に寝ていますよ」

「大久保先生も杉原さんも？」

「ええ。チンにとってはそれが商売ですから」

陽気な医師と、故国においた妻子を想って泣く杉原謙一郎とが谷口の眼にひどくズレたならびかたで浮んできた。

「そのほか、援助部隊の人だって、R組の人だってチンは相手にしていますよ」

谷口は出ようと云った。

車はビエンチャンのほうに引返した。途中で谷口はリュウにもっと訊きたいことがあったが、あまり執拗に質問しても今後のことがあるので、いまは抑えることにした。

市内に入るとリュウは、オーストラリア大使館に寄りたいがいいか、と谷口に訊いた。

「オーストラリア大使館に？」

はっとしたのは当然だった。

「そりゃ、かまわないが、何だね?」

「マダムに頼まれた用事があるのです。封筒を渡すだけですがね」

平尾正子とオーストラリア大使館とはどのような関係があるのか。——谷口は、強烈な陽の下での立体的な風景が妙に平たく見えてきた。

4

谷口はホテルに戻ってシャワーをとった。ぬるぬるした汗が飛沫となって洗い流れるのは心地よかった。ついでにべとべとの下着を洗濯し、浴室に吊ったビニールの紐にかけた。紐はバッゲージの中に入った書籍の包みを解いたものだ。窓がせまくて、日光も風も入らないが、蔭干しは二時間くらいで乾く。天井近い壁の隅にゲッコーと呼ぶヤモリが四肢と尻尾を張っていた。バンコックの土産物屋で売っている剝製《はくせい》の大トカゲくらいの大きさで、見るのにやっと慣れてはきたが、気持のいいものではなかった。

夕方から山本実の葬式に行くつもりで、タードゥアの渡し場から早く帰ったのだが、葬式が何時からはじまるのか谷口はよく知らなかった。死んだのが日本人だから、三時ごろから出かければいいと思い、スーツケースを開いた。この部屋に戻ってすぐバッゲージのかたちを眼で確認したのだが、位置のズレはなかった。留守中の侵入者はいない。ここに帰るたびに神経質になる。

背広は一着だけだったが、幸い夏服でも黒っぽく、葬式に参列してもおかしくはなかった。ふだんのネクタイをつけて鎧戸の隙間から外をのぞくと、榕樹《ガジュマル》の下にはタイ新聞の立売りも見えず、砂利取りの機械が錆びた音をたてていた。

念のために杉原謙一郎の宿舎に電話してみたが、通じなかった。彼も葬式に行っているのかもしれない。葬儀は、山本が寄宿していたラオス人の家で、あの流暢なフランス語を話す婆さんにとっては迷惑な話だった。本来なら、雇い主の平尾正子がその場所を提供しなければならないのに、レストランと書籍店とを休業させるわけにもゆかないのであろう。

バッゲージの配置に目印を頭の中でつけて、階下に降りた。ロビーには、新しい客が入ったとみえ、アメリカ人の中年夫婦が、例の青銅の太鼓の横で物憂そうに話をしていた。バンコックに遊びにきたついでにビエンチャンの見物に回ったという恰好で、途方に暮れた顔だった。「仏教の国ラオスにどうぞ」というポスターに欺されたのかもしれなかった。フロントに坐っているベトナム人の中年女は珍しく居眠りしていた。

門の前に張っているサムロは若い車夫で、兄哥株の黒眼鏡はいなかった。「ランサン・アベニュ」だけでうなずき、白い歯を出した。

日覆の下の「座席」に坐ったが、日蔭からはみ出たズボンの膝が灼けている。今日も三十八度は確実にありそうで、夕方になると風が落ち、熱気が上昇してくる。

セタティラットの華僑街に出たので、洋品店の前でサムロをとめさせ、店に入って黒い腕章を買った。

「……さんの葬式《ガーン・ソップ》に行くのか？」

と、痩せた中国人が腕章を出して訊いた。このラオス人らしい名前が谷口にはよく聞きとれなかった。もう一軒葬式を出す家があるのかもしれない。

ランサン大通りに出て、独立門の正面から左に曲った。目印は右側の朝市広場で、これを反対に入ればいい。せまい道をゆらりゆらりと運ばれると、真向いに見おぼえの椰子林が近づいてきた。山本が借りた家は其処の下にある。

ラオスではいい家庭のようだが、家の前まで来ても何のことはなかった。少くともその家の外廊下《サン》には弔問客が集り、家の前の広場には受付の者がいたり、車が停っていたりするかと思っていたのだ。

高床の階段の下から家屋を見上げたが、人が集っている様子はなく、声も聞えなかった。家を間違えたのかと思ったが、たしかにこの前老婦人と話を交したときに見た瓶《かめ》がそこにある。ラオスの葬式は静粛なのだろうか。それにしても仏が日本人だから、だれか同胞の姿がその辺にありそうなものと考えて、戸口のほうを見上げていると、先日の老婦人がそこからひょっこり現われた。

彼女は谷口を見つけて微笑し、階段を降りてきて合掌の挨拶をした。この前と同じ平常着《ふだんぎ》だし、あと誰も出てこないので、谷口は変だなと思った。

「ムッシュ・ヤマモトの葬儀はワット・スワン・タオで行われています」

ラオスの老中流婦人は寺の名前を教えた。谷口がサムロを見返すと、車夫は、その寺《ワット》は知っているというようにうなずいた。

「ムッシュ・ヤマモトは、ほんとに思いがけないことでした。お気の毒に思います。いい方でしたのに」

老婦人は、谷口を山本の友人と見て悔みを述べた。

「こういうことになって、お宅もご迷惑でしょう？」

谷口も、友人として云った。

「いいえ。わたしのほうがもう少し広いと、こちらでお葬式をしていただいていいのですが、なにぶん手ぜまなので。ラオスではお葬式を出す家は『幸福な家《フワン・ディ》』といって、慶《よろこ》びごとなのです」

黄色い、皺だらけの顔を消すと、フランス女と話しているようだった。

「葬式が祝いごとなんですか？」

「よその国の方には奇妙に聞えるかも分りませんが、お酒を飲んだり歌ったりするのです」

「日本でも通夜には同じようなことをします」

これは谷口のひとり呑みこみだとはあとで分った。

「山本君の死体は、こちらには戻らなかったのですか？」

「警察の手で、現場から直接にお寺に運ばれたのです」

「山本君はその現場に行くようなことを前から云っていましたか？」

「いいえ。聞いていません。わたくしもなぜムッシュ・ヤマモトがあのような田舎に行ったのか分りません。それまで一度も聞いたこともないのですから」

「山本君の不幸を日本の肉親に電報したと思いますが、だれか遺族がこっちに来るという通知はなかったのですかね？」

「マダム・ヒラオが云ってらっしゃいましたが、どなたも日本からはお見えにならないということです」

「平尾正子さんがこちらに来て、そう云ったのですね？」

「マダム・ヒラオはムッシュ・ヤマモトの身元引受人ですから。お葬式の費用もマダムがお出しになるようです」

とにかくタオ何とかいう寺に行くと谷口が云うと、わたしもたった今、お詣りして戻ったところです、と老婦人は云った。

谷口は、山本の生活についてもっと訊きたかったが、この際でもあるし、それは落ちついてからゆっくり聞けると思ってあとまわしにした。

山本の葬儀費用は平尾正子が出すらしい。こういうことになって彼女も当惑だろうが、身元引受人というよりは雇傭主としてやむを得ないのだろう。内心ではこぼしているに違いない。

それにしても、異国で横死したばかりに肉親もこないとは山本の霊魂も寂しいであろう。元気なときは、外国で働いている人間の特徴として、どこで野たれ死をしてもかまわないと快活に笑っているけれど、流離の空で死ぬとは考えてないための広言だった。

谷口は、サムロに身を任せながら、ふと、石田伸一の葬儀は誰が取りしきり、誰がその費用を出したのだろうかと思った。山本には雇傭主がいたが、石田伸一の場合はただの旅行者だった。ビエンチャンには友人も知人もいない。これは東京を発つとき石田の遺族から聞いておかなければならないことだったが、その知恵が回らなかった。うかつだが、石田の案内人になっていた山本にも訊くのを忘れた。平尾正子なら分るかもしれなかった。

ワット・スワン・タオは、川の傍にあった。メコンの小さな支流が市内の東側を流れ、一方は増水でもあったら忽ち泥水の中に埋没しそうな低地帯の貧弱な住宅街、一方は申し訳だけの堤防だった。その上は道になっているのだが、下はせまい水田と畠で、それに低い家屋が疎らにかたまっていて、これも浸水覚悟のわびしい地帯だった。寺はそのラオス人のスラム街と隣合ったところにあった。そうして、あたかもその寺が境目のように、一方が観賞用の植物の多い高級住宅地――クリーム色と白い壁の洋風住宅建築がならんでいた。クリーム色の建物は、今もこのラオスを文化面で支配しているフランス植民地様式で、白いのはアメリカ風であった。彎曲した張出し窓のある装飾的なフランス式住宅も、直截明快で実務的なアメリカ式住宅も、此処では牧歌的なニュー・タウンの中に一括されていた。各国大使館がこの地域に集中していることでもこの一帯が特等地だと分るが、近年原生林をきり開いたあとは、ところどころに熱帯樹の木立を残していた。原始的な部落のほうは、開拓された「新市街」の端、川沿いにへばりついている。

寺は、この首都では二流くらいだったが、境内に入ってみて、その異様な葬式風景に谷口はおどろいた。金色の諸仏を彫りこんだ切妻の重々しい屋根の下では、民衆が蝟集《いしゅう》して、どんちゃん騒ぎをしていた。エレキのギターを鳴らし、ロックを唄い、ゴーゴーを踊っている。手拍子と哄笑。口笛と怒号。それは祭礼だった。

谷口は、履物がいっぱい散乱している中で、見失わないように靴を脱ぎ低い木の階段を上った。板敷の広間には人々がかたまり、中央の踊りの場だけが空けられてあった。正面の、壁いっぱいの仏壇の前にも、女や子供たちが見物席をつくっていた。朱色の法衣をまとった七、八人の僧侶は、あぐらをかいて酒を飲み、手づかみで鉢物の料理を食べていた。食べ飽きた坊さんは、無表情な顔でエレキで踊る群を見ていた。日本人は一人もいなかった。

仏壇の前には線香がひとかたまりの煙をあげていた。柩にかけられた白布はうすよごれていた。柩は祭壇の下にべったりと置かれているのではなく、バナナの幹を切った上に乗っていた。白布のめくれからみると、柩は何か樹脂の多い熱帯樹の板を組合せたもので、材料は近くの森林から持ってきたようなものだった。

赤い花を盛った柩の前には、バナナの葉に載った供物がならんでいたが、日本的なものは何もなかった。端のほうにどういうわけかタイ語の新聞が五、六枚重ねてあった。谷口は、はじめそれを供物の下敷にでもするつもりで置かれてあるのかと思ったが、赤刷りの題字の一部を眼にして、それがホテルの前の、榕樹の並木の下で立売りしていたタイ語紙だと分った。この赤い竜が題字を囲ったタイ語紙はビエンチャンでは販売ルートをもっていない。だれがこの新聞をここに持ってきたのか。しかも、これは下敷用ではなく、あきらかに死者への供物であった。

谷口は、タイ語紙の日付を見ようと首を伸ばしたが、祭壇のそこまでは距離があった。手に取るには、さすがに無作法がはばかられた。そのとき、うしろから肩を軽く叩かれた。杉原謙一郎が黒のネクタイをつけて立っていた。

「あなたでしたか」

杉原のしょぼしょぼした眼と向い合った。

新聞のことが気にかかるが、それはあと回しにして谷口は杉原謙一郎とそこを離れた。エレキ音楽が喧《やかま》しいので、お堂の外に出て、境内の隅に火焔樹の木蔭を見つけて立った。

「おどろきましたね。こんな葬式とは思いませんでした。喪章を買ってきたが、余計なことでした」

谷口は踊っている群を見ながら腕章をはずした。

「葬式じゃありませんな。お祭りというて悪ければ、日本の盂蘭盆会《うらぼんえ》みたいなものですのう。盆踊りですな。ラオス人は葬式の出る家を待ち望んでいます」

杉原謙一郎は苦笑しながら云った。

「これで、三日も四日もつづくんですか?」

「金持だと一週間も十日もつづきます。けんど、これは平尾正子さんの費用なので、明日までで終るのじゃないですかのう。あとは火葬場行ですわい」

雇人の葬式は、やはり雇人のものだった。

「山本君の遺族は、日本からは来ないそうですね?」

「どこで聞かれましたか?」

「さっき、こっちにくる前に山本君の下宿に寄って来ましたよ。てっきり、あの下宿で葬式があると思ったものですから」

「いや、ぼくが悪うありました。あなたにそう伝えましたからの。ぼくもそう思っていたが、あの下宿じゃ手狭なので平尾さんがこの寺を借りたのだそうです。こんなお祭り騒ぎが何日もつづいたんじゃ下宿だって迷惑なので、平尾さんが気をつかわれたのですけど、遺族は来ないほうがかえってよかったですのう。この有様を見たら仰天されます」

「どういうんでしょう、同じ仏教による葬儀なのに？」

「日本の仏教のように死に対しての観念がしめっぽくないですな、ずっと楽天的な考えですの」

「死者の家は幸福な家だそうですね？」

「それで、ああいうふうに、大賑いをするんですわい」

坊主が一人、堂の中から出てきて片手で赤い法衣の裾《すそ》をからげ、片手に扇子を頭の上にかざして境内をよぎった。小用にでも行くらしかった。

「坊さんはお経を誦《よ》むんでしょう？」

谷口はその後姿を見ながら云った。

「読経はしますがの。ラオス語で、ぼくらにはチンプンカンプンですが、こうして賑かに送ってやるから、早う成仏せいということらしいですわい。まあ、目出度いちゅうことでしょうな。

なかには、死んでもこういう賑かな見送りをしてもらえん者もありますけんの」

「どういう階級ですか?」

「いや、階級じゃありません。死に方によるのです。たとえば、虎に喰われた者、樹から落ちた者、水に溺れた者、雷にふれた者、首をくくった者、それから疫病で死んだ者ですの、こういうのは精霊《ピー》が憑《つ》いとるちゅうので、みんなおそれています。埋葬の場所も差別があるようですな。とくに、妊娠中に死んだ女は、腹の中の子は生きとるというんで、坊さんはお経をするのも断るし、墓場にも入れてくれませんな。どこか山の中に埋めるよりほかないということです。ラオス人はピーが何よりもおそろしいのです」

「山本君の場合はどうなんですか。彼は自然死じゃなくて、殺されたのですが」

「殺害は、いま云った六つの悪魔的な死に方にはならんのでしょうな。虎や雷はピー、溺れ死は水にいるピー、木から落ちたのは木にピーがいるからでしょうな。殺した人間にはピーが居らんのかもしれませんのう。わしらにはよう分りませんが」

「杉原さん。ぼくの友人の石田伸一の場合ですがね、彼も葬式をしてもらったのですか?」

杉原謙一郎は急に当惑した顔になった。

「さあ。そうですのう。……そういえば、石田さんのときは、こんな賑かな葬式はなかったようですな」

「どうしてですか。ラオス人は葬式が出るのを待ち望んでいるとあなたは云われましたね？」

「そう云われると困りますが、石田さんの場合は、葬式の費用の出どころがなかったからじゃないですかな。そのとき、ぼくは山のダム現場にいて、よう知りませんがの。大使館の連絡だけですけんの」

日本大使館も旅行者の葬式用の予算までは組んでいない。ラオスの幸福な死の儀式には、費用と時間とを要する。

平尾正子という主人を持った山本実はまだ仕合せなほうだった。もっとも日ごろから蒼白い顔の山本は虚無的な表情を閉じたまま冷笑を浮べているかもしれない。

「山本君を殺した犯人は、まだ分りませんか？」

「警察でも、まだ分らん云うて、大使館に連絡があったそうですがの」

杉原謙一郎がぼんやり答えたとき、寺の門の前に初めて車が着いた。その車に谷口は見覚えがある。果して運転席からリュウが降りてドアを外から開くと、平尾正子が黒いスーツで現われた。

「ああ、コントワールのマダムが来ましたよ」

杉原が細い瞳を輝かした。

平尾正子は、こっちに日本人二人が立っているとは気がつかない。本堂の前に進む彼女とこの距離にはラオス人が立ったり、歩いたりして挾《はさ》まっているので、容易に眼にとまりようはなかった。彼女は本堂に向って足早に真直ぐに歩いていた。表情は謹厳で、にこりともせず、ラオス人もエレキも踊りも無視し、まさに喪主の貫禄充分であった。彼女は、新しい供物を持参したらしく、手に紫色の小さな風呂敷包を抱えていた。谷口にはその風呂敷包がいかにも日本的にみえた。

うしろから運転手のリュウが従ったが、これは半袖シャツに半ズボンという仕事着だった。リュウは山本とは仕事の上で浅からぬ因縁だ。もちろん平尾正子もリュウもここには何度目かの足の運びであったろう。

谷口は、平尾正子に挨拶に行きたいと思ったが、杉原謙一郎がじっと佇《たたず》んだままなので、なんとなくそこから動きかねた。杉原は日ごろからマダムが煙たいようである。

「それはそうと……」

平尾正子とリュウとが本堂の中に消えたあとで、谷口は杉原に何気なく訊いた。

「祭壇を見たのですが、あそこにはタイ語の新聞が積んでありましたね。あれは誰が持ってきて置いたのですか?」

「タイ語の新聞?」

杉原は首をかしげた。

「そんなものが、あそこにありましたかな？」

「ぼくは見ました」

「はてな。ぼくは二時間ぐらい前にもここに来たのですが、祭壇にはそんなものはなかったようですがのう」

「右側に置いてありましたよ。あなたは、さっきぼくの肩をたたいたので、気がつかなかったんでしょう」

「さっきはそうだが、二時間前には、よくあそこを見たんですがの。どうも眼につかなかったようですが」

「じゃ、あとであそこに行ってみましょう」

あとでというのは杉原が平尾正子と顔を合したくなさそうなので、彼女が去ってからという意味だった。彼女も商売が忙しいから、そんなに長くは居ないはずだった。

「タイ語の新聞って、何という名前ですか？」

杉原謙一郎がぼんやりした顔で訊いた。

「タイ・デイリー・ニューズというんです。題字をヤマタのオロチみたいな赤刷りの竜が取りまいているやつですよ。あれはバンコックから来ているようですが、市内では売ってないらしいですね」

「そういうのは、あんまり見かけませんのう」

「オテル・ロワイヤルの前では、立売りしているようですよ。毎日ではなく、ときどきですが」

「そうすると、闇の担ぎ屋が運びこんでいるのかも知れませんの」

「担ぎ屋?」

「朝市には、海の魚や新鮮な野菜や鶏などが出とるでしょう、あれはみんなタイから担ぎ屋がメコン川を渡って持ちこむのですわい。三千人ぐらいのタイ人が来るちゅうことですな」

「三千人ですって。そんなにやってくるんですか。みんなパスポートを持って?」

「そんなものを持つもんですか。ノンカイ(タイ領)とタードゥアの渡しなどは渡りませんよ。税関の無い、ほかのところから舟で川を渡ってくるのです。夜の明け切らないうちにね」

「それでよく警備兵につかまらないですね?」

「見て見ぬふりをしとるちゅうことです。ラオスには物資がない。金の無いラオス人は蛋白質の栄養を補給するためにイタチでもネズミでもコウモリでも捕って食べますが、ビエンチャンの金持の華僑はそういうわけにはゆかない。それに外国人も住んどるし、各国の大使館もあります。そういうところで欲しいから、政府も大目に見とるのでしょう。各国大使館では館員を飛行機でバンコックに出張させ食糧物資を購入させていますよ」

「新聞の話ですが、ビエンチャンにはタイ人も居るのに、どうしてタイ語の新聞が、商業ルートでこないのですかね?」

「さあ。漢字紙は華僑が読むから来とりますがの。中国人にくらべてタイ人は少いからソロバンが合わないのかもしれませんな。……けど、いまの話ですが、山本君はタイ語が読めなかったはずなのに、どうして祭壇にそんなものが置いてあるんでしょうなア」

「山本君は読めなかった?」

「そうですよ。祭壇には死んだ人の好物が供えられているのです。そこは日本と同じですわい」

故人はタイ語を解さなかったのに、その新聞が「好物」として柩の前に供えられていた。短い交際だったが、谷口も山本がタイ語紙を手にしていたのを見たことがない。もちろん「ビエンチャン書房」にも置いてないものだ。どうして山本は読めもしないタイ語紙が好きだったのか。そして、だれが、それをお供えしたのか。

「まあ山本君のこのお祭り騒ぎの葬式を見ていると、ぼくはこんな国で死にたくありませんのう。死ぬ時は日本で女房子に見とられて死にたいですわい……」

杉原謙一郎が女房と子供の述懐をはじめそうになったとき、本堂から平尾正子が出てきた。つづいてリュウも出た。リュウが平ぺったくなった風呂敷包を小脇にはさんでいた。

谷口が、杉原謙一郎の肘《ひじ》をつつくと、杉原も平尾正子が車に向って歩いて行く姿を見送った。

「どうも、ぼくはあのマダムが苦手でしてな」

杉原はぼそぼそと云った。

「杉原さん。祭壇に行ってみましょうか」

谷口は彼を促した。

本堂にまた入って、坐っている人々の肩を押し分けて柩の前に行った。

赤い竜のタイ語紙はそこに無かった。——

たしかに新聞紙はあそこにあった。げんにその日付を見ようと思って、首を伸ばしてのぞきこんだくらいである。それが無くなっていた。あたりに坐って焼酎《ラオハイ》を飲んでいる男たちが臀《しり》にでも敷いているのかと思って見回したのだが、その形跡はなかった。

谷口は杉原謙一郎と寺を出て歩きながら、消失したタイ語紙の奇妙さを考えていた。だが、そう思っているのは自分だけで、ならんで歩いている杉原にはどうでもいいことだった。彼は口先では、変ですな、とは云ったが興味を伴わない相槌だった。

「ビールを飲みませんか。咽喉が乾きましたな」

杉原は云った。

サムロはいなかった。ランサン通りにしゃれたレストランがあるからそこに行こう、ここから歩いてもそう遠くないからと彼は云った。

歩いている通りは「新市街」の一劃で、二階屋のフランス風とアメリカ風の住宅がならんでいた。クリーム色の壁は炎熱を吸いこんでいるようにみえ、白い壁は強烈な陽をはじいていた。陽ざしの当る窓は濃緑色のブラインドを閉じ、金網で囲まれた芝生の中には椰子の樹が伸び、バナナの茂みがあった。金網には深紅のブーゲンビリアがからみつき、ほどよい場所には夾竹《きょうちく》桃《とう》に似た葉のチャンパーが白い花を咲かせていた。ある家では、縞《しま》のパンツだけの裸の大男が車を拭いていたし、ある家ではブロンドの女がホースで芝生に水を撒いていた。

「この辺の住宅の家主は、軍の将軍たちだそうですね？」

谷口は、前に山本から聞いた話を思い出して杉原に云った。

「そうらしいですの。ぼくは山本君から聞きましたが」

と、杉原はうなずいた。話の出所は同じだった。

「将軍連中は高給をとって、こういう文化住宅を建てては外国人から高い家賃をとっては儲けとるんですな。兵隊は食うや食わずの給料で我慢しとるんですわい。日本の戦前の兵隊の給料と同じですな」

「しかし、いくら将軍でも、給料だけではこんな家をどしどし建てるわけにはゆかんでしょう」

「なにかええ余禄があるんでしょうのう」

広島弁で余禄というのは、内職の収入とか、内密な儲けとかいう意味らしかった。

《アメリカからラオスにくる援助資金がどこかで消える。政府の役人が横取りしている。だが、それだけでは軍閥の将軍たちは金が足りない。自派の戦力保持の資金には内職をしないといけない。将軍のボスどもはラオス北部の高原地帯から生阿片を取ってきては、大量にタイ側の商人に流している。メオ族との取引は、作戦を口実にしては出動してゆく。軍隊ぐるみの阿片買いだ。……将軍連はその金で欧米風の家を建てて賃貸しする。ビエンチャンに入ってくるアメリカ人やフランス人がラオスの伝統的な家屋になじめないことが分っているからだ》

山本の反歯《そっぱ》の間から出る言葉が、谷口の耳に蘇っていた。

向うから背の高い男が歩いてきていた。顔つきからラオス人と分るが、こざっぱりした風采で、ちゃんと背広に黒いネクタイをつけていた。杉原は、ちょっと失礼、と谷口に断って、その男に合掌して笑顔で近づいた。

杉原は、なにやら片ことのラオス語で訊いている。杉原は鄭重だが、初老のラオス人は多少横柄そうな態度だった。谷口はそのラオス人が黒ネクタイをつけているので、山本の葬式に行くのかと思っていた。故人は顔が広かった。

立話は五分間ぐらいだった。その間、ラオス人は手をあげて西のほうを指したり、東のほうに向けたりしている。これは杉原の語学力が不足なので、身振りで補足していると思えた。

「あの人は、教育省の役人です」

杉原は相手と別れてから谷口に教えた。

「援助部隊の連中が教育省の管轄なので、ぼくもあの役人を知っとるのですがね、山本君の葬式に行くのじゃないそうですな。タードゥアの税関長で、スーク・アバイさんという人の葬式がこの先であるので、そこへ行くのだと云うとりました。一週間はつづくだろうが、今日で三日目だそうです」

谷口は、いまポケットの中にしまいこんでいる黒の腕章を店で買うとき、中国人もいっしょにその腕章を買っていたことを思い出した。あの中国人もその家の葬式に行ったらしい。

「税関長の家は向うのほうですが」

杉原は、教育省の役人がしたように西のほうを指さし、次に東のほうにむけて、

「こっちに立派な洋館を二軒建ててフランス人に貸しているから、死んでも遺族は生活に心配はないだろうと云うとりました。利口なラオス人はそういう用意をしているんですな」

と、感心して云った。

「税関長は病気をしていたのですか？」

谷口の頭には六種類の精霊《ピー》の死が残っていた。

「心臓病だそうです。急に発作が起って息を引取ったそうですから、お祭り騒ぎの葬式は大丈夫です。山本君よりは二日も前に死んだのに、葬式のほうは五日も六日も長引くでしょうな」

「タードゥアの税関長というのは、そんなに給料を貰うんですかね、外国人に貸す家作を二軒も建てるほど……?」

「何か余禄があるんですな。独立門がなかなか出来上らないことでも分るように、アメリカの援助資金が横流れしておるんですよ。政府の高級役人が分に応じて分けどりしとるんですな」

たかだかタードゥアの税関長くらいで立派な洋風住宅の貸家が二つもてるのだから、この国の官僚は何をしているか分ったものではないと谷口は思った。しかもアメリカは、死んだ山本の話によれば、援助資金の使途についてラオス政府の報告にチェックが出来ないというのである。ラオスが「反米的」になって共産主義に傾いたら、隣のカンボジアの反米中立路線(当時)のこともあって、アメリカには、たいへん気遣わしい状況になる。いまこの国に隠微のうちに行なわれている軍事援助が元も子もなくなってしまう。アメリカ国務省は苦々しい沈黙でこの国の政府の「腐敗」に金を注ぎこんでいるのだろう。

ランサン大通りの、こぎれいなレストランに二人で入った。寺からの距離はさほどでもなかったが、炎暑の下を歩いたので、谷口も咽喉が乾いた。杉原謙一郎はジョッキいっぱいを忽ち飲み干し、すぐに代りを出させた。いかにもうれしそうだった。

向うの席ではフランス女がケーキをつまみ、コーヒーを飲んでいる。肥えた中国人の女主人が上手な言葉で愛嬌をふりまいていた。セーヌ河の大きな俯瞰《ふかん》写真が壁一面にかかっている。

谷口は、コントワールのマダムの姿を浮べた。杉原と境内に出て火焔樹の下で立話をしているとき、平尾正子が車を降りてきた。運転手のリュウが従者のようにあとについていた。それから十分ばかりで彼女は寺から帰って行った。その直後に、新聞の存在を確かめに祭壇に行ったのだが、新聞は消えていた。

祭壇から新聞を持ち去ったのは平尾正子だったのだ。お供えのケーキを包んでいた紫色の風呂敷にその新聞が包みこまれた。帰りにリュウが持っていた風呂敷包は、四角なかたちで平ぺったかったではないか。

多分、平尾正子は、祭壇の前にタイ語紙が置かれてあるのを目撃して、それを持ち去ったのだろう。お供えとしてふさわしくないから、目障りだから取り除けたのか。

普通の新聞ではない。ビエンチャンでは売ってないものだった。それは、谷口が知る限り、メコン川の土堤でしか立売りしてない。オテル・ロワイヤルからは9号室でしかその立売りの姿は見えない。庭の植物の繁茂が他の窓からの視界を邪魔しているのだが、9号室の窓だけは扇形にひろがったバナナの葉と、門と垣にからみつくブーゲンビリアのしげみとの間の穹窿《きゆうりゆう》形の空間にのみ透視できる。この窓ぎわには、石田伸一も立っていたし、オーストラリア人のペティ・ブリングハムも佇んでいたはずだ。

柩の前には死者の好物が供えられるという。あの新聞が供えられたのは山本がそれを生前に「愛読」していたからだ。

だが、山本はタイ語が読めなかった。読めない人間がその新聞を「愛読」していたのは、漫画か写真を観賞していたことになる。では、山本の柩の前に誰があの新聞を持ってきたかである。それは山本が「愛読」していたのを知っている人間でなければならない。

山本が寄宿していたラオス人の老婦人の言葉を谷口は思い出した。寺に行く前に訪問したとき、彼女は、いま、わたしもちょうど葬式から帰ったところです、と云った。

「杉原さん」

谷口は云った。

「ぼく、これから山本君が寄宿していた家に行きたいんですが、よかったら、いっしょに行ってくれませんか?」

杉原はまだビールに未練がありそうだったが、つき合いだと諦めたのか、承諾した。勘定は谷口が払うので、その義理合いもある。

サムロに乗るほどのこともなかった。そこから五分ばかり我慢すればよかった。陽は傾き、街の西の空に夕焼けが輝いていた。

「赤い竜《ドラゴン・ルージュ》の題字がついた新聞は、わたしがお寺に持って行きました」

と、老婦人は家の階段を降りてきてから谷口に云った。

「ムッシュ・ヤマモトの部屋に残っていたのを集めて、お供えしたのです。彼があの新聞をよく読んでいるのを見かけましたから」

「読んでいた？　山本君はタイ語は読めなかったはずですが」

「それは知りません。でも、とにかく彼は手にしていました」

「それは、いつ頃からですか？」

「そうですね、一カ月半ぐらい前からだと思います」

「山本君は、その新聞をどこで買っていましたか？」

「それは知りません。そのタイ語の新聞はビエンチャンには入ってこないので、わたしも訊いたことがあります。でも、彼はそれについてあまり語りたくないふうでした。熱心に見ていたことはたしかです」

「山本君は、その新聞を毎日どこかで買ってきていたのですか？」

「毎日ではなかったようです。一週間に一度か二度ぐらい。ですから、家に残っていたのは、五部か六部ぐらいでした。わたしはそれを全部お寺に持って行ってお供えしたのです」

その新聞が祭壇から全部消失したと云えば、この老婦人はどんな顔をするだろう。谷口は彼女に合掌し、さよならを云った。

いずれはパリに留学するという彼女の孫の中学生が上の入口から見下ろしていた。ラオスの中等教育は全部フランス語で行なわれる。

杉原謙一郎が奇態な話を洩らした——。

彼とホテルの前の掛小屋のビヤホールに坐ったときだった。杉原には夕方のビールでは飲み足りそうにない。

すぐ前にはメコン川が闇の中に横たわっている。この辺の水は、どの方向に流れているか分らないくらいに静止し、川の中の洲《す》を囲んでたゆたっている。対岸には相変らずタイ領の森が黒々と伸びていた。赤、青の豆電球をつけた掛小屋は、この八時ごろがいちばん客が混む。若い者が多いが、夫婦者もきている。

杉原の話というのは、平尾正子のことである。三カ月ほど前、パテト・ラオ軍がジャール平原の西側をまた占領した。平原の東部と北部はもともと彼らの制圧下にある。この辺は政府軍と絶えず攻防をくりかえして、慢性的な戦闘になっているが、このときは北ベトナム軍が出てきて攻勢となり、王都ルアンプラバンをゆさぶる一方、ビエンチャンを指向して南下するという噂がひろまった。政府軍は敗退を重ねていた。

このとき、ビエンチャンの各国大使館では、かねての手はずに従って在留自国民の婦女子の避難準備にかかった。メコン川を渡ってタイ領内に逃げこむことである。日本大使館もタードゥアの渡し付近にチャーター船をいつもつないでいる。

大使館では、避難準備の一つ手前の集合演習のようなことを行なった。これは在留邦人、とくに婦女子を集めて大使館員が避難計画を説明したのだったが、そのとき平尾正子だけがこなかった。

平尾正子は商売が忙しい。日本でもかつて防空演習のとき、参加しない婦人がいたが、平尾正子の事情はそれとも違っていた。大使館員の点呼に彼女の名前が初めからなかったのである。

「初めから名前が呼ばれなかった？　それはどういうわけですか？」

谷口は杉原謙一郎の話に口をはさんだ。

「それがふしぎですな」

と、杉原はコップを口からはなした。

「平尾さんは、日本大使館にも顔だから、大使館のほうで手心を加えたのですかね。これは演習だから来なくてもいいとね。商売が忙しいから、その思いやりですかね」

谷口は想像を云った。

「ぼくらもはじめはそう思っていましたな」

と、杉原はまずうなずいて、次に首を振った。

「ところが、それとは違っていたんですな。平尾正子の名前は在留邦人のリストになかったのですよ」

「リストになかった？　洩れていたんですか？」

まさか洩れるわけはなかった。彼女はビエンチャンに来て十年以上になるし、市内で商売をしている。

「いや、洩れたのじゃありません。はじめから登録してなかったようですな」

「登録してなかった？」

谷口は呆れた顔で、酔ってきた杉原謙一郎の顔を見つめた。

「なぜでしょう、彼女は在留邦人じゃないですか？」

旅行者だと、いちいち大使館に届出る必要はないが、十年以上も居住している日本人が登録してないというのはふしぎだった。彼女のほうで届出てなかったら、大使館から催促して届を出させるはずだった。

「そこんとこが、われわれにもよく分らんのですな。大使館の人に訊いても、はっきり云わないのですな。個人的なことで、何か複雑な事情があるらしいですよ」

個人的な複雑な事情とは何だろうか。大使館で言明を避けるのは彼女に何を配慮してのことか。

「山本君も、こっそりとだが、そのことでぼくにちょっとばかり疑問を洩らしたことがありますよ。彼もだいぶん興味を持っていたようですな」

「山本君が？」

「そんなことを彼が云ったのは、半年くらい前でしたかな。……平尾さんはあの通りフランス語、英語、中国語、ラオス語はペラペラで、つまり、この土地で商売に必要な外国語はみんな完全にマスターしているのですよ。あの女性は語学の天才だと思いますな」

「タイ語はどうですか？」

「タイ語はどうですかな。聞いたことはありません。こっちではタイ語は、あまり商売には必要でないですからな。つまり、彼女は商売に割り切ったサービス業には打ってつけの女性ですな。それに政府の要人や将軍連に喰いこんでいるから、なかなかの凄腕《すごうで》ですわい。……これは噂ですがね、真偽のほどはわかりませんが、彼女はルン・ボラボン将軍とは特別昵懇《じっこん》の間柄だそうですよ」

あとの言葉を杉原は谷口の耳の傍で云った。

谷口の眼には、オテル・ロワイヤルのバーで、アメリカ人の客にまじって坐っているラオス人のグループのうち、ひときわ体格の立派な中央地区司令官の姿が浮んできた。将軍は半袖シャツの平服で来ていた。あれが首都防衛の任に当っているルン・ボラボン司令官だと横から山本が教えてくれたものだ。さすがに、山本はそのとき、自分の女主人とルン・ボラボン将軍とが特別な仲だという噂までは吹きこんでくれなかったが、彼のことだ、それはすでに知っていたにちがいない。

「だけど、これは、ほんの噂です。本当か嘘か分りませんよ。ビエンチャンにいる日本人でもこのことを耳にしている者は少いです。ぼくも、ある人からこっそり聞いただけですからな。……くれぐれもほかの人には云わんでつかァさいや」

杉原は酔ったまぎれに口を滑らしたのを後悔するように念を押した。

「だれにも云いませんよ」

「どうかそうしてください。ほかのこととは違いますからのう。谷口さんは間もなく日本に帰られるが、ぼくはまだまだこっちに残らんといけません。ぼくの口から、そんな話が出たとなると、ぼくはどんなことになるか分りません」

杉原はだんだん心配そうな顔になった。

「大丈夫です。絶対に云いません。あなたにご迷惑がかかるようになるのは分っていますから」

谷口は杉原に安心させるように強く答えた。なるほど軍の権力者と、この市の「顔役」とのルーマアを流したと分っただけでも、杉原は圧迫をうけるかも分らない。

平尾正子は四十代の女だが、その姿態には色気がある。顔は整っているとはいえないが、化粧が上手なのと、その馴れたコケットリイで、爛熟の魅力があった。精力的なルン・ボラボン将軍との取合せは、さもありそうなことである。

平尾正子のコントワールが繁昌していることも、そこに軍人たちが主な客となってきていることも、さらに、この前、ホテルの前庭で開かれた外交団のパーティに彼女がホステスとして自由自在に客の間を游《およ》ぎ回っていたことも、そう聞くと、谷口にはすべて合点がゆきそうだった。

すると、彼女が日本大使館の在留邦人のリストに登録されてないという話は——もしそれが事実とすれば——やはりこの国の実力者将軍との関連が、何らかの理由で、たとえば彼女は日本大使館よりも将軍の手で保護するといったような密約になっているのではあるまいか。

谷口は、杉原にこの話を伝えたというのは、案外、大久保医師ではないかと想像した。あのドクトルも各方面に出入りしているようだ。だから、当然に山本の耳にもそれが入っている。

山本が自分の主人の平尾正子に好奇心を持ったというのは興味ある話だった。いまから考えると、まだ若いのに情熱を失っているような山本は、当初見た印象以上に、底に何か蒼光りのする粘液性を持っていたような気がする。彼の饒舌も実はのらりくらりとしていて決して核心にふれないものだった。

東邦建設の若い連中が三、四人で掛小屋に入ってきた。杉原がそこに居ると初めて気づいたらしく、ちょっと困ったようだったが、上役に対して一応の挨拶にきた。この顔なら、谷口も大久保医師の診療所で見ている。そのうちの二人は待合室の溜り場で将棋を指していた。

「今晩は」

と、彼らは谷口にも挨拶した。

「今晩は」

谷口も微笑して返した。

すでに酔いの回っている杉原は、いいところに部下が来たというように頻《しき》りに此処にきて飲めと云い、勝手にビールを運ばせたりした。若い連中は仕方なさそうに坐ったものの、適当な頃合をみてからここを逃げ出す気配がよみとれた。

折柄、そこへ若い女三人が連れ立って現われ、川に近いほうのテーブルに坐った。二人はワンピースだが、一人はアオザイを着ていた。

「おい、来たよ」

と、東邦建設の若い男が同僚の肘をつついた。

「ありゃ、スリー・スターの女じゃないか」

谷口も女たちに眼をむけた。ドンパラン地区のキャバレーの女だった。

「出勤前の夕涼みか。優雅な生活だな」

顔のまるい男が、その中に馴染の女を見つけ身体をくねらして歩き、女のひとりに笑って話しかけた。

「若い連中は言葉をおぼえるのも早いですの。あの男のラオス語なんかうまいもんですわい」

杉原がこっちから苦笑いして云った。

「杉原さん、いま話してるのはラオス語じゃありませんよ。女たちはベトナム人ですからね」

と残っている仲間が云った。

「そうか。ベトナム語か」

女の前から男が戻って報告した。

「チンは困っているそうだよ。せっかくオンリイになって囲われたとたんに、旦那に死なれてな。なにしろ新宅に引越したその晩に、税関長が自宅で急死したというんだからな。あの連中は、ヤキモチ半分でいたところだから、チンの悲劇を面白がっているようだよ」

谷口が聞き耳を立てたとき、杉原が口をはさんだ。

「チンという女がどうしたというのかな?」

「あれ、杉原さんはチンを知っているんですか。隅におけないなあ」

「いやいや、君たちがよくその女のことを話していたからな。名前だけだよ」

杉原が赤い顔で弁解した。

「どうだか怪しいもんだな。こりゃ杉原さんもわれわれと兄弟かもしれないぞ」

「ばかを云うんじゃない。おれは年寄りだ。君たちとは違うわい。おれは酒があればいい」

「まあ信用しましょう。杉原さんの固いのは分っていますからな。杉原さん、チンはね、オンリイになってスリー・スターをやめたんですよ。三日前でしたかね。前から彼女に熱を上げていたタードゥアの税関長のスーク・アバイさんが、彼女を店に出していたら心配なもんですから、とうとう店もやめさせ、その住居からも移させたんです。今度はニッパ・ハウスじゃなくて立派な家だそうですがね。チンはアバイさんがそう好きじゃなくて、オンリイになるのを渋っていたそうですが、相当に金を積まれたのでしょうね。ところが、そこに引越したとたんにアバイさんが本宅で死んでしまったのです。これはチンよりも、アバイさんの悲劇かもしれませんなあ」

谷口はホテルに戻った。荷物の位置を見たが異状はなかった。ほっとして、シャワーを浴び、ベッドに転がったが、すぐには寝つかれなかった。

眉間のせまって、鼻筋の徹った、うすい唇の女が眼の前に出てくる。竹で編んだ壁の家、大きなダブル・ベッドと三面鏡、ものうく回る天井の扇風機。二度目にその高床のニッパ・ハウスに行ったとき、チンは居なかった。あのとき、すでに彼女は税関長のオンリイになって引越していたのか。

石田伸一はチンのあの家で何時間かを過したに違いない。誰でも相手をする娼婦だ。東邦建設の若い連中も彼女と寝ている。運転手のリュウの話によると、大久保医師も杉原謙一郎もチンと確実に寝ていると云った。若い者に冗談を云われて、杉原は赤い顔でうろたえていた。

石田は殺された晩にスリー・スターに行って遊び、かなり酔って十一時ごろに店を出たという。チンも彼のテーブルにいたにちがいない。彼女は、山本の死に何か手がかりになるようなことを知っていそうである。谷口は、最初リュウに連れられてあの家に行き、チンと会ってから、スリー・スターで彼女が休んでいることを聞いた。税関長の想い者とは知らなかったが、税関長が急死したのでは、またスリー・スターに現われるのではないか。それよりほかに生活の途がない女だ。当然なことに、あのニッパ・ハウスに戻ってくるだろう。会ってみよう。

彼女はやはり税関長の葬式が完全に終るまでは、店にも、あの家にも姿を現わさないと思われる。葬式はあと、四、五日くらいは続くらしい。少々待ち遠しい。彼女が身をかくしているところは、もとより分りようはない。

——ところで、税関長くらいで、外国人に貸すような近代的な住宅を二つも建てたり、女を囲ったりするような資力があるのだろうか。月給などは知れているはずだ。将軍にしてすら表むきの給料は安い。

そうすると、タードゥアの税関長スーク・アバイには、外国の援助資金の流用による特別収入があったことになる。政府の高級官僚による山分けである。だが、税関長が高級官僚の中に入るとは考えられない。せいぜい現場の中級役人ではないか。

――タードゥアの税関。

谷口は天井の闇の中に光が走ったような気がした。

何トンかの生阿片が軍用トラックでタードゥアに運ばれ、メコン川の渡しからタイ側のノンカイに引渡される。そこにはタイの商人が待ちうけている。それが将軍たちの内職になっているという噂だ、と山本は云っていた。

あそこに税関がある。いくら将軍の威力でも、阿片の密輸だから税関吏を抱きこまなければ、この「商売」はできない。スーク・アバイはその税関長だった。彼の「余禄」とは、その「口どめ料」ではなかろうか。

そうだ、それしかないと谷口は思った。それで合点がゆく。税関長の安月給で、近代的な貸家が建つことも、女を持つことも。――阿片の商売は儲けが多い。莫大な金額だ。将軍はそれで自派の兵を養い、豪壮な家を建ててはアメリカ人やフランス人に高い家賃で貸している。噂ではスイスの銀行にも送金している。将軍たちは、いつも亡命の準備を考えている。税関長の「目こぼし料」にしてもたいそうな金額にちがいない。

谷口は眼が冴《さ》えてきて、ベッドに腹匍いながら煙草を喫った。

こうなると、税関長の急死もなんだか怪しく思われてきた。

もしかすると、スーク・アバイ氏は消されたのではあるまいか。軍部の一部にとって便利な人間は、時として不便な人間になってくる。ラオスの軍部は不安定という。パテト・ラオという共同の敵を前にして、北部軍管区、中央軍管区、南部軍管区がそれぞれ軍閥化していて、参謀総長の命令系統は何の足しにもならない。各個がばらばらな上に、南部の極右軍は公然と「中立」色の中央軍管区と対立している。こうした関係が中央軍管区の内部にも影響して、いつ第二のアバイ将軍やシーホ国警長官(一九六四年のクーデター)、ノサバン副首相(一九六五年のクーデター)が出ないとも限らない。政府軍部内での隠微な暗闘は、ルン・ボラボン将軍といえども、必ずしも安心し切っていられる状態ではなかろう。この場合、将軍の「汚職の証人」である税関長は、きわめて危険な環境に立つことになる。げんにアバイ将軍が六四年に起したクーデターの名目は、軍の腐敗を一掃するという「粛軍」だったというではないか。

谷口は考える。

——この推測が当っているかどうかを知るには、税関長の死因をたしかめることが必要である。ほんとうに病気で死んだのか、それとも他殺だったのか。「心臓発作による急死」とはいかにも謀略臭い。

だが、この真相をつきとめるのは不可能である。医師はだれだか分らない。たとえ分っていても、医師はだれかに命じられて死亡診断書を作製しただろうから事実を云うはずはない。医師の背後には軍部がついている。その医師を探し出す行為自体が危険である。

谷口は、こんなことを考えている自分に戦慄した。身震いしたのは、深夜の9号室にひとりで横たわっているという自覚からもきた。ホテルじゅうが静まり返っている。建物ぐるみ地の底に沈んでゆくような、無気味な、音を殺した世界だった。この部屋には、石田伸一が泊っていた。オーストラリア人ペティ・ブリングハムはこの部屋で殺されている。闇の白い壁から死の指が伸びてきそうだった。

谷口は指を折った。オーストラリア人の殺された晩と、税関長の急死とが偶然にも同じ夜だというのに気づいた。税関長の葬式がつづいている日数を逆算すれば、たしかにそういうことになる。

この部屋を「志願」したのを谷口は後悔した。すでに留守の間に、誰かが侵入して荷物を検べた形跡がある。それは確実だった。荷物の位置を目印して決め、内容の衣類の皺にもマークをして以来、少くともこれを開けた形跡はないが、それは侵入者がなかったということにはならぬ。危険がその辺にうろついている。

谷口は睡ろうと思った。睡ってしまえば日本の夢が出る。この国にきてから、一度もこの土地を舞台にした夢がつくれなかった。

眼をかたく塞いだが、睡気は離れてしまっている。こんなとき、阿片を吸ったら効果があろう。うすぐらい蠟燭の火は適度の放棄と怠惰とを誘う。その辺に映し出される死体のような吸飲者の寝姿は、麻薬の焙《あぶ》られる低い音と共に、いやでも陶酔の道伴れにさせずにはおくまい。暗い、煙脂《やに》色に塗りこめられた小屋の中では、乾からびた皺だらけの手がけだるげに動いている。

その暗さに色彩が点じる。豆電球が女の裸身の輪郭を淡くふちどり、輪郭は煙草の煙にうすれる。その中を二人の女の影が横切った。たしかに平尾正子とアル中のシモーヌだ。顔を確かめる間もなく、姿は消えた。売春バーの「ファイア・ツリー」の前が道路を隔てた倉庫で、その路地を入った突き当りが阿片窟である。

たしかに、あれは平尾正子とシモーヌだった。あのときは眼を疑ったが、今はそう信じている。場所も、人間も奇妙なとり合せだ。まさか女二人が阿片窟に行くわけがないから、どこかに消えたのだろうが、杉原謙一郎が酔った末に女房子のことで泣いていなかったら、街角まで追ってみるところだった。

平尾正子とシモーヌとはどういう関係か。ちょっと想像のつかない組合せである。もっとも、あの飲んだくれの女通信員はオテル・アンバサドゥールに何年となくとぐろをまいているから、ビエンチャンでの人間関係は案外に深いかもしれなかった。平尾正子もああいう商売をしているから人を逸らさないところがある。シモーヌはとっくにマスコミの機能を失っている女だが、やはり外国通信員ということで、平尾正子も適当にあしらっているのかもしれない。そうした交際のなかで、シモーヌに報道人としての感覚が少しでも残っていたら――あのアル中ぶりでは怪しいものだが――杉原謙一郎が云うように、平尾正子と軍部との因縁を捕捉しているかもしれない。

明日にでもシモーヌに会って、話を聞き出すことに努めてみようと谷口は思った。幸い、彼女にはこのホテルのバーで酒をご馳走しているから、それほど悪い印象は与えていない。酒さえ飲ませたらご機嫌になるはずだ。

シモーヌは、金も無く、年をとるだけで、結局ビエンチャンで野垂死であろう。当人もパリの夢を見ながら、結局、その覚悟に違いない。してみれば、何をしゃべろうと気にすることはなかろう。あの女も、あと五、六年も生きられるかどうか。

シモーヌが死んだら、葬式はどうなるだろうと考えたのは、税関長や山本の場合と比較したからだった。費用は、古い交際の人間が諦め顔に持ち寄って出すとして、アル中の野垂死は葬儀の禁忌にひっかからないものだろうか。――

再び、谷口の眼底を光が裂いて疾《はし》った。

石田伸一の葬式は、ほとんど行なわれなかった。それは彼が旅行者だったから当然と思っていた。その通りには違いない。違いないが……

この土地の仏教徒に嫌われる死に六つの種類があると杉原謙一郎は云っていた。虎に喰われた者、樹から墜落死した者、雷に撃たれた者、そして溺死などがあった。

石田伸一の葬儀が行なわれなかった理由の一つは、彼が溺死だったからではあるまいか。

警察の発表では、たしか石田は殴り殺されて、メコン川の川原に打ち棄ててあったということだ。だが、何かの都合で、それも警察側の都合で、石田の死の発表に歪曲が行なわれていたとしたら、どうだろう。なるほど彼の死体の発見者はいる。が、警察でその口を封じるのはやさしいことだ。同じ権力が検視の警察医にも働いたとする。ここには真の意味の新聞は存在しない。当局の発表が「事実」なのである。

しかし、権力の偽装も伝統的な風習には勝てない。宗教的な禁忌が権力のボロを見せた——ということはいえないか。

石田は川の傍で殺されていた。これは水死と関連する。水死が殴殺に変えられた、とすれば、川に突き落すか、水の中に顔を浸すかして殺したという推測に到達する。

なぜそんなことになったのだろう。

谷口は、ここに着いた日、初めて会った山本に云われた言葉を記憶している。

（石田さんの死体は俯伏せになっていたそうです。上半身が水に漬って、少しすべり落ちるような姿勢だったといいます）

そうです、とか、だったと云います、とかすべて又聞きの話し方である。山本が自分の眼で見たわけではない。しかも、その死体の恰好は、他処《よそ》で殺害してきて、そこに置いたということを想像させるではないか。

もし、そうだとすれば第一現場は何処だろうか。死体は川上から流されてきたのではなさそうだ。メコンのこのあたりには中洲が多い。流れは緩慢で、ラオス側は川底が浅い。砂利取りの機械が毎日音を立てているように砂地がひろく、中洲との間をせまくしている。こっち側だと死体は発見現場に行くまで途中でひっかかってしまう。漂流するなら、川幅もひろく、河床が深くて、水勢の速いタイ領でなければならない。水死とすれば、第一現場から第二現場に運搬されてきたものである。

山本は、こうも云った。

（ぼくが石田さんに軍部の内職、つまり阿片の取引の話をしたら、だいぶん興味をもって調べたいようでしたね。調べても分りようはないわけですがね。ぼくなんかにも分りませんからね）

石田が日本を出るとき、阿片の調査は危険だから止《よ》せ、と谷口も云ったのに、石田の好奇心だか探求心だか知らないが、その調査が身を滅ぼしたのではあるまいか。

あくる日、谷口は遅く起きた。九時をすぎていた。今朝睡りに落ちたのが三時すぎだった。まだ後頭部に睡気が残っていた。

苛々させる砂利取りの機械の音はもうはじまっていた。谷口は、いまいましげにブラインドの隙間をのぞいた。すでに真昼のような太陽が照りつけている。眼が醒めたのは、光線の強烈さだけではない。椰子とブーゲンビリアとの隙間から、まるでアーチ形の額ぶちにはまったように、あの新聞売りが立っているのを見たからだった。この9号室の窓と、植物の隙間とを一直線に結んだ先に、その映像は固定していた。

谷口は、支度だけして、顔も洗わないで部屋を出た。階段ではカメラを肩につり下げているアメリカの大女に突き当りそうになった。フロントからベトナム女の事務員が顔を上げて、谷口が前を横切るのを見送っていた。

門の前に網を張ったサムロの車夫が勢いづいて手で招いた。これも大股で川岸に行く谷口をふり返っている。

谷口は売子の前に出て、ポケットから皺だらけの札を出した。三十ぐらいの男の顔はこの前と同じである。相変らずよごれたシャツと色の褪めた半ズボンとをはいている。人の好さそうなラオス人の表情で、立てた木箱の上にのせた二十部あまりの新聞から一部を黙ってつき出した。

谷口は、赤い竜のタイ語紙の日付を見た。これは数字だ。昨日の日付だった。

バンコックからくる他の新聞は、空輸だから午後六時ごろでないと昨日のものがこない。この新聞だけは九時間も早く此処に来て売られている。飛行機以外にどんな方法で届けられているのか。

いや、そんなことはこの際、二の次だった。問題はこの新聞売子である。この好人物の顔をした、貧乏たらしいラオス人はどこに住んでいるのか。

質問に、男は言葉が分らないといって首を振った。にやにや笑っている。

谷口は門の前に引返して、サムロ曳きに通訳させようかと思ったが、そのサムロ曳きも英語が十分に分らないとなると、ホテルの入口に走りこむほかはなかった。

「あそこにいるラオス人の新聞売りと話したい。通訳してくれ」

縮れ毛で、背は低いが、なかなかやり手のフロントの女に云った。女は伸び上って、真向いの榕樹の下を見た。

「新聞を買いたいんですか?」

大きな眼をこっちに向けてベトナム女は訊いた。

「新聞はこの通り買っている」

谷口は手の新聞をひらひらさせて見せた。

「ほかのことであいつに訊きたいことがある。いっしょにきてくれ」

女は横に坐っている額のひろい男の同僚を見た。男は客から頼まれた絵はがき十枚ぐらいに切手をべたべた貼りながら軽く顎をひいた。

ベトナム女はしぶしぶ谷口についてきた。新聞売りが怪訝《けげん》な顔で二人を迎えた。

「お前はどこに住んでいるのか、と訊いてくれ」

谷口は女に云って、ラオス人をじっと見た。もとから曖昧な表情なので、質問をうけてもその感情が分らなかった。

「ビエンチャンの西のほうに住んでいるそうです」

ベトナム女は気乗りのしない声で取りついだ。

「この新聞はどこで売っている」

「……朝早く、タイから野菜といっしょにくると云っています」

「そんなはずはない。これはバンコックで発行されている。昨夜のうちにバンコックを発送しなければ、今朝の市場に出す野菜とはいっしょにならないはずだ。バンコックからノンカイまで鉄道で八時間以上はかかるだろう。しかも夜行列車は無いはずだ」

「……それでも、ちゃんとこっちに新聞はくると云っています」

「だれがその新聞をお前に卸すのか、と訊いてくれ」

「……親方だそうです。名前は知らないと云っています」

「知らない？　親方の名前を知らないのか？」

「……知りません」

「お前の名前は？」

「……どうして、そんなことを訊くのか、と云っています」

谷口は詰った。

「必要があるからだ。まあ、それはいい。この新聞はこの場所だけで売られているのか？」

「……ほかにも二、三カ所あります」

「それは、どこだ」

「……朝市でも売っている、と云っています」

嘘を云っている、谷口はラオス人の表情をはじめて読みとった。様子が急にそわそわしてきた。

「ここでは新聞を毎日売ってないようだが、どういうわけか？」

「……あまり売れないから」

「あまり売れないのなら、たまにここに来て立っても余計に売れないだろう？」

「……自分にはほかに仕事があるから、気のむいたときに、ここに売りにくる」

「一週間に何日ぐらいここにくるか？」

「……一度か二度。決っていない」

「去年の九月、このホテルに日本人の紳士が泊った。その紳士もお前の新聞を買ったか？」

女事務員は谷口の顔を大きな眼で見た。しかし、その通りにラオス語に訳したようだった。

新聞売りは顔を横に振った。

「……おぼえていない、そうです」

「ふうむ。去年の九月、お前はこの場所に立って、やはりこの新聞を売っていたんだな？」

「……そうです。しかし、なぜ、そんなことを訊くのか、と云ってますが」

ラオス人の眼が光っていた。

「いや、ちょっと都合があって。……いや、どうもありがとう」

谷口も、だいたいこの辺が汐時だと思い、百キップ二枚を出した。売子は不機嫌そうな顔つきでうけ取った。

ホテルの入口に戻ってふり返ると、新聞売子は店じまいをはじめていた。

「なぜ、売るのをやめるのだろう？」

谷口の呟きは日本語だったが、口吻《くちぶり》で分ったとみえ、

「お客さんが二百キップもやったからですよ」

と、ベトナム女が英語で答えた。

谷口は部屋に戻り、窓から前を見た。新聞売りの姿は影も形もなかった。

杉原謙一郎に電話した。ふしぎと今度はすぐに通じた。

「昨夜はどうもご馳走になりました」

杉原はさきに礼を云った。

「だいぶん遅くなりましたか?」

あれから杉原は結局若い連中に伴れられて出ていった。

「まっすぐに帰りました。若い者が送ってくれましてな。いつも、醜態ばかりお眼にかけて済みません」

「いや、そんなことは……ところで、杉原さん、お願いがあるのですが」

「はあ、なんでしょうか?」

「その前にお訊きしますが、あなたは今日は山のほうに行かれますか?」

山というのは東邦建設が工事監督を請負っているダム工事の現場のことだった。

「いいえ、今日はこっちにいます。東京に送る報告や書類がだいぶん溜っているので、その整理をするつもりでいますが」

「それは、ちょうど都合がいい。お願いのことは直接お話ししたいです。これからそっちに行ってもいいですか?」

「それはかまいませんが、ぼくからお伺いしましょうか?」

「いや、こちらから出向いたほうが早いようです。あと二十分くらいして参ります」

顔を洗って、大急ぎで食堂に降りた。トーストとジュース。罐詰は日本製の二流品である。これを見るたびに日本から輸出される黒繻子《サテン》がメオ族の阿片との交換品になるという話を思い出す。

サムロで行くと、杉原謙一郎は事務室で待っていた。

「杉原さん。東邦建設の小型トラックを今夜貸していただけませんかね?」

「いいでしょう。夜は使いませんから。……けど、小型トラックで何か物を運ばれるんですか?」

「運ぶんじゃないのです。乗用車だと、ちょっと人目につくもんですから」

杉原は怪訝そうな顔をしたが、

「それだったら、ジープじゃいけませんか」

と云ったので、谷口は好都合だと思った。

「ジープなら、なお結構です。ただ、杉原さん、それは今晩というよりも、明日の夜明け前ごろの出発ですがね」

「夜明け前？　いったい、どこまで行かれるんですか？」

「遠くじゃありません。タードゥアまでです」

杉原は呆れた顔で谷口を見た。

「そんなところに、何をしに行かれるんですか？」

「夜明けごろの渡し場をカメラに撮ろうと思うんです。芸術写真ですよ。ぼくは写真のグループに入っているんですが、日本に帰ってコンテストに出すつもりです」

杉原は納得した。

「ところで、運転手ですがね。だれか若い人で居ますか？」

「そうですな。若い者は夜遊びするので、そんなに早起きはできないでしょうな。なんだったら、ぼくが運転しますよ」

「杉原さんが？」

「年寄りは朝が早いです」

杉原は笑った。谷口の希望する通りだった。

翌朝、谷口は三時半に起きた。目ざまし時計にたよるまでもなく、気持が張っているので眼があいた。昨夜のうちに、食堂でつくらせたサンドウィッチとジュースとを袋に詰め、ウイスキーの小瓶も添えたのをいっしょに風呂敷に包んでロビーに降りた。

フロントでは若い男が鍵を受取ったが、谷口の肩に下っているカメラに眼を走らせただけで、無表情だった。

ちょうど四時にジープが玄関に着いた。

「お早う」

谷口は運転席の杉原に云った。

「どうも済みませんね」

「さあ、どうぞ」

谷口が乗りこむと、ジープはすぐに出た。杉原らしい慎重な運転ぶりだった。

星が磨いたように光っている。車は国道十三号に出た。ほかに走る車はなかった。ヘッドライトがラオスの国旗と星条旗との交差した宣伝板を照らしたのを最後に、街からはなれた。道の両側に黒々とした林がつづく。

「タードゥアの朝が写真を撮るのにいいのですかの？」

杉原が話しかけてきた。

「この前、山本君と昼間行ってみたんですが、朝だと絵になるなと思ったんです。メコン川を蒼白く出して、両側の森林を黒く塗りつぶした感じにしたいのです」

「ははあ。ビエンチャンには名所がありませんからな。夕焼けぐらいですわい」

杉原のは安全運転だった。山のダムに行くのもこの通りの運転らしかった。車が一台も走ってないのだから、もう少し速力を出してくれたらいいと思ったが、目的を云っているので急いでくれとも云いかねた。

「タードゥアまで、あとどのくらいの時間ですか？」

「そうですな。三十分くらいですかの」

到着が五時ごろになる。少し遅い。あるいは間に合わないかもしれない。

——バンコックからその日付の朝刊がノンカイに運ばれてくるのは、向うを前夜の十一時ごろに輸送トラックが発ったとすると、六時間を要するとして、到着が朝の五時ごろになる。このジープの速力だと、それが目撃できるかどうかすれすれだった。

気があせっていると、ジープは急に速力をゆるめた。

「どうしたんですか？」

「間もなく兵舎の前にかかります。検問されるかも分りませんからな」

空の一角に蒼白い光が浮いていた。哨戒燈だった。

谷口は、リュウとタードゥアに行ったとき兵営があったのを思い出した。この眼で兵士が駈足演習をしていたのを見ている。つい忘れていた。

検問はなかった。金網越しにみえる兵舎の前には軍用トラックが何台もならんでいた。自動小銃を肩にした兵士が立ってこっちのジープをじっと見ていた。

また林がつづき、見覚えの小さな寺が過ぎた。タードゥアの渡しに着いたのが五時ちょうどだった。空の端がうす明るくなりかけていた。

川べりの掛小屋飲食店は戸を閉ざし、車は一台もなく、人の姿もなかった。税関の白い建物の窓も真暗だった。

杉原が遠慮会釈もなく音を響かせて車を税関横の広場に入れようとするので、谷口はあわてて止めた。

「どこか目立たないところに車をとめて下さい」

「そうですか」

「あそこがいいようです」

道路の反対側の林の前にも、昼間は食べものを売っている小さな家がならんでいた。杉原は谷口の云う通りに、少し行ったところで家の横の空地に車を入れた。いまどき、道路の上にジープを置いたのではだれに怪しまれるか分らなかった。谷口は税関のほうを眺めたが、ジープの音を聞きつけて様子を見に出る人間はいなかった。

「杉原さん。ぼくは撮影の場所を見てきます。サンドウィッチを用意してきました。お腹が空いてるでしょうから、ここで召上っていてください。ウイスキーもありますよ。あとの運転がありますから、そのへんは適宜に」

杉原に風呂敷包を渡した。

「やあ、そりゃ、どうも」

杉原は相好を崩した。

谷口は杉原を車に残して出た。わざとカメラを首にかけて川のほうに向って歩いたが、なるべく木立の下を択ぶようにした。やはり人が出てくる様子はなかった。

すぐに木立の中に入った。飲食店の掛小屋からも、税関からも離れた。川のふちに出ると、下は断崖になっていて、舟が足もとにならんでいる。

対岸ノンカイの風景が堤防の上に黒く浮んでいた。向うの税関もほの白く見えている。寺院のかたちがひときわ高かった。車も人の影も動いてなかった。

谷口は草の上にしゃがんだ。煙草も喫えなかった。夜明けの冷えた空気が顔に快かったが、シャツの下の肌に汗が出ていた。三十分経った。あたりが明るくなり、川面が紙のように白くなった。対岸の風景が影を剝《は》いできた。細部が見えてくる。車は五、六台あるが、これはここに来たときから置かれてあるものだ。輸送トラックが着く様子はなかった。人も出ていない。こっち側にも変化はなかった。夜明けだけが確実に進んでいた。車のエンジンも聞えてこなかった。

腕時計は六時近くになっていた。やはり、時間に遅れたのかと思った。タイ語紙と、何物かの交換はすでに完了したあとかもしれない。もう少し早く此処にくるんだったと後悔した。

だが、それにしてもここに来る途中、車にもトラックにも出遇わなかった。交換を終った車がビエンチャンの街に向って走っていなければならない。それも、とっくに終ったということだろうか。時間からして、そう早く済むとは思われない。

すると、交換日は今日ではなかったのか。昨日、新聞売りがホテルの前に立った。暗号はそれだと思っていたのだが、間違っていたのだろうか。谷口は考えこんだ。

一群の鳥が眼の前を飛んで過ぎた。谷口は草から立ち上った。

——何という錯覚をしていたのだろう。その日付のタイ語紙はその日にホテルの前で売られている。交換はその日の早朝に行なわれたのだ。昨日のは昨日ので終っているのではないか。

……

それなら、今朝交換があるはずはない。そう毎日はやらない。新聞も一週間に一度か二度しかホテルの前で売られていない。谷口は自分で自分を嗤《わら》いたくなった。

「谷口さん」

うしろから杉原の声がした。杉原がにこにこして歩いてきていた。

「写真は撮れましたかな？」

「ええ、少し……」

「そうですか。いやァ、朝は気持がいいですなあ」

杉原謙一郎は谷口とならび、胸を伸ばして両手を振った。

「あ、さっきはどうもご馳走になりました。サンドウィッチもいただきましたが、朝からのウイスキーも悪くないですな」

杉原は大きな声で云った。

「そりゃ、よかったですね。じゃ、ぼつぼつ帰りましょうか」

谷口は杉原に大声を出されては迷惑なので、早いとこ、この場を逃げたかった。

「写真のほうは、もう、いいのですか。ぼくに遠慮なさらないで、ゆっくり撮《うつ》してください」

「いや、もう終りました」

「そうですか」

杉原はポケットから煙草をとり出して悠々と火をつけはじめた。谷口はジープに戻るのを催促するわけにもゆかず、仕方なしに自分も煙草を出した。

「人ひとり出ていませんな。こういう景色をみると、太古のメコン川もこんなふうだったと思いますのう」

杉原が煙を吐いて云った。

「そうですね」

――もし、石田伸一が「交換」の光景を見るためにひそんでいたとするとどの辺だろうかと谷口はそれとなくあたりを見回した。やはり、この草むらの中か。それとも税関から向うに行った木立の繁みの間だろうか。あるいは渡し場につないである荷船の蔭かもしれない。この船はタイから米を積んでくるので少々大きかった。山本も目撃したかもしれない。

石田伸一が殺害された第一現場は、いずれにしてもこのあたりにちがいない。このへんの川には中洲がなく、水量も豊富で、深そうだった。ビエンチャンより下流である。下流から上流に物が流れて行くことはない。石田の水死体は、第二現場まで陸路で運ばれた。

「どれ、そいじゃ帰りますかな」

杉原が煙草を捨てた。喫い残りは少し舞うようにして、ずっと下の川に落ちた。煙草はビエンチャンとは反対方向に流れた。かなり速い流れだった。

そこを立ち去るとき、谷口は対岸を見たが、やはり何も動くものはなかった。この次はいつだろうとジープに戻りながら考えた。交換は昨日だった。一週間に二回とすれば、あと三日後だ。一回だとすれば、一週間先である。不定期だから、いつのことだか分らない。予知する方法がない。無駄を覚悟で、三、四日つづけて来て見ることだが、それにはどういう理由で杉原からジープを借りるかである。もうカメラでは困る。

杉原にウイスキーを与えているので運転が心配だったが、要心深い杉原はその点の懸念はなかった。彼は往路よりも安全運転でホテルの前に着けた。

「どうもありがとう。いずれ、お礼に伺いますから」

谷口は握手した。

「いや、お礼には及びませんよ。おかげで、ぼくも早起きして愉しかったですわい」

ジープは地響きをたててホテルの前から去った。

部屋の鍵を受けとるためフロントに歩むと、ベトナム女が来ていた。もう八時だった。

「お早う」

谷口は云った。

「お早うございます」

うしろから鍵を取った彼女は、それをさし出しながら谷口に大きな眼をむいて云った。

「あの、今朝十一時までに、このホテルを引き払っていただきたいのですが」

「何だって？」

谷口は眼をむいた。

「ぼくは、あと二週間はここに予約しているんだよ」

「申し訳ありません。ホテルの都合でそうなりました」

縮れ毛の女は笑顔も見せずに云った。

「ホテルの都合って、どういう都合だね？」

「支配人から今朝そう云われたので、わたしには分りません」

「じゃ、支配人に会いたい」

「ここには居りません。さっき、支配人が自宅から電話をかけてきたのです」

「支配人は、いつ、出てくるのか？」

「分りません。……とにかく、そういうことですから、よそのホテルにお移り願います。十一時までに」

5

オテル・アンバサドゥールの二階5号室に移った谷口は夕方まで寝た。はじめのうちこそ、オテル・ロワイヤルを追い出されたいきさつについて、出直して支配人に会い追及しなければならぬと腹がおさまらなかったが、タードゥアでの徹夜に移転がつづき、くたびれていつの間にか正体がなくなってしまった。フロントのベトナム女が黒眼鏡をかけたタイ人の車夫のサムロに乗って独立門通りを走っている。夢の中でも変だなと思ったのは、こっちにきてから日本に居るときの生活ばかりで、ビエンチャンが現われたのは初めてだった。

眼がさめると、顔じゅうが汗だらけで、背中の下になったシーツのところがじとじとに濡れていた。ここの冷房はロワイヤルよりもずっと利かない。部屋もせまくてうす汚れ、浴槽は無く、シャワーだけだった。料金が半分だけのことはあって、一流ホテルからいっぺんに旅人宿に落ちた思いをまざまざと知らされた。バンコックからしぶしぶやってくる新聞通信員が、出張旅費を倹約してドンパランの娼婦を買うための宿にはちょうどいいかもしれないが、快適を愉しむ旅行客のホテルではなかった。この前、ここのフロントで見たような為体《えたい》のしれない外人がたむろしている巣だった。

その上、この部屋は表通りではなく、窓からは一つ向うの商店街の裏がまる見えだった。ロワイヤルと違って、砂利取りのクレーンの音は聞えないが、メコン河原の展開風景もなく、ブーゲンビリアも菩提樹もなく、あるのはバラックの軒の重なり合った台所や物置やゴミや洗濯物の干したものなどごたごたの集塊だった。男と女と子供が半裸で穴のようなところを出入りしていた。

シャワーを浴びて階下に降りると、ロビーというよりもバスの待合室のようなところでは髭の濃いアメリカ人がランニングシャツ一枚でポーカーをやっていた。室内電話がないので、フロントまでいちいち降りてこなければならない。

フロントには額のひろい、眉の逼《せま》った小柄なベトナム人の男が控えていたが、とうていホテルの事務員とは見えず、煙草売りのようだった。その代り、電話はスムーズに通じて、東邦建設の事務所が出て日本人の言葉が聞えた。

「杉原さんは今朝から山にのぼっています」

若そうな男が云った。山というのはダムの工事現場だった。何時ごろ帰るかと訊くと、今夜と明日の晩は山に泊るという。年寄りだが、元気のいいことだった。

ビエンチャン書房のリュウに電話した。こっちのホテルに変ったことを云って、暇だったら来てくれと云うと、彼はそうすると云った。車を持っているから、二十分もすると彼の姿がフロントに現われた。

谷口は寝こんで昼食をのがしたので、リュウを食堂に誘った。食堂といっても、ロワイヤルの三分の一くらいの広さしかなく、時間が早いのでだれもいなかった。二人はトーストをとった。リュウもあまり腹は減ってないようだった。

ロワイヤルを追い出された話をすると、

「今日からアメリカ人の観光客が団体で入ったのです。ぼくは空港に車で迎えに行きましたから、それは本当です」

と、リュウはたどたどしい英語で云った。車持ちの彼は平尾正子に一応は雇われているが、アルバイトも抜け目なくやっていた。

「ビエンチャンにわざわざやってくる観光の場所があるのかね?」

「ワット・プラ・ケオでしょうね?」

「それとメコンの夕陽か」

「寺《ワット》を回るといってましたよ。こっちには三日ぐらい居て、ルアンプラバンに行くそうです」

谷口は、ロワイヤルの壁にかかった「仏教の国ラオスへどうぞ」のポスターを思い出した。

「昨夜は何処かに行きましたか?」

リュウが黒い顔に眼尻の皺を寄せて訊いた。谷口はどきりとしたが、ロワイヤルに居なかったことを知っているらしいので、

「杉原謙一郎さんと飲みに行った。君、ホテルに来たのか?」

と、トーストにバターを塗りつけながら訊いた。

「ホテルには行かないけど、電話しました」

「へえ、何時ごろ?」

「夜の十時ごろでしたかね」

「十時ごろだって? 何か急用だったのか?」

「マダムが、あなたの都合がよかったら、コントワールに来てもらいなさいと云ったので、電話したのです。フロントで留守だと云ってました」

平尾正子が何の用事で自分の経営するレストランに呼ぼうとしたのだろう。

「死んだ山本さんの追悼会を開いたのです。山本さんの友人ばかりが集って。この前葬式を出したばかりなのに、日本ではそういう習慣があるのですか?」

初七日のことか。しかしそれならまだ先のはずだ。

「ないことはないがね、日本人がたくさん来ていたか?」

「それほど多くはありませんでした。ドクター・大久保が見えていました」

大久保医師はこの前からバンコックに薬を買いに行っていたはずだが、帰来したとみえる。

それにしても、杉原謙一郎も自分も「初七日」に行かなかったのは少しまずかったと谷口は思った。もっとも前もって案内の声がかからなかったのだから欠席の責任はこっちにはない。

「昨夜はおそかったのですか?」

「ドンパランに行った」

「杉原さんは酒が好きですからね。けど、あの人は女にはあまり気がないようですね」

「年配だからだろうね。ぼくはとうとう女の家に沈んでしまったよ」

リュウとのたどたどしい英会話は表現の幼稚さを超え、心理的にピンポンのようにはずんでいた。娼婦の家といえば、椰子の木立が残るニッパ・ハウスが浮ぶ。竹編みの天井に舞う古風な扇風機の羽根、壁にピンでとめられた女の写真、大きな寝台。——

「チンはバンコックに行ってますよ」

リュウは谷口の回想を云い当てたように云った。彼はトーストはあまり好きでないとみえて、一きれしか食べてなかった。

「サイゴンに帰ったのではなかったのか?」

「スポンサーの税関長に死なれては彼女も浮草のように流れるだけでしょう」

ひどい英語も情緒的な翻訳となって谷口に入ってきた。

――税関長スーク・アバイ氏は阿片密輸の軍人に消されたのではないか、という疑念が再び谷口の胸にひろがってきた。それは前回よりも濃度を加えていた。今朝タードゥアの渡しに張りこんだ体験が疑惑を濃密にさせ、確信に近づいていた。すると情婦のチンがバンコックに流れて行ったのも、実はその方面の圧迫から国外に追放されたのではなかろうか。

考えてみると、スーク・アバイが死んだところで、チンがドンパランの夜に戻れないはずがなかった。彼女はアバイに情熱をもっていたわけではない。金のため一時彼のオンリイになっていただけである。保護者に死なれた結果、娼婦の生活に立ちかえったからといって、だれが軽蔑しようか。彼女にそれを恥じらうだけの誇りがあるわけもなかった。彼女がビエンチャンから退去したのは、税関長から夜の睦言《むつごと》のなかで、何ごとかを聞かされていたと勘ぐった軍人の圧力ではなかったろうか。税関長の家族には口どめできても、不安がある。

チンはバンコックの何処に居るのだろうか。谷口は、リュウなら知っているかもしれないと思ったが、いまは口に出さないほうがいい。出かかった質問を呑みこんだのは、この運転手がマダムの平尾正子につまらないことまでしゃべりそうだったからである。

同様なことは、今朝のタードゥア行についても云える。実はリュウの車を使えば何でもないことだった。金さえ出せば彼はいつ何処へでも自分の車を運転して行く。だが、この運転手に好奇心をもたれたら、たとえ口どめしたところで、話はひろがる。年寄りの杉原謙一郎にジープの苦労をかけたのはその要心からで、今もその警戒は変らなかった。

「今晩もどこかに出かけますか？」

リュウがコーヒーを飲み終って訊いた。谷口が車を使えばそれだけ彼の収入増になる。

「いや、疲れたから今夜はおとなしくベッドに寝るよ」

「面白いところがあるんですがね」

運転手はすすめた。

「女か。女はもうたくさんだ」

「これですよ」

リュウはあたりを見まわし、煙管《きせる》を口にくわえる真似をした。一瞬眼を閉じた彼の表情には現実性があった。この男も常習者だろう。白い粉を煙草に押しこんでいた黒眼鏡のサムロの車夫の姿が浮ぶ。運転手も車夫もそれほど変りはない。

「そういうところなら、山本君に一度連れて行ってもらったことがあるよ」

「ファイア・ツリーの前でしょう」リュウは心得顔に云って、眼に軽蔑をあらわした。「あそこは下等な場所です。それに、だれでも覗けますからね」

「ファイア・ツリー」のうす暗い煙の中から二人の女が大急ぎで出口に横切っていたのが谷口

に見えてきた。一人はまぎれもなくリュウの雇主の平尾正子だった。一人はシモーヌだった。仕事にあぶれた、アル中の婦人通信員が平尾正子とそれほどの友人とはあの光景を見るまで知らなかったのだが、もう一つ意外だったのは、リュウが云う「下等な」阿片窟に二人が入ったらしいことである。たしかに二人はバーの真向いにある倉庫の路地に消えている。シモーヌも平尾正子も阿片の常習者なのか。が、谷口が実際に見たあの小屋の中の情景と、二人の女とは一致しない。それを人違いときめてしまえば何でもないが、眼に残ったあの煙の中の影には特徴があった。

いま、リュウがもっと高級な阿片窟と云ったので、谷口は二人の女が消えたのは貧民が煙を吸いに集るあの小屋ではなく、もう一つの立派な場所ではないかと思った。それも、同じ近所にある偽装された施設である。すると、路地をはさんでいる倉庫が眼に浮んだ。商社の倉庫で、堅固な、大きな建物だった。あの中に地下室でもあるのか。——

このとき、奇妙な現象が起った。この食堂に当のシモーヌがふらふらと入ってきたのだった。その身体が揺らいでみえたのは、彼女のふだんの印象が眼を錯覚させているからで、実はアルコールが入っているわけではなかった。だから彼女の眼のふちは黒ずんですぼみ、艶のない皮膚は皺で波うち、そばかすが浮き出た、ひどくきたならしい婆さんになっていた。しかし、実際は彼女はまだ五十そこそこであるという。

シモーヌがここのダイニングルームに入ってきたところでふしぎはない。彼女はこのオテル・アンバサドゥールの主《ぬし》であった。谷口のほうが新米だった。が、彼女はこっちには気づかず、かなりはなれた向うのテーブルにひとりで坐った。ホテルの主にとっては、だれがそこのテーブルに居ようと、ことごとく彼女よりは新入りなので、悠然と無視していた。彼女はボーイを眼で呼び、何かを命じたあと、その視線を前のままに正面から動かさなかった。その落ちつき払った様子は、ほかに一人も他社の特派員は滞在していないのだけれど、この土地での先輩ジャーナリストの威厳さえそなえていた。彼女との間はテーブル五つくらいの距離はあった。

リュウは横眼でシモーヌを見たあと、腰を浮かせた。邪魔が入って興を殺《そ》いだのか、それとも今夜は谷口が動かないとみたか、あるいはその両方かもしれないが、そそくさと椅子から立った。

「じゃ、明日の朝でも電話しましょう。用事があったら、すぐに車で来ますよ」

リュウが出て行くときも、シモーヌは一瞥《いちべつ》も与えず、テーブルの上に両手をのせ、パリの街頭でも眺めているような眼つきでいた。その先にはロビーを仕切った羽目板の壁があるだけだった。

袖口がうすよごれている白服のボーイがにやにやしながらコーヒーを盆にのせてシモーヌの前にくると、意外なことにそれを谷口のテーブルに運ぶように彼女は手真似した。実は彼も運転手が出て行ったあとひとりになったので、凝然と姿も崩さぬシモーヌに話しかけたものかどうかためらっていたときなので、思わず彼女のほうを見ると、シモーヌはやおらテーブルの前から起ってこっちに足を運んできた。うすい白髪まじりの乱れたブロンドの下には疲れた微笑が浮んでいた。

「あんた、このホテルに引越してきたんだってね。フロントで聞いたよ」

と、谷口の真向いに坐ったシモーヌは、谷口がフランス語に貧弱なのを知っていて、濠州なまりの英語で話しかけた。

「オテル・ロワイヤルに前から予約のアメリカ人観光団が入ったのでね」

はじめだけ居ずまいを直して谷口は答えた。

「あんたは追い出されたのさ。アメリカ人の観光団なんか入ってないよ」

シモーヌは真紅の唇を開けて笑った。顔に化粧がなくとも、ルージュだけは濃いので、よれた豚の皮に血を塗っているようだった。

「観光団が入ってないって？　そんなことはない。ここにいたコントワールの運転手もそう云ったよ。運転手はホテルのことに詳しい」

谷口は、シモーヌの言葉のほうが本当だとは思いながらも一応は云ってみた。彼女は顔をしかめ、両肩をすくめただけで反論は試みなかった。もっともそのとき彼女の毒々しい唇は牛乳で真白になったコーヒーをすっていた。アル中のシモーヌが夕《ゆうべ》のテーブルで香りもなにもないカフェ・オ・レを飲んでいる。よほどしけているらしかった。運転手が立去ってすぐにこっちのテーブルに寄って来た理由もだいたい読めた。

「シモーヌさん。今晩は暇かね？」

谷口はこっちから彼女を誘った。慈善で飲ませるのではなく、酒を馳走してご機嫌になったところで平尾正子のことを訊きたかった。これまでは、この土地に長く残留している女通信員としてさまざまな事情に通じているので、話を聞きたいとは思っていたが、平尾正子とは友人だったと知ると、それに特殊な興味も加わってきた。

「あいにくと今夜は時間が塞がっているね」

シモーヌは白いコーヒーをかきまぜながら云った。

「わたしの友だちが送別会をしてくれるのでね」

「送別会？　だれの？」

「わたしのさ」

谷口はおどろいて、シモーヌのざらざらした顔を見た。皺に包まれた眼にはようやく光が点じてみえた。灰色の山襞《ひだ》にかこまれた小さな湖——彼女の蒼い瞳がその風景に映った。

「それじゃ、いよいよフランスに帰るのかね？」

「わたしもこんなところで年齢《とし》をとってしまったから」

「おめでとう、シモーヌさん」

「ありがとう。だけど、それほどうれしくはないね。わたしはこの土地で酔っ払って心臓麻痺か何かでぽっくりと死ぬつもりでいたんだからね。いまさらパリを見たいとは思わない。帰ってもパリはわたしを他人としてしか見ないからね。姉妹は死んでしまっていないし、甥や姪はわたしを知らないよ。でも、折角すすめる人があるから、腰を上げるつもりになったのさ」

旅費を出す人物が現われたらしい。このアル中の老女に帰国のその費用を与えるのはだれだろう。もしかすると、このビエンチャンにいるフランス人たちが、自分たちの体面のために金を出し合ったのかもしれない。あるいは「国辱」だというので、フランス大使館が、その音頭をとったのかも分らなかった。

「送別会はどこでやるのかね？」

コントワールだったら、平尾正子も醵金《きょきん》の有志の一人であろう。あのレストランをのぞいたら、彼女の帰国を取り計らった顔ぶれが分る。

「アメリカ人の家さ。わたしの友だちでね」

谷口の見当は違ったが、帰国を前にほうぼうで彼女に別れを惜しんでくれる。彼女はこの土地の古顔なのである。日ごろは相手にされなくても、国に帰るとなれば惻隠《そくいん》の情を持たれるのであろう。なかには厄介払いの意味もあるのかもしれなかった。

「帰国はいつになる?」

「三日あとさ」

「三日? そりゃ早い」

「荷物は何もないからね。九年前にビエンチャンに着いたときと同じように、スーツケース一つだけさ」

「九年前……」

「一九六〇年さ。その年の夏に空挺隊長のコン・レ大尉がビエンチャンでクーデターを起したというので、わたしはパリからまっすぐこっちにやってきた。そのとき、首相のソムサニットら政府首脳部は前国王の葬式の支度にルアンプラバンにみんな行っている留守だったからビエンチャンは大騒ぎさ。コン・レ大尉はプーマを首相に指名し、プーマは右翼のノサバンと左翼のキニム・ポルセナとを入閣させて、連合政府をつくろうとしたが、ノサバンが南のサバナケットで革命委員会をつくった。これをアメリカとタイがあと押しをする。で、プーマはソ連と外交関係をつくり、ソ連はプーマを援助する。この辺は、お前さんも、古新聞やものの本でよんで知ってるだろうけど、わたしはノサバン軍がビエンチャンを攻撃してきたときに居たんだからね。弾丸のとび交う中を駈けずり回って取材したものさ。ル・モンド紙には、わたしの通信がフロントのトップを飾ったね。イギリスの新聞だってアメリカの新聞だって、わたしの通信を奪い合いさ。バンコックにいる通信員の連中はもたもたしてこっちにくるのが遅かったよ」

シモーヌの蒼い瞳の湖に夕陽のような思い出の光が輝いた。

「それからも、わたしはずっとビエンチャンに腰をすえていたからね」

シモーヌは、うっとりとした声でつづけた。

「プーマはカンボジアのプノンペンに逃げ出す。そこに三カ月いて、ジャール平原のカンカイに行く。ノサバン軍はコン・レ軍をビエンチャンから北に敗走させて、十六日間ビエンチャンを制圧したね。そのコン・レ軍はジャール平原でパテト・ラオ軍と合流してプーマ亡命政権につく。カンカイのプーマにはソ連が武器の援助をする、ビエンチャンでノサバン将軍が推しているブンウムはアメリカが援助する。ラオスは二つの政府が出来て内戦になったがね、結局、プーマがノサバン軍を南部に押し戻してビエンチャンに帰ってきた。あとは、あんたも知ってる通りラオス中立のジュネーブ会議さ。そうなると、各国の特派員どもは薄情なものでビエンチャンからみんな引きあげて行ったね。酒と女ならバンコックやサイゴンがずっと面白いからさ。わたしはラオスが好きでここに居残ることになったけど、頼まれて連中の穴埋めの仕事をしてやったよ」

シモーヌが特約の通信員をはずされ、単に種を買ってもらうだけの通信員に落ちてゆく生活は、いまの彼女の口からは語られなかった。

「コントワールのマダムとはその時分からの知り合いかね？」

「あのマダムは此処ではわたしより旧いよ。一九五三年の秋にはもう来ていたのさ。フランス・ラオス友好条約による完全独立の年だからね」

「五三年とは古い。こっちに日本大使館ができたのが五五年だったはずだ。もちろん日本から経済技術援助が供与される前だから、日本人は一人もビエンチャンには来ていなかったろう。多分、旧日本軍の逃亡兵を除いてはね。マダム・平尾は、日本人の居ないビエンチャンにだれを頼って来たのかね？」

「日本人には関係なかったことさ」

「どうして？」

「Because, she is not……」

と云いかけてシモーヌは、急に口をつぐんだ。谷口は彼女の閉じた唇の中に突然消失した補語の行方を見つめた。どうして？ Whyと問うたとき、Becauseと自然に口に出るのは英語の癖である。シモーヌはうっかりとビカーズと云い、それにあとの答えの文句をつり出されようとしてあとを呑みこんだのである。She is not……何なのか。シモーヌは、平尾正子が何でないと云いたかったのか。

平尾正子がビエンチャンに来たのは「日本人と関係なかった」こととShe is notで消えた補語とがどう関連するのかである。この二つの語に、かかりむすびがあることはBecauseでつながれていることで明らかだった。

シモーヌは時計を眺めてそわそわと立ち上り、招待に出むく支度をしなければいけないと云った。彼女が素面《しらふ》でいるのは、そのパーティに出席するためだったのだ。谷口も自分の部屋に引きとるため階段を彼女といっしょに昇ったが、シモーヌは彼が5号室の前に立ちどまるのを見て、

「おや、お前さんこの部屋かね。わたしは隣だよ」

と、6号室に入って行った。

安ホテルで、建築が古いから防音装置は完全でなく、隣のシモーヌの動作が、まるで筒抜けに聴えた。床を歩き回る音、戸棚を開け閉めする音、ドアの音、シャワーの音が順序を立てて仕切りの壁から入ってきた。白い壁は鼠色と変り、隅に蚊が群がっていた。いちいち聞耳を立てているわけではないが、シャワーの音が済むと、しばらく静かになった。彼女は化粧にとりかかっているらしかった。瓶の音が小さく鳴って、ときどき咳をしていた。

谷口はShe is not……の行方をまだ追っていた。シモーヌは平尾正子とは友人のようだ。平

尾正子は彼女よりもビエンチャンに七年ほど早い。あとからきた彼女が平尾正子と親しくなったのだろうか、以後九年間につきあいがあった。もっともシモーヌはその友情の程度については明言しないが、バー・ファイア・ツリーの暗い煙の中をよぎった二人の影から想像してもそうとしか考えられない。それならシモーヌは平尾正子のことはかなり詳しく知っているはずである。「彼女は××ではない」の欠語が平尾正子のプライベートに亙《わた》っているのであろうことは想像できた。あるいは、その辺から彼女の雇い人だった山本の死の原因の緒《いとぐち》が見つかるのではなかろうか。

しばらくすると隣室のドアが大きく閉る音がし、すぐに谷口のドアにノックが聞えた。顔を出したシモーヌは見違えるほどの厚化粧をし、真赤なドレスを着こみ、皺だらけの頸に一連の真珠の首飾りをつけていた。ドレスも首飾りも、こうした場合にとっておきの一張羅のものらしかった。ブロンドは体裁よく掻きあげられ、五体からは香水が匂っていた。

谷口が半分本気になって驚嘆すると、彼女はうれしそうに笑い、迎えの車がくるまでこの部屋で話してもいいかと云った。谷口はもちろん歓迎した。

「わたしはあと三日したらビエンチャンを出発するけど、あんたはいつまで此処に居るの？」

シモーヌは谷口がさし出した煙草を毒々しいくらい赤い唇にくわえて訊いた。

「ぼくも、ぼつぼつ引きあげるつもりだがね。あと一週間くらいかな」

「いったい、あんたは何の用事でビエンチャンなんかに来たのよ?」

「見物さ」

「見物ならルアンプラバンには行きそうなものだがね。ろくに見るところもないこんなビエンチャンにへばりついているのは、去年殺されたあんたの友だちの事件をあんたが調べにきたというもっぱらの噂だよ」

「調べたところで分りようのないことだろう。まあ、友人が死んだ土地をよく見ておきたい気持はあるがね。それもわざわざじゃないよ。バンコックからアンコール・ワットを見て、ついでにこっちに回ってきたのさ」

「観光なら早いとこ日本に帰ったほうがいいよ。事故が起らないうちにね」

「そのつもりでいる。しかし、クーデターでも勃発しない限り、事故はないと思っているがね」

「好奇心を働かせすぎると事故が起るかもしれないよ。この国では好奇心にも悪魔《ピー》が宿っているというからね」

「警告かね、シモーヌさん?」

「忠告さ、ムッシュ・谷口」

「ありがとう、マドモアーゼル・シモーヌ。正直なところ、ぼくはこの土地で殺された友人の石田の事件について多少の興味をもってこっちにきた。興味を、あんたの云うように、好奇心におきかえてもいいがね。悪魔《ビー》の呪いを少しでも少くするために、あんたがぼくの好奇心について少しでも答えてくれたら恩に着るんだけどね」

「わたしは何にも知らないよ。そりゃ無理だね」

「あんたはこのビエンチャン駐在に長い通信員だ。事件が起った当時、取材に動いたと思うけどな」

「わたしが取材で動くのは、国の政治クーデターか戦争さ。日本人の殺しなんぞ通信を送ってもどこの新聞社もボツにするだけだよ。お金にならないことをやってたら、食ってゆけないよ」

「シモーヌさん。あんたは石田の殺された事件では何かを知っているはずだ。三日後にパリに発つ前に、ぼくに置き土産をくれんかね。お願いだが？」

シモーヌは煙草をふかしつづけてしばらく返事をしなかった。山襞にも似た皺に包まれた蒼い瞳には湖上を過ぎる風のようなものが揺れていた。谷口はひたすら湖面の波立ちを見つめていた。彼女のその瞳はとうとう彼の視線の先に静止した。

シモーヌは腕時計を眺め、不意に部屋を出て行くと大きなドアの音を立てて隣の自室に入った。谷口が聞いたのは、机の抽出しを開ける音だけで、ときどき椅子を引く音がする以外、沈黙がつづいた。

それは三十分は確実にかかったと思われる。途中で、フロントのベトナム男が6号室を叩き、迎えの車が来ているとぞんざいに告げて階下に降りて行った。

シモーヌが顔をこの部屋のドアの間から出した。

「わたしは出かけてくるからね。どこにも行かないで退屈しているのだったら、この本でも勉強していなよ」

小型の、うすっぺらな黄表紙の本で、中央に三頭の象がかたまっていた。三頭で百万の象を象徴する。その下に「LAO CONVERSATION」とあった。中をぱらぱらとめくると、粗悪な紙にラオス語と英語がタイプ印刷してあった。簡単な「ラオ・英会話」だ。ラオ文字はアラビア風なドジョウが踊ったような字だが、これがアルファベットで表記されてある。

シモーヌはこの小型本を投げこんで、階下に足音を消した。谷口が急いで階段を半分降りて見ると、ちょうどそのとき中国人らしい運転手が、シモーヌのために鄭重に車のドアを開けているところだった。車は最新型シボレーなのでアメリカ人の「友人」が寄越したものらしい。

この土地に長くいるならともかく、こんな「ラオ・英会話」をもらっても仕方がないと思いながらも、谷口は部屋でページをめくった。シモーヌにしたら、これを九年間も用に立てたのかもしれない。これが彼女の「置き土産」なのか。

そのうち、谷口はこの本を前にどこかで見たような気がした。が、どうも思い出せない。もしかすると、表紙の「百万の象」に眼が惑わされているのかもしれなかった。この国旗の意匠はビエンチャンの公共の場所ならいたるところにかかげてある。青空市場の前の中央郵便局にもあった。オテル・ロワイヤルの青い屋根の上には、赤地に白象があるときは風に翻《ひるがえ》り、あるときはブーゲンビリアの葉先のように垂れ下がっていた。その印象がこの本まで見たことがあるように錯覚させているのかもしれなかった。

ページを繰ってみると、会話の形式は例えばこんなふうに出ていた。

——Which hotel? (LOUHNG^3 LABHM^3 DAI^2)

——How much? (THAO^2 DAI^2)

——Oh, expensive! Make it 300 kips. (HOOAY^3 PHABHNG^3 THAB^5 SAHM^4 LOHY^5 SA^2)

カッコの中がラオ語だが、単語の端に付いた1とか4とかの数字は、本書の例言によると語勢《トーン》を表わし、これが6まである。中国語の四声に似た発声があるらしく、たとえばKHAI^{2}はchickenで、KHAI^{4}はto openで、KHAI^{6}ならfeverの意味となる。1—6までの発声法は巻頭に見本《サンプル》が示してあった。

テキストの会話は終りになるほど複雑だが、英語のほうは簡単で、たとえば、“What movies are on tonight? They are showing a Thai film at…. When does it start? One from

seven and the other from nine."などとなっていた。
谷口はぼんやりとこうした字を眼で追っていたが、それぞれの単語の下には鉛筆で線が引かれているのが見えた。たとえば"They（KHA^{3}）from（TABH^{2}）"などの下にその鉛筆がある。そのアンダーラインがかなり多いのである。シモーヌ婆さんの勉強のあとを見て、谷口も微笑した。ラオスでは、学校教育をうけた者ならたいていフランス語を話す。げんに山本が下宿していたラオス老婦人が流暢なフランス語を話していた。シモーヌはフランス人だからこの点には苦労はない。それがなぜ「ラオ・英会話」の本を持っていたのだろうか。ラオスでは英語があまり通じないはずだった。フランスの旧統治下だったインドシナ半島全体がそうだし、中近東諸国についても同じことがいえる。ビエンチャンで「ラオ・英会話」が必要なのは、隠された軍事顧問団として来ている何千人かのアメリカ人とその家族だけであろう。旅行者には、よほどのもの好きでない限り、ほとんど必要はない。

谷口は、ようやくこの本を前にどこで見たかを思い出した。ビエンチャン書房の中だった。しかもここに着いたばかりの日で、バンコックから乗ってきた飛行機で隣り合せたアメリカ人が店内をうろついてあげくに何も買わなかったようにして出て行った。飛行機ではアメリカ人だと思いこんでいたオーストラリア人のペティ・ブリングハムだ。オテル・ロワイヤルの9号室で扼殺された男だ。その男が本屋から出て行くとき、手に持っていたのが、たしかにこの本だった。あの際、生憎と杉原謙一郎が日本に残している子供のために絵本を買いに来たのでそっちに気を取られて、ブリングハムは素見《ひやかし》だけでビエンチャン書房を出て行ったと思っていたが、たしかにあの男はこの本を買って行っている。山本は杉原謙一郎と話していたから、売ったのはラオス人の女店員だった。

この「ラオ・英会話」はペティ・ブリングハムのものかもしれない。いや、きっとそうだと谷口は思うようになった。あのとき、ブリングハムと時を同じくしてシモーヌが本屋に入ってきたではないか。あれは偶然だろうか。二人は何も挨拶せずにまったくの他人どうしにみえたが、それをそのまま信じたものかどうか、そのへんまで彼には疑わしくなってきた。

シモーヌがいつこのテキストをブリングハムから贈呈をうけたかは分らないが、少くとも彼がオテル・ロワイヤルの9号室で横死を遂げる以前だったことはたしかである。まさか遺品《かたみ》分けしてもらったわけではあるまい。

谷口は、鉛筆の線を見て行った。これがブリングハムの勉強のようにもみえる。オーストラリア人はフランス語を知らなかったのかもしれない。が、それにしては、その鉛筆のあとが妙に新しく見えた。すると、さっきシモーヌが部屋の中で三十分も静かにしてその間に迎えの車を待たしてまで、とりかかっていたのは、この鉛筆の傍線引き作業だったように思えてきた。

アンダーラインのところを眺めていると、傍線は単語の下だけになっていて、会話としての連絡がなかった。むろんボキャブラリイからおぼえるのは当然だが、それにしても連続した句《フレーズ》の下には何も鉛筆の印がなかった。会話のスタイルを暗記しようとするものにとって、これは変則というよりも無知な方法であろう。

谷口はこのテキストの鉛筆の線がまったく無意味なところにあるのに気がついてきた。出てくる同じ単語に何回もアンダーラインがある。記憶の確実のためにしてはうるさいくらいだし、単語の綴りのアルファベットにも一字か二字だけ鉛筆がついている。I lived there for two yearsなどはまだいいほうで、I am singleだとかPictureとかmoonとなると、これが何かのスペルを分解した字だと分った。谷口は第一頁から、というのはアンダーラインの最初のページからが書き出しだろうと思って、鉛筆の字だけを拾ってみた。《They ever have lived in Rangoon during the war.》との成句を得たときは、谷口は全体の解読に急に熱心になった。

《彼らは曾《かつ》て戦争中、ビルマのラングーンに居住していた。彼ら在留オーストラリア人は日本占領軍に協力してきたが、日本軍が敗北し、英軍がビルマを奪回する直前、彼らは英軍側に寝返り、ラングーン在住の多くの日本軍人や民間人をスパイ犯罪で密告した。そのため日本人の間に多くの犠牲者が出た。彼らはその後ラングーンから立退き、各地を転々としたが、絶えず処刑された日本人遺族からの復讐をおそれていた。日本が敗戦した一九四五年、当時幼児だったものも現在では青年または壮年期に達しているからである》

シモーヌが自己の筆蹟を遺すことなく、「ラオ・英会話」テキストの文字からつくりあげたこの一文をどのように解釈したらいいだろうか。

Theyとは誰のことか。複数のオーストラリア人では谷口に見当もつかなかった。

ペティ・ブリングハムはたしかにオーストラリア人である。が、彼がオテル・ロワイヤルで殺害されたのは、ラングーンで彼のために密告された日本人犠牲者の遺族の復讐であったろうか。その犯人は未だに発見されないが、その殺害現場にいちばん近い6号室にいた日本人は、俺だったではないかと谷口は肝が冷えてくる思いだった。もし、こんな文句が云いふらされていたら容疑者の第一号になるところだった。

あのときは、ほかに大久保医師と杉原謙一郎とがいた。ちょうどその真夜中に胃痙攣が起きて、二人にホテルにきてもらった。両人が帰って行くときに9号室のオーストラリア人が殺害されていたかどうかは分らないが、あるいは死亡時間帯の中に入っているのではあるまいか。しかし、あの二人は《青年》でも《壮年期》でもない。初老の人間だ。それに両人が廊下の帰りがけにちょっと9号室に侵入し、オーストラリア人を扼殺して帰って行ったという想定は、まったくのナンセンスである。

第一、ペティ・ブリングハムは単独であった。複数の片われだったという推測もなりたたないではないが、それにはブリングハム氏が第二次大戦中、ラングーンに在住し、情勢のいいときは日本軍に協力し、日本軍の旗色が悪くなると英軍に寝返って日本人をスパイとして売ったという過去が立証され、それが前提になっていなければならない。それを知ることは不可能だった。

これは谷口の予感だが、シモーヌの表現するTheyとは、どうもブリングハムを含めていないようであった。文意からすると、この複数の代名詞は旅行者ではなく、このラオス、それもビエンチャンに在住している感じであった。では、在留のオーストラリア人を片端から洗ってゆかねばならないが、これも困難なことである。

しかし、谷口はシモーヌのこの文章がなんら彼の質問の回答になってないのに少々腹が立った。谷口はこう云ったのだ。石田伸一の殺害事件についてシモーヌは何かを知っているだろう。置き土産にそれを聞かせてくれとたのんだのである。シモーヌはもの思わせぶりにブリングハムからもらった会話のテキストで暗号もどきに文章を綴ったが的はずれなものだった。招待の迎えの車が来ているのに三十分もかかっての労力だった。これだけ「作文」するのだってかなりな面倒である。アル中のシモーヌは脳細胞がもう変になっているのではないかと谷口は疑った。

だが、この文章をまったく無視できないいくつかの要素があった。一つは、シモーヌがオテル・ロワイヤルのオーストラリア人と何らかの関係にあったらしいこと、一つはこの土地に旧い平尾正子と親しいので何かを聞いているらしいことであった。たしかにシモーヌの「取材」の中には、ビエンチャン政府要人や軍の将軍連と親密な平尾正子の情報も含まれているようであった。

それにビエンチャンで殺されたのが石田伸一と山本実だった。どちらも日本の敗戦時には幼児だった青年である。これはラングーンの復讐とはまったく因縁のないことだが、偶然の相似性はある。

杉原謙一郎は山のダム工事現場に行って居ないし、谷口は食堂に降りてひとりでウイスキーの水割りを飲んだ。自由港《フリー・ポート》の此処はジョニ黒一本が日本の三千円くらいで買えるから、洋酒だけは安い。ロワイヤルと違い、このホテルは客筋が悪く、アメリカ人やフランス人がカウンターでドル札をやりとりしてダイスをやっている。谷口が近寄らずにいると、向うはじろじろとこっちを見ていた。

酔いが回ったのと、昨夜の徹夜の疲れが抜けず、部屋に戻ってベッドにそのままの恰好で横たわると、いつの間にか眠ってしまった。そうしてどのくらい経ったか分らないが、ドアが音高く叩かれたのに眼をさました。谷口が起きてドアを開けるとシモーヌが真赤な口をいっぱい開けて、よろよろして立っていた。

「もう帰って来たのか。ずいぶん早く済んだものだね」

谷口が云うと、シモーヌは、

「お前さん寝ぼけているね。いつもよりわたしは早いご帰館には違いないけど、いま、何時だと思うのかい？　もう夜中の二時を回っているよ」

と、彼女は両手を扇のようにひろげ、酒臭い臭を吐きかけてきた。谷口が時計をたしかめると、なるほど針は二時十分のところを指していた。

「そんなに遅いとは知らなかった、シモーヌさん。送別パーティは気に入ったようだね？」

「ああ、愉快だったね。アメリカ人は好きでないけど、酒をいっしょに飲んでいるぶんには、連中はおっちょこちょいだからね、けっこう面白かったたね」

シモーヌが入口の廊下で大声を出すので、谷口は近くの部屋からの抗議を懸念した。それに、あのことを早く訊きたかったので、この部屋に入らないかと誘った。

「酒はあるの？」

「部屋にはない」

「酒無しではここに入ってもつまらないね。わたしの部屋においでよ。ブランデーがあるよ」

「まだ飲むのか？」

「わたしはよそで飲んで帰っても、部屋で自分のでいっぱいやらないと寝られない性質《たち》でね」

おいでよ、というようにシモーヌは外国人らしい身ぶりで顎をしゃくり、自分でさきに歩き出した。ドアが閉る音はしなかった。

谷口は服を着かえて隣室の前に行き、入口から小さく声をかけた。入れというので、ドアを開けたままにして、部屋の中にすすむと、シモーヌも支度をかえていて、裾の長いパジャマを着て、ベッドの端にかけていた。小さなテーブルを横に出して、ブランデーの瓶とグラス二つとを置いていた。

部屋の構造はもちろん同じだが、こっちのほうが狭くみえた。というのはトランクが三つ転がっているだけでなく、衣類や本や雑誌や、そのほかこまごました世帯道具ともしれないものが散乱し、部屋の半分ぐらい足の踏み場もないありさまだった。それに衣類は脱ぎ放しにしたのやひろげたのや、まるめたのがいずれも派手な色のものばかりなので、まるで、自堕落な若い女の部屋に入ったようだった。

いま着て帰ったドレスも床の隅に脱ぎ放しになっていた。酒と安香水と動物の体臭とが混淆《こんこう》した一種異様な臭いが鼻にきた。乱雑さには呆れるが、とにかくこのガラクタは彼女の九年間の生活の堆積であった。旅行者の部屋と、長いこと住みついている人間のそれとは、さすがに大きな相違があった。

椅子は、鏡がはめてある壁の前の机のところに一つしかなく、それが客の谷口に与えられたから、シモーヌはベッドの端に腰かけて訪問者と相対することになった。彼女はグラス二つにブランデーを注ぎ、開いているドアに眼をやって、落ちつかないから閉めてきてくれ、と谷口に云った。

「だけど、婦人の部屋を訪問してるんだからね。しかも深夜にさ」

「わたしを女だと思ってくれてるのかい」

と、シモーヌは手にもったグラスが傾くほど大口を開いて笑った。厚化粧を落してないから白粉がまだらに剝げ、額と鼻の上には脂汗が浮き、眼ばかりぎらぎら光っているような状態で、なんとも奇態であった。

谷口がドアをぴったり閉めて戻ると、シモーヌはそれで落ちついたというように、にっと笑い、グラスを彼に持たせて同時に口をつけた。

シモーヌがだいぶん酔っ払っているので、谷口はこの機会に彼女から相当なことが聞けると思い、表面では彼女に調子を合せながら方策を練った。聞きたいことはいっぱいあった。が、下手に云い出すとかえって逆な効果になるし、といって、このまま様子ばかりうかがっていてはアル中の彼女のことで正体がなくなりそうだった。で、結局は「ラオ・英会話」の「成文」から直接入ることにした。

「シモーヌさん。さっきの暗号通信文はどうもありがとう。解くのも手間がかかったが、線を入れるほうも面倒だったろうね。ところで、あの中にあるTheyというのは誰たちのことかね？」

谷口がブランデーをグラスの中でゆさぶりながら口を湿しているのに、シモーヌはがぶがぶと飲んでいた。

「そんなこた知らないね。あんたが自分で考えてみなよ」

「オーストラリア人のようだが、複数は二人かね、三人以上かね？」

「複数は二人から以上は無限だからね、それも考えなよ。わたしはTheyというよりほかに知らないね」

「彼たち？　彼女たち？　それとも両者の混合か？」

「地球の住人は半分が男で、半分が女だからね」

シモーヌの抽象的な云い方がありふれているだけに谷口の耳を素通りした。

それ以上、その点にこだわっても答えが出ないと知って谷口は問いを変えた。

「シモーヌ」谷口は少し酔ってきたが、実際以上に酔ったふりをして、女友だちのように呼びかけた。「あんたがシドニーに居たのはいつごろかね？」

シモーヌは谷口の顔をぼんやりとした眼つきで眺めた。その瞳には訝《いぶか》るような、当惑したような、迷いの色が出ていた。

「あんたに、そんなことを話したかね？」

「話したさ。オテル・ロワイヤルのスナックバーでさ。四日ぐらい前にさ。ほら、中央地区司令官のルン・ボラボン将軍も平服で部下といっしょに飲みに来ていたじゃないか。軍人連中はほかのボックスだったがね。思い出しただろう、そのときビエンチャン書房の山本君もぼくといっしょに来ていた。もっとも彼は先に帰ったから、あんたをぼくのテーブルにお招きしたがね」

「それは覚えてるけど、話のほうさ」

「あんたは、ぼくに話したよ。いまでもフランスのAFP、アメリカのAP、UPI、NANA、ロンドンタイムズ、それにオーストラリアのトリビューンに通信原稿を送ってるってね。そのとき、シドニーにも居たと云ったよ。いやだな、酔ってて忘れたのかね」

あのときシモーヌは中近東やオーストラリアや東南アジアを新聞通信員として歩き回ったと云った。オーストラリアだったらシドニー駐在にきまっている。また、彼女が「東南アジアを歩き回った」と云った言葉も、この際、大事な記憶となった。

「シドニーにわたしが居たのは、一九四三年から二年間だったね」

彼女は気のすすまない声で答えた。

「戦争中だな?」

「そうよ。でも、シドニーには戦争はなかったから、退屈な二年間だったね」

「その退屈なときに、オーストラリア人のTheyと飲み友だちになったというのかね？」

「うまいことひっかけてくるね、坊や」と彼女は眼をすぼめてにやりと笑った。「そのときの飲み仲間にも、ポーカーの仲間にも、その連中（They）が居なかった、と云ったら、あとはどういう質問に変えるのかね」

「よろしい、じゃ、訊くけどね、あんたがラングーンに居たのはいつだな？」

「わたしがラングーンにいたとは話してないよ」

「シモーヌ。あんたは酔ってるときに云ったことは、みんな忘れてしまうんだね。あのときに云ったよ、中近東にも……もっとも、中近東はどの都市とは云わなかったがね、けど、シドニーとラングーンとはあんたの駐在地としてたしかにあんたは名前を挙げたよ。ぼくは気をつけて聴いていたから、今もしっかりと耳に残っている」

あのとき、シモーヌはたしかに東南アジアと云っただけだが、彼女の呉れた「ラオ・英会話」からの組立て文章よりすると、彼女がラングーンに居たことは確実だと谷口は思った。

シモーヌは髪の毛を散らして首を左右に振り、ジーザス・クライストの名を忌々《いまいま》しそうに口にした。「あたしを欺すんじゃないよ。その手に乗るもんか。お前さんの狡いのには呆れるね」

彼女はブランデーを呷《あお》ると、谷口の前に人さし指を立て言葉の切れ目ごとにその指を動かした。

「いいかい、聞きなよ。あのラオ・英会話の本はね、わたしが今夜アメリカ人のお別れパーティに呼ばれて行ったから、その間、あんたが退屈するだろうと思ってクロスワード・パズルにつくってあげたのさ。間違えないでもらいたいね。パズルの問題は、わたしのフィクションさ」

「オーライ」と、谷口もすぐに応じた。「それじゃ、ぼくのフィクションも聞いておくれ、シモーヌ」

「どういうのだね？」

「ここに一人のフランスの婦人通信員がいた。彼女は戦時中、シドニーに駐在した。そこでオーストラリア人とのつき合いが出来た。戦争が終った後、彼女はビルマのラングーンに移った。その地では、ラングーン在住の或るオーストラリア人たち（They）が占領中は日本軍に協力し、日本軍の敗北後は、日本軍人や在留日本人を英軍に売り渡した。そのオーストラリア人たちは日本の敗色が濃くなったころから、英軍に日本軍の情報を送っていた。だから、彼らは戦争末期にはダブル・スパイだったわけだな。なぜなら、日本人を売り渡すには、それだけ日本人の動静を前から知っていなければ出来ないことだし、英軍が彼らの言葉を信じて日本人を処刑したのは、彼らが英軍に忠誠を尽していたからだ。要するに、そのオーストラリアの連中は、英軍が戻ってきたラングーンに、ひきつづき居心地よく暮したいため、その卑劣な行動をとったのだ」

「ふん、それから？」

「しかし、さすがにその連中（They）は寝ざめが悪くなった、その卑怯な行為から、案外イギリスの駐在機関に冷たくされたかもしれない。また、現地の人たちの評判を落した。それに日本人からの憎悪も買った。そんなことで、連中はラングーンに居られなくなり、ほうぼうを歩き回った末に、現在ではこのビエンチャンに居る。……シモーヌ。あんたは連中がビエンチャンにくる前から知り合っていた。そして、あんたがビエンチャンにやってきたときに、偶然に再会したんだよ」

「なかなか面白いね。あんたの想像力だと、メコン川に浮いていたあんたの友人は、そのオーストラリア人たちを親か兄姉の仇敵としてビエンチャンに復讐にきたけれど、逆に連中に殺された、という筋に発展しそうだね？」

シモーヌは眼をきらきらさせた。さっきからその山湖の瞳は輝いていたのだが、それが余計に光を帯びていた。

「いや、石田の父親は一九三八年に死んでいる。家族の中で日本をはなれたことのある者はいない」

谷口は云った。

「ふん、それじゃ、お前さんの復讐説は、友だちの変死に関する限り、筋として頂けないね。……それとも、殺されたもう一人の日本人、本屋の番頭《コミ》のヤマモトがそうだとしたいのかね？」

山本の父親や家族がラングーンにいたかどうかを谷口も聞き洩らしていた。だが、その事実はなさそうだった。

「お前さんのフィクションも筋が行きづまったようだね」

シモーヌは声を立てて笑った。

「筋《プロット》の環をつなぐには、落ちた破片を拾いあげる方法もある」

谷口は、グラスをテーブルに音立てて置いた。

「その方法論を聞きたいもんだね」

「シモーヌ。あんたはオテル・ロワイヤルの9号室で殺されたペティ・ブリングハムと知り合いではなかったのか？」

「あれもオーストラリア人かね。知らないよ、そんなオーストラリア人」

シモーヌは酔った声で云った。

「嘘だ」と谷口は叫んだ。「あんたは、ペティ・ブリングハムを知っている。ぼくにくれたラオ・英会話の本は、彼のものだ」

シモーヌは潤《しほ》んだ眼蓋をぐっとひろげた。

「話して聞かせよう。あのオーストラリア人がその本をビエンチャン書房で買ったのを、ちょうど折から店に居合わせていたぼくはちゃんと目撃していたのだ。ぼくはブリングハムとはバンコックから同じ飛行機で、しかも隣席に坐っていたから、あの人類学者の顔の毛穴の数まで覚えているくらいだ。間違いなく、あの本を買ったのはブリングハムだ。売ったのは女店員だ。そして、あんたがぼくの退屈しのぎにつくってくれたクロスワード・パズルのヒントに使ったラオ・英会話の本は、まさにあの男のものだ。……どうだ、シモーヌ。これでも君はあのオーストラリアの人類学者を全く知らないと云い張るのかい？」

追及の持つ昂奮性と、酒の酔いとで谷口がテーブルを敲《たた》かんばかりにして云うと、

「それがあんたの欠けた輪《ミッシング・リング》だったら、ガラクタだね」

と、シモーヌは真赤な唇を捻じ曲げて笑った。

「ラオ・英会話は一冊だけが売られているわけじゃないよ。ビエンチャンには何千冊と出回っているだろうね。あれはアメリカ人が買っているんだよ」

その場では何気なく聞き流した言葉でも、あとになって重要な意味をもっていたと気づくことがある。シモーヌが吐いたいままでの言葉のなかには、そうしたものがあったのだが、彼女の酔態に眼を奪われて谷口は意味を深く考えなかった。

「シモーヌ。あんたは逃げてるよ。ぼくは、あの本がたしかにブリングハムの買ったやつだと

いうことに見覚えがあるんだからな。たしかに間違いない」

「止しな。そんなカマをかけてきたって無駄だよ」

「よろしい。それじゃ訊くが、あんたはなぜあの本から面倒な活字を拾って文章をつくったのかね？」

「それは、さっきも云った通り、坊やの退屈しのぎのパズルさ」

「狡い云い方はやめてもらおう。あんたはあの情報をぼくにくれた。それは感謝している。しかし、あんたはそれを自分の筆蹟にしたくなかった。何故だろう。あんたは、筆蹟を他人に見られる危険を冒したくなかったのだ。つまり、見られたら都合の悪い特定の人が、このビエンチャンのあんたの周囲に居るということだね？」

「蒸し蒸しするね。ここの冷房はちっともきかない」

シモーヌは、ブランデーが半分残っているグラスをテーブルに置くと、質問をはぐらかすようによろよろと立ち、ベッドのまん中に抛《ほう》り出してあるハンドバッグをひき寄せると、中から茶色の紙の小さな包みをとり出した。赤い爪の先が包みを解くと、白い粉が現われた。彼女はその開いた包みをグラスの上にかざした。

谷口はテーブル越しに腰を伸ばし、彼女の手首をつかんでグラスから払いのけた。

「よせ、シモーヌ」

「何をするんだい?」

「そりゃあ麻薬だろう。そんなに酔っ払った上に、まだ薬《やく》をのんで、どうする?」

「よけいなお世話だ。わたしは、これが習慣でね。ときどきやるのさ。その手を放しな」

「パリに帰るんだろう。こんなことをするとパリに戻っても長くは生きられないぜ」

谷口に摑まれたシモーヌの手が慄え、白い粉がテーブルに少しこぼれた。谷口の眼には、またしてもバー・ファイア・ツリーの前の路地奥に消えた彼女と平尾正子の影がよぎった。二人は、あの小屋の裸蠟燭の下に横たわるのか、それとも近くの倉庫にしつらえられた豪華な吸煙場所にうずくまりに行っていたのか。

「あたしは、死んだってかまわないよ」

と、白い粉がテーブルに散ったのを見てシモーヌが喚き出した。

「どうせ、此処で野垂死する気だったんだからね。風来坊のあたしが、アル中と麻薬中毒でホテルの軒下か道ばたに転がって死んでいようとだれも何とも思やしないからね。それまでは幻覚だけがあたしにゆるされた唯一の愉しみさ。お前さんには分らないよ」

シモーヌは泪を流し、唇を魚のように喘ぎ動かした。彼女の酒臭い息と、動物的な臭いとが部屋の熱気に蒸されて谷口の鼻を衝いてきた。

「自分の身体は大事にするもんだ」

「なにを云ってるんだ、坊や。生意気な口をきくんじゃない。お前さんはね、自分勝手なフィクションをつくって犬のようにこのビエンチャンの街を嗅いで回ってたらいいんだ。メコンに行こうと山に行こうと、いいようにしなよ」

突然、谷口の胸に思いつきが走った。

「シモーヌ」

彼は彼女の手から麻薬の紙包みを取りあげると、テーブルを回ってベッドの端に彼女とならんで腰かけた。その行動の間、シモーヌは瞬きもしないで谷口を見つめていた。ベッドは重みで軋《きし》った。

「相談がある」

と、谷口はシモーヌに鼻をかませるのにハンカチを与えた。

「あんたがパリに引きあげる前に、もう一つぼくにパズルのヒントをくれ。それはね、ナム・グム・ダムに行く途中の、山の入口まで連れて行ってくれることだ。ナム・グムより南三十キロ、国道十三号線から東四キロの地点……」

「坊や、パテト・ラオと接触するとでも云うのかい？」

「パテト・ラオよりももっと大切な場所と接触したいね。ビエンチャン書房の山本がその地点で殺された。頭に三発の弾丸が入っていたそうだがね。其処が見たいのさ」

「……もの好きだね、おまえさんは。でも行きたいなら、おまえさん一人で行ったらいいだろう」

シモーヌの声がかすれたが、くっくっと忍び笑いをしているようでもあった。

「そうはゆかない。あの地点にゆくには途中政府軍の検問所がある。アメリカ人の車だとフリーパスだ。あんたに送別パーティを開いてくれたアメリカ人の友だちに頼んで、明日、いや、もう夜が明けかかっているから今日だ、今日、アメリカ人の車を貸してもらえないだろうか。もちろん、あんたがビエンチャンを離れる前の最後のドライブということにしてね。昨夕、あんたをこのホテルの前に迎えにきた車、素晴しかったじゃないか。運転手《ショファ》は中国人だったね」

「そんなところに行くのもパズルのヒントになるのかい」

「ああ、ぼくにはね。……それに日本人には同胞の死んだ場所に線香を供える習慣がある。この国と同じように仏教徒だからな」

「マダム・平尾の店で使っているリュウに云ったらどうだね。おまえさんはリュウの車ばかり乗り回しているじゃないか」

「駄目だ。リュウの車では検問所が通れない。ぼくも通行証明書を持っていない」

「厄介な人があたしの隣の部屋に来たものだね」

シモーヌは谷口の手を握りしめた。彼女はまだ泪が残っているようにぎらぎらと光る眼で彼を何秒間かじっと見据えていた。彼女はほどいた手を彼の背中にゆっくりとまわし、一方の手でパジャマの胸を開いた。顔の皺とは別な、艶やかに光る内塊がそこに露《あら》われた。その動物的な体臭の壁に谷口の顔が彼女の手で押しつけられた。

「あんたは、ほんのわずかだけど、久しぶりにわたしをまともに相手にしてくれた人間だよ。坊やのヒントに協力してあげるからさ……」

自分の人生は終っている。パリに戻っても望みは何もない。今夜はビエンチャン最後の思い出だけでなく、生涯の最後の時として——というシモーヌの呟き声が谷口の耳の上で聞えた。

部屋は蒸し暑かった。

太陽が頭上にあった。国道十三号線はビエンチャンの北六キロの地点に検問所があった。ドラム罐を道路の両端に置いて竹竿がわたされていた。そばの小屋の前に政府軍の兵士が五、六人立っていた。

このシボレーの乗用車には、アメリカ技術顧問団の標識が付いていた。兵士は通行証や身分証明書の提出を求めることなく、竹竿をドラム罐から外した。茶褐色のベレー帽に戦闘服の兵士が黒い顔に歯を出して座席のシモーヌを見送った。今日の彼女は派手なネッカチーフ、ノースリーブの淡黄色のブラウスに、ベージュのスラックスというういでたちだった。あの豚小屋のような部屋から引張り出した衣裳とは思えないくらい立派に見え、また瀟洒《しょうしゃ》な着こなしであった。

谷口は中国人の運転手の肩ごしに流れてくる眩しい白い道路の行く手を眺めていた。その景色は、タードゥアに向う風景とほとんど変りはなかった。熱帯樹の林が両側につづき、火焔樹やブーゲンビリアがところどころで、けだるい緑色を彩った。枝から垂れ下がっている青いマンゴーの実の下にはニッパ椰子の葉で葺《ふ》いた民家があったし、小さいが極彩色に装飾した寺の重々しい屋根もあった。だが、違うのは乗用車がほとんど走ってないことで、行き遇うのは軍用トラックか工事用トラックだけだった。タクシーは一台も走っていない。政府軍の兵士を乗せていたというので、車ごと焼打ちされたタクシーがあった。すでにこの十三号線は王都ルアンプラバンまでの輸送機能をパテト・ラオによって寸断されていた。

シモーヌは眼を細めて車の上の熱い微風を迎えていた。彼女は、ときどき谷口の横顔に微笑を投げかけるだけで、夜明け前の出来事は夢のように忘れているようだった。その名残りと思われるのは、彼女の顔にある、さわやかな薄化粧だけだった。

谷口もそのことには言葉のさきでも動作の上でもふれなかった。蒸し暑い夜明けの部屋の幻覚としよう。不潔感は彼女のほうにでなく、自分の側に内在した。汚辱はこの女の歓心を買って知りたいことを盗もうとする功利的な計算に発酵していた。

谷口は幻覚をふり切って、雲の出はじめた空に見入る。雲の下には山が近づきつつあった。沿道の椰子林の奥には高床の民家が見えかくれし、床下には水牛がつながれ、階段には半裸の女が裸の子供をひきつれて腰かけて、車の通過を眺めていた。ときどき、一列にならんで歩く三頭ぐらいの灰色の象と出遇った。象の上には古い麦藁帽と、ぼろぼろのシャツとパンツをつけた男たちが乗っていた。

「絵ハガキか観光ポスターにしたいくらい平和な風景だよ、あんた」

と、シモーヌが話しかけた。

「ところが、ヨーロッパの特派員がはじめてこっちにくると、家からのぞいているおかみさんから子供までが、みんなパテト・ラオの見張りで、車の行く先を次の部落に狼煙《のろし》で逓伝《ていでん》しているように思っているし、あんなふうに象に乗っているような男はいつでもカービン銃を持って攻撃してくるパテト・ラオの農民兵だと思ってるんだね。そして新聞社に電報を打つんだよ。ビエンチャンとルアンプラバンはパテト・ラオ軍に包囲されて極度の緊張状態にあるとね」

彼女はくっくっと笑った。

「ジャール平原の北側の町は、いつも両軍の争奪戦さ。パテト・ラオが通過した村に政府軍が入ると占領だし、水牛一頭の死骸が敵は遺棄死体一個大隊になって敗走さ。捕獲品は敵の弾薬十箱……ビエンチャン軍当局の発表は、バンコックでとぐろを巻いている特派員の電報の穴埋めにはちょうどおあつらえ向きだ。わたしも前にはそれでだいぶん潤《うるお》ったけどね」

逼ってきた山の間から褐色の煙が上っていた。すでに一時間近くのドライブだった。

「そんな与太電報をよく新聞がとり上げるな?」

「〝戦争〟の記事は読者に受ける。とくにフランスではね。旧植民地がきちんとおさまっていないのをうれしがる人がいるのさ。それでも、政府軍の発表には真実の部分があるよ」

「なんだね、それは?」

「捕獲品さ。弾薬十箱は茶箱の五個ぐらいかな。これは指揮官が持ち帰って直属の将軍にうやうやしくさし出すのさ」

「茶がそんなに良質なのかね?」

「良質かどうか、捕獲したときにふたを開けて中身を嗅いだり舐《な》めたりして鑑定するのさ」

弾薬は茶箱詰の阿片だ。「捕獲」は商取引の買品である。ジャール平原の戦闘部隊はメオ族出身の司令官が指揮している。ケシを栽培するメオ族と司令官が取引をし、それが捕獲品として軍の手でビエンチャンの将軍のもとに輸送される。戦利品だから、その処分は軍の内部で行なわれる。しかし、この場合、国防相の参謀総長には何も報告されることはない。——いつも茶箱だけとは限らない。米を入れる麻袋であったり、軍需品の木箱だったりする。

「ビエンチャンの酒場で聞いた話さ」

と、シモーヌは断った。

阿片の輸送は軍用トラックだけではない。山岳地帯で「パテト・ラオを襲撃」して得た「鹵《ろ》獲《かく》品」は、軍の戦闘機やヘリコプターで運ばれるし、ときには「ランサン航空」のダグラスDC3が「貨物」としてルアンプラバンから乗客といっしょに輸送してくる。この場合、ルアンプラバン空港で発見した「不正な」押収品になることもある。「押収品」はもちろん財務省や内務省の機関に納入されることはなく、軍の幹部のもとに没収される。——

シモーヌの「酒場での噂」を聞いているうちに車は舗装の国道と別れて、赤い埃の立つ村道に入った。さきほどから山の間に見えていた煙が今度は正面の稜線に立ち昇っていた。バンコックからくるとき、飛行機の上で見た煙と同じである。原生林の間から数ヵ所で立ち昇り、雲の下に届いて動かないでいたやつだ。野焼きが此処にもあった。少数民族が住んでいるらしい。

通りすぎた国道と村道の分岐点が、山本がR組のトラックから降りた地点で、時間をきめて数時間後に来たトラックが見えない山本を待っていたところでもあった。そこには幹の白い皮が剝けた榕樹《ガジユマル》が何本か絡み合うようにして立っていた。

赤土の道は、部落の入口まで一キロくらいだった。道は屈折するたびに次第に狭くなり、部落の中に入ったときは、車がようやく通れる程度の幅になっていた。高い床の民家からはだれも出てこず、子供も遊んでいなかった。ひっそりとしていて、死んだような村である。鶏だけが歩いていた。

中国人の運転手が降りて家々の裏側に回り、住民を探した。やがて彼は戻ってきて、日本人の殺害死体が発見されたのは、これより北側だと云った。車はバックした。家のかげから場所を教えた老婆が顔を出していた。

あと戻った車は、二またの道を左側にとった。その辺は家が一軒もなく、道をひろげるつもりなのか、樹が何十本か伐り倒されていた。乾上った泥の道には自動車の轍《わだち》が何本も乱れて深く喰いこんでいた。素人が見ても、タイヤのあとはトラックでなく中型の乗用車と分った。樹が仆《たお》されているのは、さしあたりトラック通行の障害をとり除いたというだけで、本格的な道路づくりの目的ではなかった。

乗用車がこんな場所を通っている理由がやがて分った。突き当りが塵芥の焼却場になっている。そこは二つの山裾が流れた間の谷間になった斜面だが、切り開いた林の中の草は黒土と化し、黒い灰が堆積していた。この塵芥焼却場を包むように熱帯樹林が繁っていた。

谷口は降りて焼却場の灰を折った木の枝の先でつついた。灰は崩れて舞い上った。燃えた紙であった。

彼はその中から燃え残りの紙の端を拾い出した。粗悪な紙質には赤い九頭の竜が、一つの頭部の端だけを残していた。タイ語の小さな活字が見えた。

オテル・ロワイヤルの真向いの、メコン川沿いの道で立売りされていたタイ語の新聞であった。バンコックから深夜輸送のトラックでノンカイに運ばれ、それがメコン川を越えてタードゥアに来ていると推定できる新聞だった。訳して「タイ・デイリー・ニューズ」。——それにしても夥《おびただ》しい紙の灰の山であった。塵芥焼却場とみえたのは、ことごとく新聞の焼却跡だった。

「なぜ、こんなところでタイの新聞を燃しているのだろう?」

谷口は横に立っているシモーヌに訊いた。

「さあ、分らないね」

シモーヌはあらぬ方を見ていた。野焼きの煙がすぐ近くの林の上に山火事のように昇っていた。

「山本は、ここを見に来て殺されたのだ」谷口はつづけた。「なるほど、うまい焼き場所だ。余った新聞をここでいくら焼いても、煙で訝《あや》しまれることはないからな。遠くで見たら、野焼きの煙に見える。新聞はビエンチャン市内からここまで中型乗用車で運ばれていたんだ。週に一回か二回、ノンカイからタードゥアにくるたびに……」

「どうして新聞の束をわざわざ焼く必要があるのさ?」

シモーヌが梢の間に動く煙に遠い眼つきを放ちながら云った。

「よく分らないが、想像して云えばだね」

谷口は広い地域に真黒に堆積している新聞の灰を眺めて云った。

「……新聞輸送のトラックはノンカイからバンコックに帰るとき空《から》にしておく必要があったんだろうね。輸送した新聞は配達したことにしておかなければいけない。……というのは、週に一度か二度、特定の日にノンカイ宛の新聞発送があったということだろう。特定の日は、隠密のうちにビエンチャンとバンコックの新聞社の間で通信が交されていた。そのたびに、ノンカイ方面に臨時の配達が行なわれる。新聞社というよりは、新聞社の社長だろうな。タイ・デイリー・ニューズの社長がビエンチャンからの連絡で、打合せた日にノンカイに新聞を送る。読者の居ない新聞をね。それがタードゥアの渡しを船で積みかえてくる。交換に何かが渡されるのだが、もらったほうは新聞の始末に困る。向うでは、それをタイ領で燃すわけにはいかない。怪しまれるからね。で、こっち側はそのたびにここに運んできて焼却していた。それでも一部は市内に流れてオテル・ロワイヤルの前で立売りされていた。貧しいラオス人は新聞の立売りで小遣いをかせいでいたのだ。そのタイの新聞が立売りされた日の未明に、バンコックから到着したのだな。タードゥアでの交換、そのたびに不要な新聞の始末がつかず、此処に運んできて灰にしていた」

山本の死体がどこに転がっていたかはもちろん分らなかった。発見者の部落の者を呼んでくるか、死体を収容した警官の証言を聞くかしなければ、痕跡が発見できなかった。しかし、その必要はなかった。とにかく、この場所にやって来た山本実が射殺されたのは間違いない。それはバンコックからタイ紙が到着した日だったに違いない。

「シモーヌ」

と、谷口は歩き回りながら云った。

「その新聞を受けとってここで焼かせていたのは、コントワールのマダム・平尾だ。ぼくにはその確信がある。なぜかというとね、こうだ。……山本はそのタイ・デイリー・ニューズを下宿に持って帰っていた。おそらく彼も研究していたのだろう。山本の葬式のとき、下宿の老主婦がその古新聞をわざわざ寺の祭壇に持って行って供えていたからだ。下宿の老主婦は故人が愛読した新聞だというので、魂を鎮めるために、山本の部屋に残っているぶんを集めて供えたのだ。ぼくが葬式のときに行って見ているから、間違いはない。ところが、山本はタイ語が分らないときているから愛読者ではなく、流通経路を研究していたのだ。で、マダム・平尾が祭壇にお詣りしたあと、その新聞が仏前から消えてしまった。あれはマダム・平尾が持ち帰ったに違いないのだ。いや、それは、はっきりしている。マダムは運転手のリュウを連れて来たのだが、帰りには風呂敷――包装用のひろい布で、日本の伝統的な包装用のものだ。マダムはそれに新聞をこっそりと包んで持ち去ったのだ。なぜだろう。もちろん、その種の新聞が其処にあるのをマダムは人目にふれさせたくなかったからさ。……してみると、ビエンチャン書房を任されるくらいマダム・平尾に信頼されていた山本も、ことタイ紙の引取りに関する限りは、マダムからは何も聞かされていなかったのだね。山本は好奇心をもった。なぜマダムの身辺にタイ紙がちらちらするかとね。家に持って帰って新聞を研究してみたが分らない。当り前だ。新聞自体には別に変ったことはない」

谷口は歩き回るのをやめて、シモーヌの前に寄ってきた。

「山本は利口な男だった。頭がいい。それは、あんたも知っているはずだ。彼は此の場所が不要新聞の山の持ち込み先だということを嗅ぎつけたのさ。で、彼はマダムの秘密をさぐるために途中まで検問所では通行御免のR組のトラックに便乗してやってきた。ところが、山本がここに来たとき、だれかが新聞を燃している最中だった。そいつが彼にピストルを射ちこんだ……」

「なぜ彼を殺したの？　殺さなくてもいいのに」

シモーヌが物語の矛盾を指摘するように云った。

「山本と顔見知りだからだろう。親しい人間ほど、秘密を見られたときに殺す場合が多い」

「じゃ、日本人だね？」

「可能性はある。しかし、だれだか、まだ見当がつかない」

「マダム・平尾がその犯人かね？」

「まさか。コントワールのマダムがわざわざ新聞屑をこんなところまで焼きにくるはずはなかろう。彼女にたのまれた日本人のしわざかもしれない。山本と懇意な……」

「日本人のドクターは、どう？」

「何とも云えない」

たしかに大久保医師には奇妙な雰囲気があった。彼はバンコックから昨日薬品を買ってビエンチャンに戻ったばかりだった。彼は無医村の医師を志し、かねてから奥地に行きたがっていたという。

「あんたと親しい土木技師はどうなんだい？」

杉原謙一郎か。——本社の電報一本で外地ばかりを流れ者のように勤務して回っている男。たしかに山本とは親しかった。

「あの男は善良だ。そんな真似はできない」

今度はシモーヌが云った。

「新聞をここに燃しに運んできたのはトラックじゃないね。中型の乗用車らしいよ。タイヤのあとからするとジープかもしれない。どっちにしてもトラックじゃないね。そこで、おまえさん、考えてみるんだね。ビエンチャン市内からここにくるまで検問所がある。週に一度にしろ二度にしろ、いちいち通行証明書をもらってたんじゃ、面倒でしようがないよ。また、それだとアシがつくおそれもあるだろう。だからさ、これは検問所がフリーパスの車の運転手だよ。……わたしが新聞社に通信の電報を打つなら、そういう推理を加えるね」

検問所か――と谷口はうなった。ビエンチャンに顔のひろい山本ですら、検問所が通れなくて、ダム工事現場に行くR組のトラックに便乗させてもらったではなかったか。ナム・グム・ダム建設の工事関係者は、検問所がフリーパスである。パテト・ラオもダム工事を妨害しないし、工事関係者の安全を約束している。東邦建設の杉原なら検問所は自由通過のはずだった。それに、東邦建設の事務所にはジープも中型乗用車も置いてある。杉原謙一郎はその車がいつでも自由になる主任であった。

タードゥアなりビエンチャン市内なり、とにかくそのへんから此処まで焼却のタイ紙の運搬者を推定するには、検問所をフリーパスする資格の所持が重要な要素であった。

「ダム工事に従事している日本人はまだいっぱい居るはずだよ。みんな関所は自由自在に通り抜けられる資格がある。おまえさんは、その中から犯人を択ぶわけだね？」

シモーヌが顋をあげて云った。

「しかし」

谷口は、わびしい自分の部屋で妻子の写真に泪を流した杉原謙一郎の姿を頭の中から払い徐《の》けるようにして云った。

「軍人だと検問所はフリーパスだ。検問所の兵士はそのカーキ色の車に向って敬礼するだろう。平尾正子は将軍連と親しい。彼女のレストラン・コントワールには軍部のお偉方が士官連をつれて遊びにきている。そこではバンドに合せて賑かに軍歌の合唱をやっている。平尾正子は政府のお偉方も識っているし、外交団にも顔がひろい。ぼくは、オテル・ロワイヤルの前庭で行なわれた外交団のパーティをのぞき見したことがあるが、マダム・平尾の社交ぶりは水際立っていたね。たいした女傑だ。だからさ、彼女が将軍連に頼めば、新聞を積んだ車の検問所通過くらいはわけないはずだな」

「面白い筋が出来そうだけど」とシモーヌが云った。「じゃ、日本人のだれかがマダム・平尾に頼まれてタイの新聞を山に焼きに行き、それをのぞきに来た日ごろ親しい山本を殺したというんだね？」

「……いまのところ、その先は分らない」

「じゃ、ゆっくり考えて。どうやら、あまりあんたにはヒントにならなかったようね」とシモーヌは、わざと女らしい、やさしい声をかけた。「さあ、ぼつぼつビエンチャンに戻りましょう。こんなところに長居は無用だよ」

車は水牛が歩く赤土の道を引返し、国道十三号線を南に折れて、ビエンチャンの方向に速力をかけた。

往路よりも帰路は早かった。いや、早いような気がする。

それは谷口の頭の中がシモーヌへの質問で渦巻いていて、どれから先にその糸口を引き出そうかとあせっているからでもあった。冷静に、谷口は自分に云い聞かせ、論理的な組立てを考えたが、気が急《せ》いているせいか、あるいは、車の疾走に心理的に影響されているのか、どうも上手にまとまらなかった。

疑問には二つ集塊《グループ》があった。一つは石田伸一の殺害原因についてである。もう一つは山本実の殺害原因である。それぞれが付帯的な、というよりもその一つずつを包みこんでいる黒雲のような集塊があった。

「シモーヌ。マダム・平尾とは、どういう間柄かね？」

気がせくので整理できないまま、結局そんなところから訊きはじめた。

「なんでもないよ。ただの知り合いだよ。コントワールにはときどき行くし、お互い、この土地では長いからね。あのレストランに行ったり、道で出遇ったりすれば、長話ぐらいはするよ。あのマダムはフランス語が上手だからね」

「ふん。怪しげなバーに二人でいっしょに行ったり、阿片窟に出入りしてもかね？」

谷口はシモーヌの瞳を見つめたが、その山湖にはさざなみも立たなかった。

「なんの話だね、それ」

アメリカの最新型自動車が擦れ違って過ぎ、風が顔を煽った。山は遠退き、椰子林の頭が沼地の向うに水平に見えてきたが、夕日がメコン川の方角に落ちるにはまだ間があった。

人違いではないと思っているが、シモーヌの泰然とした様子を見ると、自信が少しぐらつきもした。が、それを押してもシモーヌがすぐには崩れぬと知って、ネッカチーフを結んだ下で衰えはじめている咽喉の皮膚を見ながら云った。

「タードゥアの税関長が急死したのを知ってる?」

「ああ、知ってるよ」

と、眼をくるりと動かした。口もとに微笑さえ漂わしたが、ネッカチーフにかくれて鼻の皺しか見えなかった。

「あの男、女好きでね」

「……」

「あの男、ずっと前にわたしを口説いたことがあるよ」

大口で快活に笑った。チンのいきさつからすると、ありそうなことだった。

「彼は心臓病で急死したそうだ。本当に心臓病だったのかい?」

「あいつは肥っていたからね。心臓は弱かったろうね」

「もしかすると、誰かに殺されたんじゃないのか?」

「おまえさんにかかると、だれでもかれでも殺されたことになるんだね。……わたしが安らかに神さまに召されても、殺されたことになるんだろうね。おお、いやなこった」

「税関長の場合は、殺されたと推測されるふしがあるよ」

「ふむ。なんだね?」

彼女は谷口を横眼で見た。

「税関長は贅沢な生活をしていた。立派な家をもっていたし、女も囲っていたようだ。税関長の安月給でそんな暮しができるはずはない。あれはタードゥアの渡しでの不法取引に眼をつぶっていた袖の下のおかげだ。税関長としては長い勤続者だったというから、相当に金が溜ったんだね。こっちからは軍用トラックで茶箱だか麻袋だかが船着場まで持ってゆかれる。向う岸のノンカイの船着場では、それが船で渡ってくるのをトラックを置いて待っている。密輸はそういうかたちだったろうが、夜中のことだ、税関の宿直は睡っていて少々の物音には眼がさめないことになっていた。宿直員はちゃんと税関長から旨を含められているし、特別手当も貰っている。また、寝床をとび起きて騒ぐわけにはゆかない。外にはカービン銃を持った兵士が演習の名目でずらりとならんでいるだろうからね」

「おまえさんの想像力はすごいね」

「はぐらかすんじゃないよ、シモーヌ。阿片は将軍たちの商売だ。だが、軍部内には派閥争いがある。腐敗した機構の中ではみんなそうだ。派閥争いは金儲けに絡むことが多い。タードゥアの関守にも反対派からの接触が伸びる。また、北部や南部の将軍連からの切崩し工作もすすめられていたにちがいない。税関長が寝返りかけたか、寝返ったかした。で、急死ということになったのだろう」

「わたしは通信員を失職して以来、取材感覚が鈍っているからね。あんたのほうがよっぽど取材能力があるよ。わたしのほうで教えてもらいたいくらいだね」

シモーヌは風に向って云った。未明の彼女はそこにまったく無かった。

通信員を失職してから久しいのに、彼女はどうして生活を維持しているのだろう。たとえ安ホテルに居ようと、酒は誰かにたかって飲んでいようと、食うだけの金はかかるはずである。篤志家はだれなのか。その中に平尾正子が参加しているのは、ほぼ確実と思われるけれど、レストランの経営者がひとりでそれを背負い込む道理はなかった。谷口にはまたしてもこの疑問が起ったが、それは次の質問に転換した。

「シモーヌ。連中（They）とは誰のことだね？」

「おまえさんもしつこいね。知らないよ、わたしは。あんたの質問は子供のように飛び回るんだね？」

「連中はあんたの生活の保護者《スポンサー》なのか。その因縁はあんたがシドニーに駐在していたときにオーストラリア人と出来たのかね？」

谷口は思い切って踏みこんだ。そこまで追及させた裏には、未明の出来事が勇気づけていた。シモーヌの瞳が激しく揺れた。揺れたのは「山湖」だけで、肩も手も凝乎《じっ》として身じろぎもしなかった。が、湖の表面はすぐに落ちつき、わびしげな色が漂った。

谷口にはかえって残忍な気持が起ってきた。強靭にみえた人間が弱者に変ったときに、これを虐めてやりたい衝動とどこか似ていた。

「シモーヌ。君は、殺されたオーストラリア人とは前から知合いだったね、シドニー時代からさ」

「知らないね、あんな男」

「嘘だ。……ぼくはビエンチャン書房で君と、あのペティ・ブリングハムとがほとんどいっしょくらいに入ってきたのを見ている。そのとき、彼はラオ・英会話を買ったのだがね。たしかに君と彼とは互いに知らん顔をしていた。が、あれは、そう見せかけていたのだ。オーストラリア人はビエンチャンに着いたばかりだった。で、君は前からの連絡で本屋に行き、たしかに両人で確認し合ったのだ。ホテルで会っていては知らない仲とは云えなくなるからね。どこまでも未知の間をよそおっていたんだ」

「かりにそうだとしても、どうしてそうする必要があったの？」

シモーヌはおかしそうに訊いた。わざとおかしがっているふうにみえた。

「そこまでしかぼくには分らない。それからさきは君に訊きたい」

「とんでもないよ。知らない人間のことがわたしに分るもんか」

「そのオーストラリア人はロワイヤルで殺された。殺されたぼくの友人が泊っていた同じ部屋だ。シモーヌ、教えてくれ。いったい、真相はどうなってるんだ？」

帰路の早さは、シモーヌにその答えの時間を与えぬくらいだった。つまり、彼女が何も意見を云わないうちに、車はビエンチャン市内に入り、ランサン・アベニュに到着したのだった。

「所有主のところに行って車を借りた礼を云ってくるけど、あんたもいっしょにおいでよ」

シモーヌは誘った。

「アメリカ村だね？」

「そうよ。すぐ其処よ」

大通りの正面に独立門が黒い影で立っていた。空には橙色の薄明が残るだけで、地上は昏れていた。市内の夜は暗い。発電が貧弱なのか、家々の電灯が豊富でないのか、戦時状態で燈火管制を行なっているのかはっきりしないが、そのすべてとも云えた。アメリカ人の居住地域は、芝生の広地をもち、金網の柵に囲まれた中で赤や青の屋根のついた白堊《あ》のハウスが何百戸となくならんでいた。戸外の照明灯も、家々の窓から洩れる明りも、傍若無人に輝いていた。ここに居住するのは、一九五五年以来アメリカの対ラオス経済援助協定による「技術援助団員」とその家族ということになっている。米軍事顧問団の存在を否定するラオス政府の声明を正直に信ずる者は一人もいない。それは一九六二年のジュネーブ協定違反の非難をかわすためのラオス政府の詭弁ということをみながよく知っているからである。アメリカの「技術顧問」は北部のパテト・ラオ地区に接近している前線基地の各所に配属され、政府軍の作戦指導に当っていることは、もう公然の秘密となっている。このアメリカ村は彼ら技術顧問団のホームであった。

車は警官の立哨するゲイトの中に滑りこんだ。運転手は団地の中ほどに車を進ませた。通路の両側は芝生で、テニスコートもあれば、教会も病院もあった。網戸をはめた窓の中には明るい灯があり、女や子供の声がしていた。車は一軒のドアの前にとまった。同じような恰好の家《ハウス》なのであとで出直して来てもすぐにはどれと指摘するのはむつかしかろう。谷口は降りてシモーヌの手を把った。彼女はドアをノックした。谷口は背後に立っていた。

内側からドアが開けられ、タイの女らしいメイドが出た。取次のためにメイドはいったん奥に消えたが、やがて主人らしいアメリカ人が現われ、あとからもう一人のアメリカ人が出てきた。

あとから現われたアメリカ人の顔を見たとき、谷口は幽霊に出遇ったかと思った。似ているどころではなかった。また眼の錯覚でも何でもなかった。まさに「毛穴の数までおぼえている」ペティ・ブリングハムであった。オテル・ロワイヤルの9号室で殺されたはずのオーストラリア人が、眩しいくらいの電灯の光の中でシモーヌに笑顔を見せていた。

「北部の基地《ベース》から帰ったばかりでね……」

オーストラリア人のはずの彼がシモーヌに云っていた。彼女のうしろに立っている日本人は玄関の光線の加減で顔が影になっていた。

《ぼくは、オーストラリア人ペティ・ブリングハムという名の男が生存していたのを見て、はじめて自分がオテル・ロワイヤルから追出された理由が分った。ぼくがあれ以上、ホテルにいると、9号室でオーストラリア人と称するアメリカ軍人と税関長の他殺死体との入れ替えのトリックが暴露する危険があると思われたからだ。ぼくが石田伸一の怪死の原因をいろいろとさぐっているので、その好奇心の活動がそこに及ぶのをおそれたのだろう。いうまでもなく、オテル・ロワイヤルは国営のホテルだ。軍部の息が十分にかかっている》

――谷口爾郎はビエンチャンから友人の新聞記者に宛てた最後の手紙に書いている。

《あのアメリカ人が何者であるかぼくにはよく分らない。しかし、車を返しに行った家《ハウス》で、彼がシモーヌに「北の基地から帰ったばかりだ」と話していた言葉からすると、およそのことは推定できる。オーストラリア人に化けてきたのは自然だった。オーストラリアはラオスに六三年から三年間にわたって四十五万オーストラリア・ポンドの商品援助をし、学校教材の供与、十万ドルのナム・グム・ダム資金、ルアンプラバン放送局の発電機の供与をするなどしてこの国とは関係が深い。もちろんシモーヌはとっくに彼をアメリカ人と知っていた。というのは、ぼくがシモーヌに、「ラオ・英会話をビエンチャン書房で買ったのは、あのオーストラリア人だから、君は彼からこの本をもらったのだろう?」と訊いたとき、彼女は「ラオ・英会話はビエンチャンに何千冊と出回っている、多くはアメリカ人が買っている」とちゃんと答えているからだ。彼女にすれば「アメリカ人が買っている」という言葉で暗示したつもりなのだ。しかし、ぼくはその時、そこまでは気がつかなかった。

オテル・ロワイヤルの9号室でオーストラリア人は殺された。しかし、だれもその死体を見ていない。この場合、だれもというのはぼくの主観である。翌朝、ぼくはホテルのボーイからそれを聞かされ、新聞で事件を読み、在住日本人の口から噂を聞いただけである。現地新聞には自由がないから、当局発表を載せているのみである。このことについての結論をさきに云うと、オーストラリア人として到着したペティ・ブリングハム氏は何らかの事情で急に任務の変更があった。それには人格の変更が必要だった。つまり、ブリングハム氏は空港から出国することなく、そのままビエンチャンで消失しなければならなかった。たまたまそこに税関長の謀殺が行なわれた。この時点の一致が偶然にすぎる解釈だったら、早晩、税関長を殺害する必要があったところに、ブリングハム氏の消失の必要が重なったと云い直してもいい。

ブリングハム氏はその真夜中に9号室から消えた。殺害された税関長の死体がオテル・ロワイヤルの9号室に担ぎこまれた。税関長は自宅ではなく別な場所で殺されたのだ。多分、タードゥア近くのメコン川畔だっただろう。あの辺には密林がある。税関長は絞殺されたのだったろう。このようにして死体は現場から軍用ジープで運ばれ、ホテルに兵隊によって持ち込まれた。深夜のことだ。客はいない。ホテルの宿直事務員もその間に持場を追払われて「何ごともなかった」という口どめを厳重に云い渡されたに違いない。軍の銃口の前だ。金輪際洩らしはしない。

そのあとの工作も手が混んでいる。税関長の死体は「高官がホテルで殺されたのでは外聞が悪いから、自宅で心臓麻痺による急死ということにしよう」という検視の係官たちの意見によって、自宅への移送となる。そうして頭から毛布をかけられた死体は、ホテルを出るまではブリングハム氏であって、税関長の家に届けられたときは、その家の主人に戻った、とぼくは考える。かくて「9号室から死体が出た」ということで、ブリングハム氏は「殺害」されてしまった。ブリングハム氏の葬式は行なわれなかった。外国人というところから、そこは盲点になっていた。山本君がだいぶんオーストラリア人の葬式を追跡したようだが、とうとう分らなかった。

こうした工作には、すべて軍の一部が関係していると思う。彼らはアメリカの「技術顧問団」、その実は軍事顧問団の云いなりである。「死体の交換」では両者の利益が一致した。ラオスで「内戦」がつづくのはアメリカの介入があるからだ。CIAはおびただしい機関員をラオスに入りこませ戦争をつづけさせている。一九五二年のインドシナ中立に関するジュネーブ協定を一応「尊重」しているかのように見せかけているアメリカは、ラオス政府の要請もあって空軍も地上部隊も送っていない。その代り、軍事顧問団とCIAとアメリカ製兵器とを送りこんでいる。CIA機関員は宣教師や商人に化け、ラオス国内の僻地に入って謀略活動をつづけている。ラオスの「内戦」ではラオス人どうしが鉄砲を空にむけて撃っているというのは、本気で殺し合いをしていないからだ。アメリカの介入があるかぎりラオス戦争は終熄しない。

さて、ここに困ったことが生じた。それは、ぼくの胃痙攣を深夜往診してくれた大久保医師と杉原謙一郎とがぼくの部屋の帰りがけに、税関長の死体が9号室に運びこまれる場面に偶然出会したと思われることである。死体は毛布をかけられていたから、だれだか分らないが、部屋から運び出すのならいざ知らず、搬入するときだから相手も恰好がつかなかったろう。これはぼくの想像だが、二人は軍人に脅迫されて沈黙を誓わせられた、と想像するのである。このように想像されるなら、大久保医師が医薬品買いを名目にバンコックに行ってしばらく帰らなかったのは激しいショックをうけたためであろうし、杉原謙一郎が日本への帰国を願望して泣いていたのは妻子に会いたいだけではなく、早く此処から去りたかったのだろう。だが、彼には妻子の生活を維持する責任がある。勝手な帰国は彼の生活を失うことだった。といって、東京の本社はいつ帰国を許してくれるか分らず、電報一本でまたそのまま低開発国行きかもしれぬ。ぼくは杉原謙一郎がぼくをタードゥアにジープで連れて行ってくれ、あそこでいっしょに夜を明かしたときの彼の、静かな自暴自棄とも虚無的ともいえる表情を忘れることができない。もちろん二人ともオテル・ロワイヤルでオーストラリア人が殺されたと聞いた瞬間、また一方で税関長の急死を知ったとき、うすうすそのことに気づいたにちがいない。杉原謙一郎がタードゥアからぼくを車に乗せて引返したとき、虚無的な心には再び恐怖心が戻り、ぼくにまた何を頼まれるかしれないとおそれて、あわてて山のダム工事現場に去ったのだろう。

ぼくはオーストラリア人ペティ・ブリングハム氏の「死」と、税関長の「死」とをこのように解した。

残る問題は、いくつかある。その中では「ブリングハム」とシモーヌの関係だ。ぼくは、やはりシモーヌは戦後すぐ「東南アジア」のなかでは、ラングーンにいたと思う。彼女のパズル式の"They"ではじまるインフォーメーションは、ラングーンが舞台になっているからだ。そのころはまだパリパリの婦人通信員だったシモーヌと、多分、連合国の一員アメリカ軍人某(名が分らないので、かりに彼がビエンチャンで名乗ったようにブリングハムとしておく)とは知り合いになったのであろう。しかし、単にそれだけで、ぼくが彼女を追及したような間柄ではなく、まったく偶然にビエンチャン書房で二人は再会したのだと思う。互いに知らぬ顔をしていたのは「ブリングハム」氏がラングーン時代から情報将校だったので、シモーヌのほうは彼が任務を帯びてラオスに来たものと思って素知らぬ顔をし、彼のほうもそれに調子を合せ、あとで彼女がいると聞くオテル・アンバサドゥールに連絡をとったのであろう。だから、彼女のためアメリカ村にお別れの席を設けたのは「ブリングハム」氏だったにちがいない。ぼくが見間違えたハウスの主人は、そのお別れパーティのお相伴客だったのだ。

最後の問題は石田伸一がなぜ殺されたかである。ここで、シモーヌがパズル式に与えてくれた情報が一つのカギとなる。

「They(彼らか彼女らか、この代名詞では性別が分らないので、そのままの言葉で出す)はかつて戦争中、ビルマのラングーンに居住したことがある。Theyすなわち在留オーストラリア人は日本占領軍に協力してきたが、日本軍が敗北し、英軍がビルマを奪回する直前、Theyは英軍側に寝返り、ラングーン在住の多くの日本人、民間人等をスパイ犯罪で密告した。そのため日本人の間に多くの犠牲者が出た。Theyはその後ラングーンから立退き、各地を転々としたが、絶えず処刑された日本人遺族からの復讐をおそれていた。日本が敗戦した一九四五年、当時幼児だったものも現在では青年または壮年期に達しているからである」

シモーヌにぼくはこのことを訊いた。文意は分るが、漠然としすぎている。ぼくは石田伸一の両親や家族は日本をはなれたことがないので、「復讐者」には該当しないと云った。しかし、あとでふと考え直した。彼はそうではないが、「間違えられた」ということもあり得るではないか。もし、対手が日本人の復讐者に怯えていたら、少しでも、それらしい人間が現地に来たら、これを間違って殺したという可能性が成立しそうである。

石田はラオスの事情を調査に行った。ビエンチャンでほうぼうを調査に歩き回った。彼には阿片には絶対に好奇心をもつなとぼくは云っておいたのだが、その忠告は無駄だったようだ。こうした石田の調査活動が相手には報復者の姿に映ったのではあるまいか。

すると「Theyはビエンチャンに現在在住していることになる。このことはシモーヌが「ラオ・英会話」から文字を組み立てて情報をつくり、自分の筆蹟を遺さないようにした配慮と符合する。シモーヌは戦後ラングーンにいた。オーストラリア人の「Theyもラングーンにいた。

ここで、通信員を失職したシモーヌが、なぜ収入の口がないのにビエンチャンで暮せたのかという疑問と関連してくる。多分、対手は「情報」にあるような過去の事実をシモーヌに握られているので、その口どめとして彼女の最低の生活費を見ていたのではないかという推測が生じてくる。とすると、複数代名詞の人々とシモーヌとはラングーン時代から知り合いだったということになろう。

とすれば、複数代名詞の連中がシモーヌに援助費を出しているのはあきらかだから、その援助者たちを調べてみるといい。平尾正子もその一人だが、ここからオーストラリア人を探せ、である。オーストラリア人の複数だ。

ここで、ぼくは一つの出来ごとを思い出す。山本が殺されたあと、リュウの車に乗って市内を走っていると、彼はオーストラリア大使館に寄ってゆくと云う。何の用事かと訊くと、マダムにたのまれた封筒を届けるだけだと云っていた。そのときは、レストランに客でくる大使館の連中に請求書でも届けるのかと思っていたのだが、いまになると、そのリュウの一言が気にかかる。平尾正子はオーストラリア人と連絡があるのではないかと思いはじめたのだ。

このとき、シモーヌが平尾正子について、うっかりBecause, she is not……と云いかけてあとの言葉をあわてて呑んだことも思い出された。彼女は……でない、その空白が、長い間解けなかったが、あとの補語に、おぼろげながら見当がついた。She is not a Japaneseではなかろうか。彼女は日本人ではない——とすると、オーストラリア人ということではないか。

こんなことが考えられるだろうか。平尾正子がオーストラリア人とは。——いや、考えられないことはない。彼女の英語やフランス語はひどく達者のようである。直接聞いたことはないが、ぼくは、オテル・ロワイヤルの前庭で開かれていた外交団のパーティで彼女が外国外交官の間を自由自在に泳ぎ回っていたのを目撃している。日本人でも、国籍がオーストラリアという場合だってある。

するとぼくにはじめてTheyの意味が解けてきた。夫婦である。

シモーヌの言葉もぼくの耳に蘇ってきた。Theyは何だときいたら「地球上の住人は半分が男で、半分が女」とうそぶいていた。あまりにありふれた言葉なので、いい加減なことを云うと聞き流していたが、彼女はあれでちゃんとヒントを与えていたのだった。複数代名詞が二人以上の多数とは承知していたが「多数」の概念にひきずられて、「夫婦」に気がつかなかった。平尾正子の夫は実在するのかどうかもはなはだあいまいだ。もしかするとすでに死亡しているのではなかろうか。そうだとしても、そのへんをぼかしておくのが彼女の営業手腕——いや、軍部の将軍連を操る妙諦《みょうてい》かもしれない。

山本の殺害は、はっきりとタイ新聞の焼却と阿片の関係を見ようとした好奇心が原因だ。では、石田伸一の死の原因は何か。「報復」か「阿片」か。前者だとすれば彼にとって奇禍である。後者だとすれば、ぼくの忠告をきかなかったためだ。ぼくは、これからその両方を調べてみようと思う。たしかに危険である。だが、ここまできたのだ、とにかくやってみる》

これが谷口の最後の手紙である。最後の、というのは、彼が正常な意識で書いた最後の手紙という意味である。

谷口はタードゥア付近のメコン川に浮いていたところをタイの荷船に拾い上げられた。そこがノンカイに近いタイ領だったからである。彼は蘇生したが、精神が狂っていた。茂みタードゥアの近く、川辺の密林の下では運転手のリュウが溺死体となって浮いていた。タードゥアの下に一艘のボートが漂っていた。この謎を明確に解くものはいない。谷口が深夜タードゥアの「取引」を見ようとリュウといっしょにボートを傭ったが何かの事故で二人とも水に投げ出されたともいえるし、ボートの中で二人が格闘したとも云える。このほうだと襲撃したのはリュウのほうだと云えそうだ。リュウは谷口をなぜ襲撃したのか。だれかの命令だとすると、リュウは石田も山本も殺害した犯人であるかもしれない。古新聞を焼却した現場には、中型車のタイヤのあとがあった。リュウもその型の車を持っている。検問所の通行証明書なら、コントワールのマダムが将軍からいくらでも手に入れてリュウに渡すことができよう。

ボートを乗り出したと思われる道路上にはリュウの車が残されていた。運転席に漢文のエロ本「吸血嫦娥」が置かれてあったが、ようやく三分の一の部分をのこしているページに、ブーゲンビリアの紅い葉が栞《しおり》がわりに挟まれていた。

谷口の手紙をもらった新聞記者は、それから二年後、サイゴンの騒ぎを取材に行ったついでにビエンチャンに回って見た。

居なくなったシモーヌはすでに伝説上の婦人通信員となり、レストラン・コントワールは代替りとなっていた。ビエンチャン書房は閉鎖され、華僑の雑貨店が入っていた。マダム・平尾の名を残したオーストラリア国籍の日本婦人はシドニーに帰ったということだが、だれも知らなかった。彼女が谷口の云う通り、二つの殺人事件、いや、谷口の未遂を入れると三つの事件に関係があったかどうか新聞記者にも判然としなかった。ラオスという国は、よその国と違って、取材も勝手が違うのである。

P+D BOOKS ラインアップ

居酒屋兆治	山口瞳	●高倉健主演作原作、居酒屋に集う人間愛憎劇
血族	山口瞳	●亡き母が隠し続けた秘密を探る私
家族	山口瞳	●父の実像を凝視する『血族』の続編的長編
江戸散歩（上）	三遊亭圓生	●落語家の〝心のふるさと〟東京を圓生が語る
江戸散歩（下）	三遊亭圓生	●〝意気と芸〟を重んじる町・江戸を圓生が散歩
浮世に言い忘れたこと	三遊亭圓生	●昭和の名人が語る、落語版「花伝書」

P+D BOOKS ラインアップ

噺のまくら 三遊亭圓生 ●「まくら（短い話）」の名手圓生が送る65篇

山中鹿之助 松本清張 ●松本清張、幻の作品が初単行本化！

白と黒の革命 松本清張 ●ホメイニ革命直後　緊迫のテヘランを描く

詩城の旅びと 松本清張 ●南仏を舞台に愛と復讐の交錯を描く

風の息（上） 松本清張 ●日航機「もく星号」墜落の謎を追う問題作

風の息（中） 松本清張 ●〝特ダネ〟カメラマンが語る墜落事故の惨状

P+D BOOKS ラインアップ

夜の三部作　福永武彦　●人間の〝暗黒意識〟を主題に描かれた三部作

虫喰仙次　色川武大　●戦後最後の「無頼派」、色川武大の傑作短篇集

遠い旅・川のある下町の話　川端康成　●川端康成 甦る珠玉の「青春小説」二編

親友　川端康成　●川端文学「幻の少女小説」60年ぶりに復刊！

罪喰い　赤江 瀑　●〝夢幻が彷徨い時空を超える〟初期代表短編集

幻妖桐の葉おとし　山田風太郎　●風太郎ワールドを満喫できる時代短編小説集

P+D BOOKS ラインアップ

おバカさん	遠藤周作	●純なナポレオンの末裔が珍事を巻き起こす
宿敵 上巻	遠藤周作	●加藤清正と小西行長 相容れない同士の死闘
宿敵 下巻	遠藤周作	●無益な戦。秀吉に面従腹背で臨む行長
銃と十字架	遠藤周作	●初めて司祭となった日本人の生涯を描く
ヘチマくん	遠藤周作	●太閤秀吉の末裔が巻き込まれた事件とは?
決戦の時(上)	遠藤周作	●知られざる、信長〝青春の日々〟の葛藤を描く

P+D BOOKS ラインアップ

決戦の時(下)	遠藤周作	●天運も味方に〝天下布武〟へ突き進む信長
焰の中	吉行淳之介	●青春＝戦時下だった吉行の半自伝的小説
男と女の子	吉行淳之介	●吉行の真骨頂、繊細な男の心模様を描く
上海の螢・審判	武田泰淳	●戦中戦後の上海を描く二編が甦る！
快楽(上)	武田泰淳	●若き仏教僧の懊悩を描いた筆者の自伝的巨編
快楽(下)	武田泰淳	●教団活動と左翼運動の境界に身をおく主人公

P+D BOOKS ラインアップ

残りの雪（上）	立原正秋	●古都鎌倉に美しく燃え上がる宿命的な愛
残りの雪（下）	立原正秋	●里子と坂西の愛欲の日々が終焉に近づく
剣ケ崎・白い罌粟	立原正秋	●直木賞受賞作含む、立原正秋の代表的短編集
サド復活	澁澤龍彥	●澁澤龍彥、渾身の処女エッセイ集
マルジナリア	澁澤龍彥	●欄外の余白（マルジナリア）鏤刻の小宇宙
玩物草紙	澁澤龍彥	●物と観念が交錯するアラベスクの世界

P+D BOOKS ラインアップ

都心ノ病院ニテ幻覚ヲ見タルコト	澁澤龍彦	● 澁澤龍彦〝偏愛の世界〟最後のエッセイ集
秋夜	水上 勉	● 闇に押し込めた過去が露わに…凛烈な私小説
五番町夕霧楼	水上 勉	● 映画化もされた不朽の名作がここに甦る！
人喰い	笹沢左保	● 心中現場から、何故か一人だけ姿を消した姉
天を突く石像	笹沢左保	● 汚職と政治が巡る渾身の社会派ミステリー
剣士燃え尽きて死す	笹沢左保	● 青年剣士・沖田総司の数奇な一生を描く

（お断り）

本書は１９７４年に文藝春秋より発刊された文庫を底本としております。
あきらかに間違いと思われるものについては訂正いたしましたが、
基本的には底本にしたがっております。
また、底本にある人種・身分・職業・身体等に関する表現で、現在からみれば、
不当、不適切と思われる箇所がありますが、著者に差別的意図のないこと、
時代背景と作品価値とを鑑み、著者が故人でもあるため、原文のままにしております。

松本清張（まつもと せいちょう）
1909年（明治42年）12月21日―1992年（平成４年）８月４日、享年82。福岡県出身。1953年に『或る「小倉日記」伝』で第28回芥川賞を受賞。代表作に『点と線』など。

象の白い脚

2017年1月15日　初版第1刷発行

著者　松本清張
発行人　林　正人
発行所　株式会社　小学館
〒101-8001
東京都千代田区一ツ橋2-3-1
電話　編集　03-3230-9355
販売　03-5281-3555
印刷所　昭和図書株式会社
製本所　昭和図書株式会社
装丁　おおうちおさむ（ナノナノグラフィックス）

ISBN978-4-09-352293-9

P+D BOOKS